古典文獻研究輯刊

六 編

潘美月・杜潔祥 主編

第22冊

邱心如《筆生花》研究

陳 文 璇 著

國家圖書館出版品預行編目資料

邱心如《筆生花》研究／陳文璇著 — 初版 — 台北縣永和市：
花木蘭文化出版社，2008〔民 97〕

目 2+200 面；19×26 公分
（古典文獻研究輯刊 六編；第 22 冊）

ISBN：978-986-6657-20-7（精裝）
1.（清）邱心如 2.學術思想 3.章回小說 4.研究考訂

857.44　　　　　　　　　　　　　　　　　97001078

ISBN 978-986-6657-20-7

9 789866 657207

古典文獻研究輯刊
六 編 第二二冊　　　　　　　ISBN：978-986-6657-20-7

邱心如《筆生花》研究

作　　者　陳文璇
主　　編　潘美月　杜潔祥
企劃出版　北京大學文化資源研究中心
出　　版　花木蘭文化出版社
發 行 所　花木蘭文化出版社
發 行 人　高小娟
聯絡地址　台北縣永和市中正路五九五號七樓之三
　　　　　電話：02-2923-1455／傳眞：02-2923-1452
電子信箱　sut81518@ms59.hinet.net
初　　版　2008 年 3 月
定　　價　六編 30 冊（精裝）新台幣 46,500 元　　版權所有‧請勿翻印

邱心如《筆生花》研究

陳文璇　著

作者簡介

陳文璇，台北市人，民國七十年生。畢業於銘傳大學應用中國文學研究所。著有學士論文《老舍短篇小說研究》及碩士論文《邱心如筆生花研究》。曾於台北縣江翠國民中學擔任國文科實習教師；現於國立成功大學擔任專案計畫工作人員。

提　　要

　　明清女性「彈詞小說」是中國文學史上，一種以女性為主體的獨特敘事文體，其中《筆生花》是「彈詞三大」之一，不僅內容結構完整、人物形象豐富，且呈現出傳統與反傳統兼具的深刻思想。作者邱心如在為女性張目的創作心態下，刻劃女性的生活，寄託女性的理想，使此書在彈詞小說與女性文學中具有絕對的價值與存在意義。

　　本文共分為六章。第一章為「緒論」，說明以《筆生花》作為研究論題的動機與目的，並探究前賢研究《筆生花》的成果，以開拓不同的研究視角，接著說明本文的研究範圍與方法，最後對「清代女性彈詞小說」做一說明。

　　第二章為「邱心如與《筆生花》」，先說明邱心如的生平及《筆生花》的書名由來，並將全書內容分為八部分以論述。接著探討作者寫作《筆生花》的動機、歷程及心態，最後論述《筆生花》的十五種版本，以明白各版本之異同及優劣。

　　第三章為「《筆生花》的主題思想」，以兩性觀、婚姻觀、果報觀、神仙觀四方面，論述《筆生花》所呈現的主要思想內容。

　　第四章為「《筆生花》的人物類型與刻劃技巧」。人物類型方面，將書中的女性人物分為五種類型，說明她們所呈現出的不同意義。人物形象刻劃方面，則從「人物命名的象徵意義」、「以譬喻描寫肖像情態」、「以獨白刻劃心理」、「以語言與行為刻劃性格」五方面來論述，以呈現作者塑造、刻劃人物的寫作技巧。

　　第五章為「《筆生花》的寫作特點」。首先探討作者自我呈現的特色與意義，接著以「巧合」、「意外」、「誤會」、「伏筆」、「懸疑」、「情節重述」六方面，來探討此書安排情節的特點，並就詩作、典故及類疊修辭，探討此書語言修辭的運用特色。

　　第六章為「結論」，總論本文的研究心得，肯定《筆生花》在小說史上的價值，並說明本文在研究時所受的限制，以及未來可以繼續研究的方向。

　　關鍵詞：邱心如、筆生花、彈詞小說、姜德華

謝　誌

　　自確定研究方向到完成論文的這一年，我真真切切地體驗了做研究的辛苦與快樂。我抱怨過眼睛疲勞、手臂酸痛，也曾因為沒有靈感、理不出頭緒而懊惱。然而，在我與游秀雲教授以電子郵件或當面討論的過程中，常因老師的一句話而豁然開朗，進而修正方向，重新分析、構思。隨著一章章地完成，並通過老師的批閱後，我有了信心與毅力繼續寫下去。如今，讀著完成的論文，看著自己的心血結晶，我不僅感到無比地歡喜，也滿懷著感恩。

　　首先感謝爸爸、媽媽的養育之恩，謝謝你們的疼愛以及開明的教育方式，讓我能快樂地成長，並依興趣選擇自己喜愛的學習道路。謝謝妹妹文馨幫我借閱書籍，並在我奔波忙碌時，陪伴雙親。謝謝外婆不時的關心，更要感謝高齡八十二歲的外公，逐字逐句地幫我校稿，讓我的論文更臻於完善。謝謝親愛的你們，也希望我沒有辜負你們的期望！

　　這篇論文得以順利完成，最感謝的莫過於游秀雲教授。當年若沒有秀雲老師的建議，我或許沒有繼續攻讀碩士的勇氣；如今若沒有秀雲老師的指導，更沒有這篇論文的產生。此外，也非常感謝銘傳大學陳院長、徐主任、各位教授，以及高、國中導師兼國文老師，簡芳玲老師、吳桂蓉老師的教誨，使我對中國文學有了廣泛且深入的認知，並且逐漸成長、進步。口試時，承蒙金榮華教授、徐福全教授的肯定，在鼓勵之外，也惠賜許多寶貴的意見，並指出本論文的缺失，實在令我受益匪淺，在此亦致上誠摯的謝意。

　　再者，我要對曾經給我鼓勵與幫助的朋友們，表達誠摯的感激。首先特別感謝百恩，你的陪伴讓我在做研究的路上，不會感到孤單；你為我設計程式，讓我整理資料時，得以事半功倍；你幫我列印論文，替我省下不少費用；你的鼓勵總讓我相信自己可以做得更好！謝謝與我互相打氣，並且一同奮戰到底的上琳，我們可以一起畢業，真是太好了！謝謝瑞君、怡安、雅婷長久以來的督促、鼓勵。還要謝謝易樺的英文翻譯，銘謙的經驗分享，復祺的大力協助，玉玲的金玉良言，玉琴的格式教學；此外伊萍、宜倫、家綺、慧茹、秀敏、譙綾、文玲、寬寬、久昀、阿賢，以及佳愉、淑芬、渝堅、玫璇、玉如、馨逸、佩怡等研究所同窗們，你們的打氣與鼓勵，我永遠銘感在心。

陳文璇謹誌

中華民國九十六年六月二十六日星期二

目次

第一章 緒 論

第一節 研究動機與目的

明清女性「彈詞小說」是中國文學史上，一種以女性爲主體的獨特敘事文體，具備小說史與女性文學的研究價值，但「彈詞小說」的價值與女性作家對文學的貢獻，卻長期被文學史所忽略。此現象與正統文學當道時，小說常被視爲不入流的文類有關。胡適批評女性文學幾乎毫無價值，他說：

> 這三百年中女作家的人數雖多，但她們的成績實在可憐得很。她們的作品
> 絕大多數是毫無價值的。〔註1〕

在「彈詞小說」盛行的清代社會，對婦女閱讀、創作「彈詞小說」的現象有正反兩面的評價。持反面評價者，認爲女性閱讀「彈詞小說」會引發潛在的慾望，疏忽女性的職責，敗壞門風。清代張紫琳《紅蘭逸乘》說：

> 近日吳中風俗，女子多不讀書識字，恐其識字句，通文理，愛看盲詞小說
> 也。而宋澹園師獨非之，曰：「盲詞小說，荒誕不經之語，鄙俚之談，本
> 不足觀。婦女愛看者，只因讀書不透耳。倘有資質聰慧者，先授以經史，
> 使知大義，次誦文選唐詩，眼界既高，豈肯看小說俚詞耶。」〔註2〕

「盲詞小說」即「彈詞小說」。他認爲「彈詞小說」荒誕不經，言語鄙俗，不值得閱讀，因此吳中風俗不鼓勵女子讀書識字，以避免女性認識字句、通達文義後沉迷於

〔註1〕 胡適，《胡適作品集》十四，〈三百年中的女作家〉，臺北：遠流出版社，1986年，頁167。
〔註2〕 〔清〕張紫琳，《紅蘭逸乘一卷》，收於《叢書集成續編》第五十一冊，上海：上海書店，1994年，頁908（原書頁44）。

「彈詞小說」。這些說法反映出當時社會認為女性本性粗鄙、愚昧，及「彈詞小說」會危害女性心靈的現象，此等看法著實是對女性及「彈詞小說」的詆毀，殊不知此類文學亦有其價值性。

傳統男性文人在「彈詞小說」剛興起時，多表現出輕蔑的態度，如邱心如的姪子陳同勛便於《筆生花》原序中說：

> 余厭小說尤厭彈詞，世之傳者不下數十百種，非涉綺靡，即近荒誕，求能以奇忠奇孝，傳神於楮墨間者，蓋尠。〔註3〕

許多傳統男性文人認為女性「彈詞小說」只關注男女私情，多綺靡荒誕、不登大雅之堂。「彈詞小說」受到男性文人的輕視，無法在小說史中佔有重要的地位，但事實上，此一女性文學因創作精神貼近大眾，往往比正統文學更深入人心。陳同勛有鑑於此，逐漸肯定「彈詞小說」，並強調此文體對女性的影響力，他說：

> 彈詞一道，由稗官、野史、雜劇、院本而降，似無足貴，然古人立意甚深。稗官、野史、雜劇、院本，未必人人博覽而群觀也。不若彈詞，雅俗共賞，高下咸宜，流傳閨閣，可以教導人家兒女，意甚盛也。〔註4〕

狄子平《小說叢話》也指出，「彈詞小說」為「婦女教科書」。他說：

> 今日通行婦女社會之小說書籍，如《天雨花》、《筆生花》、《再生緣》、《安邦志》、《定國志》等，作者未必無迎合社會風俗之意，以求取悅於人。然人之讀之者，耳濡目染，日累月積，醞釀組織而成今日婦女如此之思想者，皆此等書之力也，故實可謂之婦女教科書。〔註5〕

陳寅恪因推崇《再生緣》的七言排律，故將「彈詞」媲美為西洋史詩：

> 寅恪少喜讀小說，雖至鄙陋者，亦取寓目。獨彈詞七字唱之體，則略知其內容大意後，輒棄去不復觀覽，蓋厭惡其繁複冗長也。及長，游學四方，從師天竺希臘文，讀其史詩名著，始知所言宗教哲理，固有遠勝吾國彈詞七字唱者，然其構章遣詞，其繁複冗長，實與彈詞七字唱無甚差異，絕不可以桐城古文義法及江西詩派句律繩之者，而少時厭惡此體小說之意，遂漸減損改易矣。〔註6〕

上述說法突顯出「彈詞」與「彈詞小說」的教化作用及文學價值。

〔註3〕陳同勛，〈筆生花原序〉，收於〔清〕邱心如女史著，黃明校注，《筆生花》，臺北：三民書局股份有限公司，2001年11月，頁1。

〔註4〕陳同勛，〈筆生花原序〉，收於同註3，〔清〕邱心如女史著，《筆生花》，頁1。

〔註5〕狄子平，《小說叢話》之語，轉引自鮑震培，《晚清以來的彈詞研究——兼論清代女作家彈詞的文體定位》，〈天津社會科學〉，2002年第二期，頁139。

〔註6〕陳寅恪，《論再生緣》，香港：友聯出版社，1959年6月，頁1。

「彈詞」與「彈詞小說」爲不同的文體，范煙橋認爲「彈詞小說」價值較高，他在《中國小說史》一書中說：

> 至於彈詞之作亦林林總總，惟不出二途：一爲說話人隨意敷衍，彙而刊之，魯魚亥豕，不堪卒讀。一爲女子讀書成誦，觀摩既多，亦欲發洩其才學與思想。〔註7〕

譚正璧也認爲「彈詞小說」較有價值：

> 女子所作的彈詞，在閨閣中頗能流傳，且可供少女少婦燈下吟賞；而在應用方面卻失敗，因爲太文了不合於彈唱。然而能唱的彈詞，又大概篇幅不長，內容亦膚淺不足觀，總跳不出「公子落難，佳人贈金（或物）」的老圈套。以文學論文學，那麼倒是女子所作彈詞較有價值。〔註8〕

藉由「彈詞小說」可窺見女性文學有別於傳統男性文學的差異性與獨特性。清代「彈詞小說」女作家善於創造女中豪傑形象，女主人公喬裝參加科舉考試、中狀元、封侯拜相、建功立業等行爲，皆不同於才子佳人小說中不出閨閣的才女形象。這些女性形象表現出女作家的才華與抱負，並表達其追求男女平等與自由的意識。她們不僅藉「彈詞小說」實現自我，強調女性的存在價值，並藉序文向讀者宣告身世背景、寫作歷程，以呈現自我的思想情感，尋求女性知音。

　　明清女性「彈詞小說」的代表作，有所謂「彈詞三大」，即《再生緣》、《天雨花》、《筆生花》。筆者有鑒於《筆生花》結構完整、人物形象豐富、思想內容深刻，且作者在每回前後皆有自我呈現，有助於了解清代彈詞女作家的寫作心態，因此以《筆生花》作爲研究對象，加以系統性地研究分析。本文先論述作者的生平、寫作動機與歷程，再探析此書的內容結構、人物形象、主題思想、寫作特點，希望藉此彰顯邱心如的思想情感及此部鉅作的文學價值，並宏揚女性「彈詞小說」此一文學瑰寶。

第二節　前賢的研究成果

　　歷年來關於「彈詞」與「彈詞小說」的各種研究資料不勝枚舉，其中專論《筆生花》的前賢研究也有豐碩的成果。

　　目前專以《筆生花》爲論題的期刊論文有三：林燕玲〈米鹽瑣屑與錦繡芸窗之

〔註7〕范煙橋，《中國小說史》，臺北：長安出版社，1982年2月二版，頁247。
〔註8〕譚正璧，〈彈詞文學〉，收於《中國文學進化史》，上海：光明書局，1931年2月，頁311～312。

間——彈詞「筆生花」自敘中呈現的創作動機與矛盾〉〔註9〕，主要就邱心如在每一回故事前後所自述的創作心情、家庭生活、人生境遇等內容，探討邱心如藉此呈現的創作動機與困境。王進安〈長篇彈詞「筆生花」陰聲韻研究〉〔註10〕，歸納出《筆生花》的七部陰聲韻有：齊微部、皆來部、魚模部、宵豪部、歌戈部、家遮部和尤侯部，並將此七部與《廣韻》、《中原音韻》的韻部及其他韻書進行比較和分析，總結出《筆生花》用韻，絕大程度受吳方言所影響的結論。王進安另一篇〈長篇彈詞「筆生花」的用韻特點研究〉〔註11〕，也針對《筆生花》的用韻特點進行歸納與分析，總結出《筆生花》用韻上的三個特點：一是以江淮方言為主，且在某些方面體現吳方言的特點；二是受《中原音韻》的影響較大；三是出現明顯的韻部融合，由此三項結論突顯出此部彈詞小說的韻文特色。

書籍方面如譚正璧《中國女性的文學生活》，於第七章〈通俗小說彈詞〉「六、邱心如」〔註12〕，以專章介紹邱心如的生平及《筆生花》的成書時間、思想、內容。譚正璧表示此文除了引用邱心如的自序外，並引用傅彥長〈以女性為中心的筆生花〉一文，但筆者未得見傅彥長之文。上述期刊論文與專文，針對邱心如的寫作心態與《筆生花》的用韻技巧作研究，皆未深入探討作品的故事情節、人物形象、主題思想與寫作技巧，因此仍有許多值得筆者探討的空間。

學位論文方面，邱靖宜的《邱心如及其筆生花研究》〔註13〕是在筆者之前唯一研究《筆生花》的學位論文。該文站在女性作家的立場，穿插運用歷史研究批評法及女性主義文學批評法、榮格（Carl G. Jung）心理分析法，對《筆生花》的思想內涵、創作筆法加以分析，呈現出《筆生花》所反映出傳統對婦女的期待，以及男女才能相當的思想，從這兩方面窺見邱心如思想上的傳統與新變。該文多引用大陸學者的論調和女性主義的政治觀點，未確切解讀作品，無法突顯邱心如的寫作本意。筆者認為邱心如寫作此書是以娛樂母親、消解愁煩為主，或許有些名傳後世的心願，但對於政治應該沒有那麼多的企圖和興趣。筆者有鑑於此書仍有許多可論述的空間，故以女性和家庭作為解讀《筆生花》的角度，以探討作者的寫作動機與歷程，

〔註9〕 林燕玲，〈米鹽瑣屑與錦繡芸窗之間——彈詞「筆生花」自敘中呈現的創作動機與矛盾〉，《人文社會學報（國立臺中技術學院）》第二期，2003年12月，頁125～140。

〔註10〕 王進安，〈長篇彈詞「筆生花」陰聲韻研究〉，《福建師範大學學報》第二期，2003年，頁91～95。

〔註11〕 王進安，〈長篇彈詞「筆生花」的用韻特點研究〉，《東方人文學誌》第三期，2004年3月，頁149～157。

〔註12〕 譚正璧，《中國女性的文學生活》，臺北，華嚴出版社，1995年，頁336～347。

〔註13〕 邱靖宜，《邱心如及其筆生花研究》，國立中山大學中國文學系（夜間專班）碩士在職專班碩士論文，指導教授：龔顯宗，2006年1月。

並以小說分析等方法，對此書的故事情節、人物形象、主題思想與寫作技巧做一探討，期能呈現《筆生花》的不同面相。

第三節　研究範圍與方法

　　本論文以邱心如及其《筆生花》作爲研究對象與範圍，並以「三民書局點校本」作爲研究《筆生花》的主要版本。（見本論文第貳章「邱心如與《筆生花》」。）《筆生花》爲「彈詞小說」，筆者將「彈詞」與「彈詞小說」視爲不同的文體，（見本論文第壹章第四節「女性彈詞小說」。）是以本文的論述範疇爲「彈詞小說」，關於「彈詞」的相關研究、起源、流變等則不詳細論述。

　　《筆生花》的研究起點爲邱心如的生平研究。邱心如的生平無相關資料參考，因此筆者從《筆生花》每回前後的自序，對作者的寫作動機、心態與歷程加以分析、歸納，依照歷時的研究，順著時間的前進，探討邱心如一生的經歷。接下來使用歷時法將《筆生花》自清代至今日的版本流傳做仔細的研究，並使用比較法與校勘法，分辨各版本的差異與優劣，以推選出最適合的研究底本。接下來使用小說的形式分析，對《筆生花》的主題思想、人物類型與刻劃技巧、情節、寫作特點等加以分析、歸納。最後談論《筆生花》的重要性，運用批判法探討作者的寫作特點及此書的思想與價值。

　　綜上所述，本論文大致分爲邱心如生平研究、《筆生花》流傳版本研究、《筆生花》情節內容論析、《筆生花》主題思想、寫作技巧與特點探討，以及《筆生花》的文學價值。在進行研究時，本論文將運用分析法、歸納法、比較法、歷時法、批判法、校勘法等研究方法，以及考證法檢討前賢的研究成果並加以引用，以證明本文論點的成立，在論必有據，言必舉證的前提下，對《筆生花》作深入且全面性的探討。

第四節　清代女性彈詞小說

一、彈詞與彈詞小說

　　說唱文學在中國文學史上已有悠久的歷史，如唐代的「變文」，宋代的「陶眞」、「涯詞」、「鼓子詞」、「諸宮調」及元代的「詞話」，皆爲說唱文學在各時代的不同名稱。明清的「彈詞」繼承了前代的說唱藝術而產生，是流行於江南一帶的說唱曲藝、

閱讀文本，是一種韻散夾雜的文體，大多以七言韻文爲主，也有「三、七」或「三、三、七」、「三、三、三、七」等句法。「彈詞」可分爲兩種類型，一種是大眾化的講唱文學，可作爲書場演出的腳本，如《珍珠塔》、《三笑姻緣》等市井傳奇、才子佳人愛情故事。演唱「彈詞」者，男的稱爲先生，女的稱爲女先生或女先兒，他們在表演「彈詞」的書場、書寓或私人府第、茶館，單純以三弦及琵琶等彈撥樂器做伴奏。其演出不需要佈景、舞蹈、戲服等陪襯，僅分角色以說、唱的方式，敘述由七字體韻文及散文組合而成的故事。「彈詞」的另一種形式爲女作家的個人書面創作，此種韻散夾雜的長篇敘事體，不考慮實際說唱的需要，只能作爲案頭讀物，本文稱之爲「彈詞小說」。

在中國文學史上，「彈詞」與「彈詞小說」長期處於雜糅共生的狀態，關於「彈詞」作爲書場腳本與案頭讀物的區別，已有多位學者論述。譚正璧認爲「彈詞」分可唱與不可唱兩類。可唱者爲供聽的書場腳本，不可唱者則爲供讀的案頭讀物。〔註14〕李家瑞以「代言體」、「敘事體」區分「彈詞」，認爲先有「敘事彈詞」，後有「代言彈詞」。文人仿作的「彈詞」專供閱讀，爲以第三人稱爲敘事者的「敘事體」；演唱「彈詞」者所用的腳本專供演出之用，他們模擬書中人的言談舉止寫在書上，則爲「代言體」的文字。〔註15〕趙景深也將「彈詞」分敘事、代言兩體，他說：

> 彈詞分爲敘事、代言兩種，大約先有敘事，後有代言。敘事的可以稱爲「文詞」，只能放在書齋裡看，完全是用第三人稱作客觀敘述的。代言的可以稱爲「唱詞」，其中一部分是在茶館裡唱給大眾聽的，除第三身稱外，也用第一身稱，已經由小說進而爲小說與戲劇混合了，這一種兼用第一身稱主觀敘述的可以稱之爲「唱詞」。〔註16〕

他進一步將「彈詞」分爲「唱詞」、「文詞」兩類，認爲書場彈唱的「小書」爲「唱詞」，案頭讀物則爲「文詞」，亦即所謂 "of the woman, by the woman, and for the woman." 的彈詞小說。〔註17〕鄭振鐸將「彈詞」分爲「土音」與「國音」，「土音彈詞」爲書場腳本，「國音彈詞」爲案頭讀物。〔註18〕孟瑤引用鄭振鐸之說，也將「彈

〔註14〕關於譚正璧的說法，參見譚正璧，〈彈詞文學〉，收於《中國文學進化史》，上海：光明書局，1931 年 2 月，頁 305～313。

〔註15〕關於李家瑞的說法，參見李家瑞，〈說彈詞〉，收於王秋桂編《李家瑞先生通俗文學論文集》，臺北：臺灣學生書局，1982 年 4 月，頁 75。

〔註16〕趙景深選註，《彈詞選》，上海：商務印書館，1947 年，頁 6。

〔註17〕趙景深，《彈詞考證》，臺北：臺灣商務印書館，1967 年 6 月，頁 1。

〔註18〕關於鄭振鐸的說法，參見鄭振鐸，《中國俗文學史》（下），臺北：臺灣商務印書館，1965 年，頁 352～354。

詞」分爲「土音彈詞」、「國音彈詞」，提出「土音彈詞」爲以方言彈唱者，其中以「吳音彈詞」最爲流行；「國音彈詞」則以國語書寫，爲彈詞的主流，亦即「京音彈詞」或「京腔彈詞」，「彈詞小說」即屬此類。〔註19〕

關於「彈詞小說」的作者、內容與文體，譚正璧指出：

> 女性作家獨喜歡創作彈詞，而且篇幅不厭冗長，內容不嫌煩雜，如《筆生花》長至一百數十萬字，……大概因爲彈詞是韻文的，女性大都偏富於藝術性，她們不獨因富於情感而嗜好文學，也因有音樂的天才而偏長於韻文。……女性所作彈詞，只能供女性在花前月下曼吟低詠，而不很適宜於弦索彈唱。〔註20〕

彈詞女作家多認同「彈詞」是韻文類的文學，故自稱「詞客」，稱作品爲「新詞」、「傳奇小說」、「七字小說」。〔註21〕鮑震培等學者稱之爲「韻文體長篇小說」、「彈詞小說」。

綜上所述，筆者認爲「彈詞」與「彈詞小說」，應視爲不同的文體，行文時以方便閱讀爲主，不考慮實際說唱、演出的需要，使用京音、敘事體寫作，且出於女性之手的長篇文詞，即所謂案頭讀物的女性「彈詞小說」。此種「婦女的文學，爲婦女們而寫作，且是出於婦女們之手」〔註22〕的「彈詞小說」，爲中國文學史上創作者、閱讀者皆以女性爲主體的敘事文體。

二、清代彈詞小說與女作家

「彈詞」主要分布在江南一帶，明代田汝成《西湖遊覽志餘》第二十卷云：

> 郡人觀潮自八月十一日爲始，至十八日最盛。……其時優人百戲，擊毬、關撲、魚鼓、彈詞，聲音鼎沸。蓋人但藉看潮爲名，徃徃隨意酣樂耳。
> 〔註23〕

自六朝以來，江南地區便得到充分的開發，經濟發達、城市繁榮。明人聚集在杭州錢塘江觀潮水時，會聽唱「彈詞」以助興。到了明清時期，江南的經濟、娛樂、文化、教育等發展逐漸提升，江南已成爲「東南財賦地，江浙人文藪。」人民在此環

〔註19〕孟瑤，《中國小說史》第四冊，臺北：傳記文學出版社，1980 年 10 月，頁 605～606。
〔註20〕譚正璧，《中國女性的文學生活》，臺北：華嚴出版社，1995 年，頁 299。
〔註21〕鮑震培，〈晚清以來的彈詞研究——兼論清代女作家彈詞的文體定位〉，《天津社會科學》，2002 年第二期，頁 143。
〔註22〕同注 18，鄭振鐸，《中國俗文學史》（下），頁 354。
〔註23〕〔明〕田汝成撰，范鳴謙補刊，《西湖遊覽志餘》（三），據明萬曆十二年刊本影印，臺北：成文出版社有限公司，1983 年 3 月，頁 883。

境下將聽書、看戲作爲休閒娛樂。「彈詞」也在此文化背景中興起，成爲江南的說唱曲藝、通俗文學。

「彈詞」在明清時期如此興盛的原因，除了與社會文化背景有密切的關係外，還因「彈詞」本身具有獨特的藝術形式。「彈詞」由富音樂性的韻文及典雅的散文夾雜而成。演唱「彈詞」者以舒緩的方式講唱歷史事件、日常瑣事等內容，因其篇幅冗長，可以連續講演兩、三個月，甚至半年，於是成爲大眾閒暇時的消遣娛樂，尤其深受閒居家中的婦女們所喜愛。《筆生花》描述此等現象云：

> 老太太覺無聊，便叫了一個女先生在家，唱南詞小說解悶。引得那，僕婦梅香興欲狂，紛紛擁擠列深廊。夫人妯娌姨娘等，一個個，侍坐承歡也在堂。壽母聽書欹竹榻，侍兒揮扇納清涼。先生慢撥琵琶索，婉轉珠喉發妙腔。唱出《小金錢》一集，卻是那，月嬋求子去燒香。（第十六回，頁 824）〔註24〕

> 酒過三巡肴無味，太夫人，乃呼燕氏女娥眉：「何不叫那女先兒來彈唱一回下酒。」燕氏連連答應之，命人去喚女先兒。坐於廊下調絃索，仍唱《金錢會》上詞。太夫人厭數花名繁絮甚，便傳教，閒文揭去別生枝。刪繁撮要從頭唱，題到了，柳氏卿雲步鳳池。異服成名才獨擅，乘鸞跨鳳眾姣姿。

> （第十六回，頁 834）

家庭環境較好的女性，沒有生活負擔，日子非常閒適，因此欣賞「彈詞」便成爲她們打發時間最好的消遣方式。「彈詞」在閨閣間流行，也激發了女作家的創作欲望。

江南優越的文化環境及世家大族、書香門第的家庭教育，使女性在地域與家族的培養下，識字率普遍提高，培養出對文學的欣賞能力，甚至於寫作的能力，形成一股才女文化，「彈詞小說」女作家便在此創作環境中崛起。鄭振鐸指出：

> 彈詞爲婦女們所最喜愛的東西，故一般長日無事的婦女們，便每以讀彈詞或聽唱彈詞爲消遣永晝或長夜的方法。一部彈詞的講唱，往往是須要一月半年的，故正投合了這個被幽閉在閨門裡的中產以上的婦女們的需要。她們是需要這種冗長的讀物的。〔註25〕

有才華的女性們除欣賞「彈詞」外，更因此激發出創作熱情，從單純的欣賞到自己著手創作，在這片可以宣洩才華和不平的文學天地，一吐怨氣、一展抱負。

〔註24〕 本論文關於《筆生花》之引文、回數、頁數，出自〔清〕邱心如女史著，黃明校注，《筆生花》，臺北：三民書局股份有限公司，2001 年 11 月。關於以此版本爲根據之因，參見本文「第二章第四節、《筆生花》的版本」。

〔註25〕 同注 18，鄭振鐸，《中國俗文學史（下）》，頁 353。

在歷代文類中，無論賦、詩、詞、曲或小說，盛行於當世並流傳至今者，多為男性作家的作品，然而明清的「彈詞小說」則由女性作家獨領風騷。女性「彈詞小說」最遲產生於明末清初，由順治八年陶貞懷《天雨花》中「彈詞萬卷將充棟」〔註26〕一句，可知當時已產生大量的「彈詞小說」。其中陳端生《再生緣》、陶貞懷《天雨花》、邱心如《筆生花》、程蕙英《鳳雙飛》等成功的彈詞作品，均出自女作家之手。譚正璧提出：

> 歷來女性的成功的作品，只有彈詞。詩、詞、曲、小說的世界，總為男性
> 占先，獨有彈詞，幾部著名的偉大的彈詞，像《天雨花》、《筆生花》、《再
> 生緣》，那一部不出於女性之手？〔註27〕

古代女性的生活範圍與視野較男性狹隘，對名山大川及風土民情的了解較男性淺薄，女性作家自認無法在賦、詩、詞、曲等方面與男性抗衡，故捨棄此等體裁，選擇自己熟悉並能發揮長才的「彈詞小說」，作為投入畢生精力寫作的文類，以另闢女性的創作天地，證明女性的文學才能並不亞於男性。鄭振鐸認為：

> 詩、詞、曲是男人們的玩意兒，傳統的壓迫太重，婦女們不容易發揮她們
> 特殊的才能和裝入她們的理想。在彈詞裡，她們卻可以充分的抒寫出她們
> 自己的情思。〔註28〕

「彈詞小說」有比其他文體更為自由的形式，其長篇的結構利於女性細膩地描繪小說人物的日常瑣事，並得以抒發個人的思想、情懷；小說中穿插的詩詞，能使女作家充分展現文學才華，因此明清女作家多鍾情於「彈詞小說」創作，藉以排遣苦悶、寄託理想。

女作家們得以自由地創作「彈詞小說」，與明清時期人文思想的進步，婦女教育的提倡有密切關係。早期男權社會，女性必須完全依賴男性，不能有獨立的思想，男性為了杜絕女性在習得知識後與其抗衡，便以「男子有德便是才，女子無才便是德」〔註29〕的戒律，限制女性識字、發展才學，企圖將女子培養為男權社會下的服從者。明清時期，規範女性的傳統女教雖然依舊存在，然而歐洲人文思想傳入，改

〔註26〕〔清〕陶貞懷著，趙景深主編，李平編校，《天雨花》三冊，河南：中州古籍出版社，1984 年 3 月，頁 1245～1246。

〔註27〕譚正璧，《中國女性文學史》，天津市：百花文藝出版社，2001 年 1 月，頁 413。

〔註28〕同注 18，鄭振鐸，《中國俗文學史》（下），頁 353。

〔註29〕「陳眉公曰：男子有德便是才，女子無才便是德。」〔明〕曹臣輯，《舌華錄九卷》卷一〈名語第二〉，清華大學圖書館藏明萬曆刻本，收於《四庫叢書存目叢書・子部一四三》，臺南縣：莊嚴文化事業有限公司，1995 年 9 月初版一刷，頁 568，（原書頁 20）。

變了部分中國人的保守思想，一些開明的思想家，如明代李贄、魏禧、高炳曾，清代唐甄等人，開始提倡兩性平等觀念。明代李贄主張社會平等、男女平等。他強調遠見、短見的區別，在於所思、所聞、所言的深度與廣度，因此不可以男子能雲遊四方，而女子不出閨閣之外，來斷定女子的見識一定短於男子：

> 故謂人有男女則可，謂見有男女豈可乎？謂見有長短則可，謂男子之見盡長，女子之見盡短，又豈可乎？設使女人其身而男子其見，樂聞正論而知俗語之不足聽，樂聞出世而知浮世之不足戀，則恐當世男子視之，皆當羞愧流汗，不敢出聲矣。〔註30〕

李贄在文中讚許歷代有才德的女性，如邑姜、文母、薛濤、龐婆及靈照，以加強論點的說服力。清代唐甄主張男女平等，尤其應當體恤女人。唐甄《潛書》〈夫婦〉：

> 唐子宿于汪氏之館，汪子數言其少子。唐子曰：「子愛男乎，愛女乎？」
> 曰：「愛男。」唐子曰：「均是子也，乃我之恤女也，則甚於男。」汪子問
> 故。曰：「好內非美德；暴內為大惡。今之暴內者多，故尤恤女。」〔註31〕

明末魏禧《魏叔子文集》〈義夫說為臨川王偉士作〉，針對社會只要求婦女守節一事提出「義夫說」，亦即「夫應為妻守節說」。在守節一事上提倡男女平等，認為男性在喪妻後不應續娶，應為妻子守節。高炳曾《雨樵文稿》〈嚴禁溺女示〉提出「男女並重不可偏廢說」，認為社會若重男輕女而一味溺女，未來男性將面臨娶不到妻子的窘境。〔註32〕

婦女教育在男女平等思想的影響下漸受重視，清代社會逐漸承認女子求學的重要性，有著進步婦女觀的文人學士開始招收女學生，如袁枚招收女弟子、培養女詩人，對女作家的寫作起了一定的推動作用。清代鄭觀應反對婦女纏足，認為中國應學習西方婦女教育，廣立女子私塾，其於《盛世危言》〈女教〉云：

> 泰西學與男丁並重。人生八歲，無分男女，皆需入塾。……中國之人，生齒繁昌，心思靈巧，女范屬肅，女學多疏。誠能廣籌經費，增設女塾。參仿西法，譯以華文。仍將中國諸經、列傳、訓誡女子之書，別類分門，因材施教。而女紅紡織，書數各事繼之。……庶他日為賢女，為賢婦，為賢母。〔註33〕

〔註30〕　〔明〕李贄，《焚書》〈答以女人學道為見短書〉，河洛圖書出版社，1974 年 5 月臺景印初版，頁 56

〔註31〕　〔清〕唐甄，《潛書》，臺北：河洛圖書出版社，1974 年 3 月，頁 78。

〔註32〕　關於魏禧、高炳曾的男女平等觀，可參見蔡尚思，《中國禮教思想史》，香港：中華書局（香港）有限公司，1991 年 8 月，頁 173～174。

〔註33〕　〔清〕鄭觀應，《盛世危言》〈女教〉，長春：北方婦女兒童出版社，2001 年 1 月，

鄭觀應批評纏足的酷虐殘忍，並肯定女子的能力，強調女子教育的重要性，「苟易裹足之功，改而就學，罄十年之力，率以讀書，則天下女子之才力聰明豈果出于男子下哉。」〔註34〕思想家、文學家們對男尊女卑、「女子無才便是德」等不平等的觀念進行批判的現象，引起女性對自我意識及自我實現的追求與重視。女性在接受男女平等的思想啟迪後，開始挑戰傳統、重視自身的性別，並積極地參與女子教育，為「彈詞小說」的創作奠下思想基礎。

　　綜上所述，明清時期男女平等思想的提倡、婦女教育的開放，使有文采的女性得到宣洩牢騷、抒發文采、抱負的空間與機會。彈詞女作家在此文化背景中逐漸崛起，創作動輒幾十萬、幾百萬字的長篇「彈詞小說」，成為明清女性閱讀、傳抄、寫作的主要文體，也成為中國文學史上的一大奇觀。

　　　頁 59～60。
〔註34〕同注33，〔清〕鄭觀應，《盛世危言》〈女教〉，頁 60～61。

第二章　邱心如與《筆生花》

第一節　邱心如的生平

　　《筆生花》作者爲清代「彈詞小說」女作家邱心如，邱心如爲江蘇淮陰人，實際生卒年不詳，由其作品推算大約生於清嘉慶九年（1804 年）前後，卒於同治十三年（1874 年）左右。〔註1〕邱心如的生不事蹟不見於史籍〔註2〕，淮安、海州的邱姓後輩及相關人物亦不明瞭〔註3〕，但她多在《筆生花》每回首尾，或簡或繁地描述寫作時節、景色，並敘述其回憶、心情及生活經歷，是以仍可得知其家世背景、性格、觀念、生活態度及寫作時的心理狀態等。此外《筆生花》於咸豐七年（1857年）刊行於世，其表侄陳同勛爲其撰寫序文；同治十一年（1872 年），雲腴女士仰慕邱心如的文采爲其作序，使後人得以藉此兩篇序文窺知邱心如的生平。

〔註1〕關於邱心如的生卒年，可參見〈筆生花考證〉，收於〔清〕邱心如女史著，黃明校注，《筆生花》，臺北：三民書局股份有限公司，2001 年 11 月，頁 1。

〔註2〕張子文指出光緒淮安府志、同治山陽縣志、民國續纂山陽縣志、王錫祺山陽詩徵續編、光緒丙 申刊本邱崧年氏家集、民國壬戌（1925 年。冬石印邱氏族譜存略，皆無關於邱心如的記錄。只知與邱心如同爲心字輩的十五世，有心傅、心源、心鑑、心澄、心坦五人，其中心澄名下註名「入海州籍」；又十三世記載「殿華公、殿芳公兩支，今居海州。」由此推知，邱心如的近族約移居海州，故今於淮安無法查得其生平資料。見〈邱心如的生平〉，收於〔清〕邱心如，《筆生花》（下），臺北：文化圖書公司，1981 年 5 月 5 日出版，頁 1635～1636。

〔註3〕根據張子文採訪邱氏家族最年長的邱于蕃妻子得知，「她的晚年，服侍她的一個女僕最清楚，但這女僕已死了好久。其次女僕的兒子從他母親那裡也得到一些心如的史實，可惜他又在上海做理髮匠。」見〈邱心如的生平〉，收於同注2，〔清〕邱心如，《筆生花》（下），頁 1636。

一、邱心如與娘家

邱心如「生本儒宗，世居枚里。」〔註4〕生於詩書傳家的儒官家庭，祖籍爲淮陰望族。邱父「官居學博奉先賢」（第十二回，頁625），爲人忠厚、敦儒教，「重倫常，言惟禮學心無苟。」（第十二回，頁625）里黨中堪稱品德、學問兼備者，晚年隱居鄉間，雖少俸錢，但仍「惠及貧寒志不慳」（第十二回，頁625），邱父的品德志節帶給邱心如極佳的身教、言教。

邱心如一生中最懷念的時光爲與父母、兄嫂相處融洽，且衣食無缺的閨中時期，此時邱心如不知世態炎涼的辛酸，只一心沉醉於文學之中。邱心如在母親的傳授下，習得女子應具備的女紅、針黹、技藝等婦功，並在父親的教導下閱讀《禮記‧內則》、《尚書‧堯典》等培養婦德的古籍，以及母親推薦的閨秀作品，藉此習得古人的訓誡與箴言，並規範自身謹言愼行。

> 父談《內則》、《書》和《典》……，母督閨工儉與勤。爲訓者，利口覆邦
> 男所戒。爲訓者，巧言亂德女之箴。因此教，時時擇語渾如啞。因此教，
> 事事重思懼失行。（第八回，頁407）

這些史籍、詩文和閨篇，使邱心如自小便明白女子應遵從的禮法，並培養出濃厚的文學興趣，不僅「學傳衛鑠，幼即能書。」〔註5〕顯露衛夫人、謝道韞般的才氣，年老時更「教秉宣文」〔註6〕效法南北朝太常韋逞之母宋氏，在家立講堂授業。邱心如在《筆生花》中引用許多典故，包括《詩經》、《楚辭》、《左傳》、《莊子》、《戰國策》、《漢書》、《列女傳》、《淮南子》、《晉書》、《南史》、《世說新語》、《新唐書》、《會眞記》等，不論詩、詞或史實、小說，邱心如皆能精準地引用，可見作者在父母的潛移默化下，博覽群書的成果。

邱心如出嫁後，仍與娘家密切聯繫。邱父在世時，妹妹喪夫返娘家，守節、撫育孩子。作者感嘆自古紅顏多薄命，並疼惜妹妹雖非紅顏仍命運乖舛。邱父棄世後，邱家便家道中落：

> 更念切，母族蕭條不似先。一自那，老父歸來悲棄世，即便使，家門顚沛
> 流迍邅。賦閒居，諸兄淪落錐難立。存苦志，寡妹伶仃針代拈。實堪嗟，
> 望七萱帷垂暮景，當斯際，惟餘涕淚日漣漣。（第十二回，頁625）

邱心如感慨父親之死：

> 遺澤後人該樂業，卻不道，而今天道曲還偏。這六年，六親同運皆如是，

〔註4〕〈雲腴女士敍〉，收於同注1，〔清〕邱心如女史著，《筆生花》，頁1。
〔註5〕〈雲腴女士敍〉，收於同注1，〔清〕邱心如女史著，《筆生花》，頁1。
〔註6〕〈雲腴女士敍〉，收於同注1，〔清〕邱心如女史著，《筆生花》，頁2。

竟不覺，搔首呼天欲問天。（第十二回，頁 625）

作者在父親謝世至擇墓地期間，「父卜佳城心緒亂」（第九回，頁 516），感傷「一別慈顏難復見」（第六回，頁 280），並慚愧未報養育之恩，一度無心創作。

邱心如的寫作進度常因家務繁忙而停頓，當她欲打起精神重拾筆桿時，「不道親兄又病亡。看了他，四壁空存良可嘆，雙孤無恃更堪傷。」（第二十九回，頁 1561），一方面須承擔夫家的經濟壓力，一方面得擔憂娘家的家庭問題：

> 近者家庭無所計，邇來母族益難言。孤姪勞勞奔白道，次兄戚戚困青氈。
>
> 荏弱藕絲難作線，療貧榆莢恨非錢。奉親愧乏蓮花鮓，教子慚同柳絮禪。
>
> （第三十二回，頁 1680）

長兄的病亡，次兄、孤姪的奔波勞苦，皆令邱心如愁苦，並因貧困慚愧未能以美食侍奉雙親，因繁忙未能專心教育孩子。

據〈筆生花考證〉所云，邱心如自舅姑過世後，返回娘家奉養母親，並設帳授徒以營生，然而過世時依舊身無長物，十分悽涼。

二、邱心如與夫家

（一）牛衣對泣的夫妻

邱心如嫁給家境貧寒的張姓儒生〔註7〕，然而張生「學淺才疏事不諧。到而今，潦倒半生徒碌碌。」（第六回，頁 279）夫妻倆「止落得，牛衣對泣嘆聲皆。克勤克儉功何補，求利求名志已裁。」（第六回，頁 279）張家以務農為業，張生不僅謀事不成，當家中須繳交百石田租，卻逢水旱以致無收成時，竟也「內顧無長策」（第八回，頁 408），儘管「饑軀徒鹿逐」（第十七回，頁 887）各處營謀，仍無法貼補家用。作者面對丈夫的無能，只好「為人忙嫁具」（第二十回，頁 1039），替人做女紅以維持家計，不得已則「尊前婉轉乞慈恩」（第八回，頁 408），請母親代為籌畫。又託平日信賴的親朋好友幫忙，豈料卻遭欺騙，不僅生活依舊被田租逼迫，生計也更加辛苦。

邱心如在書中對丈夫的記載極少，可能是貧賤夫妻百事哀，致使作者與丈夫感情不睦；也或許是丈夫長年在外謀事奔波，夫妻相處時間不多，故作者鮮少描述夫妻相處情形。邱心如自幼接受三從四德的禮教，應是以夫為天的傳統女性，然而在

〔註 7〕根據張子文採訪邱氏家族最年長的邱于蕃妻子得知，「心如所嫁的張姓，淮陰籍，居淮安東門打線巷，家有兩重大門，俗稱『雙扇門張家』，家極清寒。（現在張姓多居淮陰，淮安無人。）」見〈邱心如的生平〉，收於同註2，〔清〕邱心如，《筆生花》（下），頁 1636。

自述中卻未彰顯丈夫的學識才華，僅流露出對丈夫才疏學淺的無奈，與窮途潦倒的嘆息。或許作者自認文學素養比丈夫來得高，故產生輕視心態，不願對丈夫多加描述，也未可得而知。

（二）相忌相傾的家族

邱心如在夫家本不富裕的條件下，一肩挑起家計維護微薄資產，還得承受經濟壓力及家族的口舌紛爭，「高堂看待雖加重，可奈這，群小離間多妒猜。」（第六回，頁279）

> 被人相忌更相傾。紛紛算計殊堪笑，刺刺煩言不耐聽。這其間，本屬兩姑
> 難作婦，何當群小再疏親。（第八回，頁407）

親戚間的算計與離間，使作者「一時嗾失高堂意，十載躬將家事承。」（第八回，頁407）惶恐地堅守婦職，「猶恐懼，舅姑作色動咨嗟。」（第九回，頁465）

邱心如竭盡心力地恪守婦職，卻仍連年遭受夫家族人的惡言與誹謗，「怕的是，喋喋不休耳畔語，愁的是，朝朝欲斷竈中烟。」（第十二回，頁625）承受著千憂百慮的煎熬，不禁感嘆「別親闈，自賦于歸無善狀。」（第十二回，頁625），「百事周旋勞轉折，一家情況欠和融。」（第十二回，頁675）邱心如本為「椿庭掌上珍」（第八回，頁407），在婚後忙於操持家務並為生活俗事所累，已無法隨心所欲地創作，在面對生活上極大的轉變後，感嘆「怎比當初依父母，止曉得，承歡取樂不憂災。」（第六回，頁279）並懷念受父母寵愛的閨中時期：

> 荷父垂憐愛獨鍾。悅色和顏常習慣，哮聲惡語未經逢。固不期，此生際遇
> 今如此，只落得，憶及慈顏恨疊重。（第十二回，頁675）

邱心如因得不到夫家族人的體諒，故時時忍受堂前的垢誶聲。淒苦的婚姻生活，令作者「刻刻疚心勞永夜」（第十回，頁517），「常常枵腹竟連朝」（第十回，頁517），「鎮日間，填胸止有愁千斛，經年裏，得意難逢事一條。只落得，煩惱漸多歡漸少，只落得，憂煎無益又無拋。」（第十回，頁517），只好藉筆墨抒懷。

（三）魯拙貼心的兒女

兒女是母親心情低落時的精神寄託，邱心如在書中未描述天倫之樂，卻訴說兒女帶給她的安慰與愁煩。兒女幼時「姣痴不解事，有時還咿哇繞膝索錢來。」（第六回，頁279），在家計問題未改善的情形下，更增添邱心如許多憂愁。儘管作者關愛兒女，然而在經年累月困擾於經濟、家族人際關係等問題之後，耐心不免因為家務勞心勞力而有些許折損，因此她「更厭煩，兒女歪纏增口舌」（第九回，頁465），「厭煩問字憎兒蠢」（第八回，頁464）。邱心如對於自己缺乏教養兒女的耐心滿懷慚愧，

「每慚懷，兒曹魯拙難為教。」（第十二回，頁625）

　　在忙於家務之餘，邱心如欣慰女兒能替她分憂解勞，「肯替操勞賴女能」（第八回，頁464），「愛女多能情少慰」（第二十回，頁1039），但遺憾「痴兒廢學愧三遷」（第二十回，頁1039），可見作者愛女兒甚於兒子。兒女儘管令邱心如煩心，但畢竟仍是她最為掛懷者，「第一明珠驚痘殤」（第二十九回，頁1561）兒子的驟逝令邱心如心痛不已。不久後女兒出嫁，「婚嫁催人累阿娘。檢疊女兒箱篋畢，時光早看九秋霜。」（第二十九回，頁1561）生活便在諸多悲歡離合中度過了。

（四）貧困多病的婚姻

　　邱心如在婚後境遇乖違，被生活折騰得體弱多病，「多病慵妝閑寶鏡。良可嘆，療病無計質金釵。」（第六回，頁279）不僅無心思打扮，連治病都得典當金釵，「恨悠悠，窮愁苦病一身兼。」（第二十回，頁1039）作者在身心壓力的折磨下，內在的愁苦與日俱增。家境貧寒為邱心如在婚後所面臨的最大難題，她多次表露對於貧寒的愁苦心情：

　　　　奉羹湯，安能充膳終長董，乏樹木，那得添薪仰古槐。（第六回，頁279）
　　　　質盡衣衫存敗絮，空餘性命比輕塵。空中落落同懸磬，竈下空空少束薪。
　　　　巧媳難為無米粥，尊人怎使缺蔬羹。杯盤草具猶無力，財帛花消枉受嗔。
　　　　（第八回，頁408）
　　　　三餐縱不空斯鑊，七件何堪在別家。（第九回，頁465）
　　　　愁的是，朝朝欲斷竈中烟。（第十二回，頁625）
　　　　所需莫備渾無計，是職難當強自供。（第十二回，頁675）
　　　　驚米貴，苦囊空，不在愁中即病中。真個是，舉室參差多棘刺，閑庭冷落
　　　　長蒿蓬。實堪憐，書中空有黃金在，堂上惟憑菽水供。（第十五回，頁776）
　　　　名利驅人萬火牛，勞勞碌碌幾時休？謀生似繭空相縛，處事如棋著未周。
　　　　無奈閑愁逐草生。論世茫茫難測料，處家瑣瑣費經營。惟祈年歲常豐稔，
　　　　但祝山河早太平。每訴艱難惱夫婿，且憑笑語樂慈親。（第二十四回，頁
　　　　1238）
　　　　向人乞活憐嬌女，作客無歸嘆阿兄。半世辛勤徒歷鹿，終身憾恨愧丸熊。
　　　　性耽寂寞貧原樂，日費錙銖計欲窮。（第二十九回，頁1503）

邱心如長期面對衣衫不暖、三餐不繼，柴米油鹽醬醋茶樣樣缺乏的苦境，早已不知如何是好，畢竟「『巧媳難炊無米粥』，卻教我，裙釵何處覓千鍾。」（第十五回，頁776）儘管邱心如欲以佳餚侍奉公婆，但對於如何解決家中的經濟問題仍毫無計策，

只能祈求年年豐收，並安慰自己「自古來，達人知命何興嘆，君子安貧豈怨窮？只索置之姑自解，披箋撥悶莫辭慵。」（第十五回，頁776）效法古人安貧樂道的精神，並將愁緒寄託於寫作中，聊以自慰。

　　邱心如多次在自述中流露對婚姻生活的感嘆，欣慰女兒能分憂解勞、憾恨兒子駑鈍不好學、憂愁「良人終歲饑軀迫」（第二十回，頁1039）、心痛「寡妹無家苦志堅」（第二十回，頁1039），諸多煩心事及憪憪病體使得邱心如心力交瘁，她感嘆：

> 真個是，詩腸欲并愁腸結，真個是，墨跡將和淚跡研。思渺渺，骨肉牽情
> 千里隔，恨悠悠，窮愁苦病一身兼。原也知，破垣敗壁堪容膝，怎奈何，
> 冷竈荒廚欲禁烟。真個是，落葉爲薪非妄誕，真個是，野蔬充膳欠周全。
> 自憐落薄今生已，偏遇紛紜俗累牽。（第二十回，頁1039）

邱心如對此無可奈何的婚姻生活，嘆息「止剩嗟吁憐自己，難將甘苦訴旁人。旁人若個知心事，惟有當天月一輪。」（第八回，頁408）縱然有滿腹的辛酸委屈也難以向人啓齒，「每訴艱難惱夫婿」（第二十四回，頁1238）即使向丈夫訴苦，也只是徒增丈夫的煩惱，更何況外人呢？邱心如認爲明白其心事者，唯明月而已；故藉自述的方式向讀者訴苦，以宣洩滿腔愁緒。邱心如在貧病交迫之際，以其決心毅力，獨立完成此部長篇「彈詞小說」，其寫作精神實值得後人敬仰推崇。

第二節　《筆生花》的內容

一、《筆生花》書名由來

　　邱心如以「筆生花」爲書名之因，依其自述乃隨意編寫：「筆生花，三字題名做戲編。原也知，女子知書誠末事。」（第一回，頁2）黃明校注《筆生花》認爲作者以「筆生花」爲名，乃源於江淹「夢筆生花」的典故：

> 《筆生花》的命名，源自六朝江淹的故事。傳說梁代詩人江淹降生前，他
> 的母親作了個夢，夢見一枝大筆，筆頭生花。日後江淹果然成爲一代大文
> 學家。作者以這一典故爲小說命名，表現她認爲女子才華絲毫不遜於男子
> 的思想。（引言，頁2）

「筆」在古代是文才的代稱，古人視「夢中得筆」爲文才高妙的兆頭，「夢筆生花」即指夢見筆頭上生出鮮花，比喻才思泉湧、文筆富麗，又喻才從天降，亦作「筆底生花」、「筆下生花」。關於「夢筆生花」的典故有諸多說法，如江淹、紀少瑜、李白、李商隱、和凝。

其一為南朝江淹夢筆的典故。江淹因恩師劉景素密謀叛亂，屢次上書苦諫，被貶黜為浦城（古稱吳興）縣令。據傳他到任時，歇宿在浦城郊外的一座小山丘，夢見自稱郭璞的神人授他一支五彩筆，從此便才思泉湧、下筆如神，並用此筆寫下《別賦》、《恨賦》等千古不朽名篇，此為「夢筆生花」最初的出典。傳說江淹到了晚年才思微退，據《南史》卷五九〈列傳第四十九・江淹〉記載：

> 淹少以文章顯，晚節才思微退，云為宣城太守時罷歸，始泊禪靈寺渚，夜
> 夢一人自稱張景陽，謂曰：「前以一匹錦相寄，今可見還。」淹探懷中得
> 數尺與之，此人大恚曰：「那得割截都盡。」顧見丘遲謂曰：「餘此數尺既
> 無所用，以遺君。」自爾淹文章躓矣。又嘗宿於冶亭，夢一丈夫自稱郭璞，
> 謂淹曰：「吾有筆在卿處多年，可以見還。」淹乃探懷中得五色筆一以授
> 之。爾後為詩絕無美句，時人謂之才盡。凡所著述，自撰為前後集，贈齊
> 史十志，並行於世。嘗欲為赤縣經以補山海之闕，竟不成。子蔿嗣。〔註8〕

宋代李昉《太平廣記》〈夢二〉也記載江淹得筆、失筆的故事：

> 宣城太守濟陽江淹少時，嘗夢人授以五色筆，故文彩俊發。後夢一丈夫，
> 自稱郭景純，謂淹曰：『前借卿筆，可以見還。』探懷得五色筆，與之。
> 自爾淹文章躓矣。故時人有『才盡』之論。（出《南史》）〔註9〕

江淹夢見筆被索回後，便喪失文才，爾後作詩絕無美句，時人謂之「江郎才盡」。

其二為南朝紀少瑜夢筆的典故。相傳紀少瑜幼年時才華雖不出眾，但因刻苦用功而感動文神。《南史》卷七二〈列傳第六十二・文學・紀少瑜〉云：

> 少瑜嘗夢陸倕以一束青鏤管筆授之，云：『我以此筆猶可用，卿自擇其善
> 者。』其文因此遒進。〔註10〕

紀少瑜夢見文人陸倕送他一隻筆，自此文筆進步神速，後來官至東宮學士。

其三為唐代李白夢筆的典故。唐代馮贄《雲仙雜記》卷一〇〈筆頭生花〉云：

> 李太白少夢筆頭生花，後天才贍逸，名聞天下。〔註11〕

五代王仁裕《開元天寶遺事》卷下〈天寶下・夢筆頭生花〉也記載：

> 李太白少時，夢所用之筆頭上生花，後天才贍逸，名聞天下。〔註12〕

〔註8〕 〔唐〕李延壽，《南史》卷五九〈列傳第四十九・江淹〉，明崇禎間至清順治丙申虞山毛氏汲古閣刊本，頁4。

〔註9〕 〔宋〕李昉編，《太平廣記》卷二七七〈夢二〉，北京市：中華書局出版，2003年6月，頁2192。

〔註10〕 同註8，〔唐〕李延壽，《南史》卷七二〈列傳第六十二・文學・紀少瑜〉，頁16。

〔註11〕 〔唐〕馮贄，《雲仙雜記》卷十〈筆頭生花〉，收於嚴一萍選輯，原刻景印，《百部叢書集成》，臺北縣：藝文印書館印行，1967年，頁3。

李白年少時曾夢到自己所用之筆，筆頭上長出鮮花，長成後果然才華洋溢，聞名天下。

其四為唐代李商隱夢筆的典故。李商隱《牡丹》詩自云：

錦幃初卷衛夫人，繡被猶堆越鄂君。垂手亂翻雕玉珮，招腰爭舞鬱金裙。
石家蠟燭何曾剪，荀令香爐可待熏。我是夢中傳彩筆，欲書花葉寄朝雲。

〔註13〕

李商隱自述在夢中得彩筆，故寫出絕美詩句。

其五為五代和凝夢筆的典故。宋代薛居正《舊五代史》載：

和凝字成績，……凝幼而聰敏，姿狀秀拔，神彩射人。少好學，書一覽
者咸達其大義。年十七，舉明經，至京師，忽夢人以五色筆一束以與之，
謂之：『子有如此才，何不舉進士？』自此才思敏捷，十九登進士第。〔註
14〕

和凝「生平為文章，長於短歌豔曲。」〔註15〕明宗時，曾任中書舍人、工部侍郎，皆充學士。

上述典故皆與「夢筆生花」一詞有關，邱心如在《筆生花》中將此類典故套用於女主人公姜德華身上。姜德華女扮男裝參與科舉考試，在夢中得彩筆後，果然得第一。第十一回：

是晚小峰感一夢，見一枝，生花綵筆舞庭前。或高或下光華射，忽地飛來
繞體旋，落向額邊輕一點，驚醒了，洽當三鼓漏聲傳。不勝奇異芳心想：
幼日常聞吾母言，說是當初懷我日，曾夢見，美人捧筆送慈萱。准猜生子
才華美，誰道臨盆不是男。枉此嘉祥留吉夢，每嘆息，女兒哪得顯門楣。
縱教聰慧誠何益，讀盡詩書亦枉然。卻誰知，世事不由人意料，一朝改服
忽殊前。看來此夢多佳兆，冠群英，萬里雲程可望焉。非我痴心生妄想，
欲博取，北堂萱室解悲酸。省得教，生平切抱無兒恨，也到底，聊以相酬
父母歡。那其間，瀝血辯冤誣案釋。那其間，奉親歸里錦衣旋。（第十一

〔註12〕〔五代〕王仁裕，《開元天寶遺事》卷下〈天寶下・夢筆頭生花〉，陽山顏氏文房，
收於嚴一萍選輯，原刻景印，《百部叢書集成》，臺北縣：藝文印書館印行，1967年，
頁2。

〔註13〕〔唐〕李商隱，《李商隱詩集》〈李商隱之八・七言律詩二〉，清康熙間海鹽胡氏刊唐
音戊籤本，過錄清河焯盧文弨校語，頁13。

〔註14〕〔宋〕薛居正等，《舊五代史》第五冊〈周書〉，北京市：中華書局出版，新華書店
上海發行所發行，1976年，頁1671。

〔註15〕同註24，〔宋〕薛居正等，《舊五代史》，頁1673。

回，頁 598）

邱心如深信女子的文學才華能與男性文學家並駕齊驅，並期許自己的才學也能如先賢般才思泉湧、文筆富麗，故以「夢筆生花」的典故爲書名與內容，表現出對寫作的自信與抱負。

二、《筆生花》全書內容

《筆生花》的故事時代背景歷經明正德皇帝（明武宗）、嘉靖皇帝（明世宗）、隆慶皇帝（明穆宗）三朝（1506 至 1572）。小說著重於浙江省文、姜兩家，並旁及謝、吳、杜、王、莫、步、沃、楚、蘭等家的故事，涵蓋親情倫理、婚姻命定、神仙法術、輪迴果報等內容。

《筆生花》共三十二回，每一回目下皆有概括全回主旨的四句詩，每一詩句分別講述一個主要人物所發展出的情節，故每回實包含一至四個主旨。全書雖以女主角姜德華假扮男裝建功立業的經歷，及被揭穿重返女身，而後嫁爲人婦的歷程爲主線，但就狹義而言並非以一人一事爲主軸。貫串整部小說的主要情節結構，爲明代傳統才子佳人小說的「反仿」。明代才子佳人小說的情節不脫「私定終生後花園，落難公子中狀元。」的俗套，《筆生花》等「彈詞小說」雖仿效此情節，但卻進一步顛倒男女人物的境遇。亦即青年男女們因父母之命而結合，然女子卻因權臣逼婚，爲保貞節而假扮男裝或隱性埋名而逃婚，女子在經歷諸多磨難後，終於高中狀元、金榜題名，進而有天子賜婚，子孫滿堂的圓滿結局。本論文將全書分爲：訂定姻緣（開端）、權臣逼婚（糾葛）、改裝逃婚（高潮）、喬裝惹疑（懸疑）、建功立業（衝突）、返回女身（逆轉）、苦盡甘來（緩和）、圓滿結局（收場）八部分，以呈現其內容。

（一）訂定姻緣

文、姜等府之兒女各依父母之命訂定姻緣。少霞借住姜家，偷窺德華及其詩，驚艷其美貌與文才，至此深情不移。楚家向文佩蘭提親，文家因不願與權奸攀親事而婉絕。楚廷輝求親不成，故以暗計陷害少雯。楚夫人憐惜少雯，解救少雯並將次女春漪許配之，少雯無奈允諾。楚春漪不願下嫁少雯作妾，對母親私訂婚事感到委屈。春溶對德華動心，得知德華已定姻緣，感到十分惋惜。少霞知春溶心思，因欣賞春溶，故請託母舅作媒，成就春溶與佩蘭之良緣。玉華因近仁酒醉胡言而過繼給顯仁，顯仁爲官清政，與惡子逢吉形同陌路，老夫妻賴有玉華爲伴，然而玉華卻飽受逢吉夫婦毒害。

（二）權臣逼婚

正德皇興建行宮別苑，權奸為迎合聖意，慫恿正德皇廣招美女居此。正德皇大悅，下旨選才色兼優的宦家閨秀封為貴人。柏固修假借築堤塘名義，勒索民財以自肥，並要近仁捐助。近仁不畏懼而回絕，柏固修怒而欲陷害之。

德華等人遊庭園時，驚見狐仙胡月仙。胡月仙提醒、勸戒德華近日將有災禍，及如何逢凶化吉。眾人遊西湖時，德華為避開少霞，且謹記胡月仙警言，故託詞不去。德華勸戒九華勿盛裝出門，以免招蜂引蝶，九華不聽從。柏存仁至西湖遊玩，驚艷九華美貌，得知九華已與吳家有婚約後十分氣惱，於是聽吳氏兄弟計謀，於九華出嫁當日劫婚。九華守節寧死不屈，慘遭柏存仁杖斃，幸老天有眼，令九華還魂，並為吳家乳母所救。眾人讚嘆九華之節操，瑞徵接回九華與之成親。成氏誣衊九華行為不檢點，吳公信以為真，命瑞徵嚴加管束。九華為護名節，不惜犯上。瑞徵為護妻譏諷成氏有虧操守，成氏惱羞成怒與瑞徵扭打。吳公因寵愛成氏而叱責瑞徵，九華以死威脅向吳公求饒，吳公始制止。

柏存仁得不到九華，便狀告父親，姜家有一傾國傾城之女德華可獻給皇上。近仁稟明此女已有婚約，然而柏固修霸道不講理，仍挾持近仁以威脅德華入宮。德華為救父而應召入京，少霞惱其貪圖富貴，忘舊約、棄前盟，於是私自出走。少霞借宿慕容家，因酒醉欠思量而娶純娘為妻。文夫人不滿少霞私下成婚，命佩蘭寫家信致少霞，秋闈中第方可返家，否則漂泊異鄉不許歸來。

楚廷輝探得佩蘭與春溶之婚事後，冒名春溶搶先迎娶佩蘭。文夫人一時失察，糊塗嫁女。佩蘭受騙後，投水自盡以守節操。佩蘭殉節後，因其貞烈精神可敬，故為仙女相救。仙女命佩蘭埋名匿跡，身充下役三年，日後便能闔家團圓。佩蘭為王家所救後，聽從神諭，託名姜佩蘭，屈居於王家。

（三）改裝逃婚

德華深明大義，為救父而入京，途中為保清名而自縊，但為胡月仙所救。胡月仙指示德華喬裝成男兒並投靠謝家，自己則假扮德華入宮，以救其脫離險境。德華假扮男兒後，更名為姜峻璧字小峰，留宿謝家，並與謝絮才成親。絮才只欲修行，不欲沾染紅塵，恰巧與德華情投意合。德華得知少霞娶妻事後心灰意冷，決心做一世男兒與絮才一同修道。小峰應試得第一，姜家得知小峰上榜消息，甚覺訝異，對於小峰的來歷頗多疑惑。姜公反覆詳讀小峰書信，覺其字跡似德華。

柏固修因畏懼德華受皇帝寵愛後會挾怨報復，故於新年時拜訪姜家。近仁酒醉，毫無忌憚地斥罵柏固修欺君誤國。柏固修以毀謗朝廷、目無君上的罪名，憤而將姜

近仁押解入獄。花氏趁姜公入獄後，收買奴僕，揮霍家產。文夫人得知娘家被花氏鬧得悽涼蕭條，故返家探視，並請水太守論斷花氏等人掠奪家產一事。水太守依法處辦後，樊太夫人將花氏鎖禁冷房。近仁知花氏胡作非為，氣煞其玷汙姜家名聲，故與花氏一刀兩斷。

　　小峰至獄中探望父親，近仁認出小峰為德華，兩人恐犯欺君之罪，決定隱匿實情。小峰向楚公稟明姜公冤獄，楚公見小峰有才貌，欲將小峰招為己黨，故允諾相助，並託媒將楚春漪許配小峰。小峰擔憂違逆楚公心意，不僅救父不成，又將惹禍上身，故以已有家室為由婉拒。楚公知情仍強行威脅逼迫，小峰不敢違逆，只得權衡答應婚事。藍氏知楚公為女安排婚事後，因已私將春漪許配少雯，故偷偷將春漪送至藍公處。楚公見女兒失蹤，怒斥藍氏教女無方。姜家知近仁為小峰所救，無罪釋放，便認定小峰為姜公骨肉，欣喜今後有香煙光耀門庭。

（四）喬裝惹疑

　　皇上對胡月仙之美貌動念染指，胡月仙稟明皇上已有婚約，懇求皇上恩赦，並撞柱表明心志。皇上感佩胡月仙貞烈，赦免其出宮，並賜少霞夫婦完婚。少霞與胡月仙幻成之德華成婚，洞房夜時胡月仙化成清風遁去，留下一隻鞋底寫著「包你和諧」之繡花鞋及兩首七絕。少霞看出詩中口氣非德華，猜想此人為神仙降世，而小峰則為德華，於是開始思索可疑之處，並不斷試探小峰是否真為德華。春溶強抓小峰手臂，小峰失色發怒，惱貞潔有污，憤而將手臂砍一刀。少霞由小峰斷臂之舉，認定小峰必為德華，於是試探詢問近仁。近仁反笑此乃無稽之談，責備少霞狂妄無知，並警告其不可胡言亂語。

　　純娘被李夢周冒名少霞，賣入妓院。純娘堅決不賣身而欲以死明志。絮才因虔心修道，故買下純娘給小峰作妾。老鴇為脫罪，便毒害純娘成為啞吧，再賣至謝家。純娘呈上血書對小峰表明身世背景，及被少霞拋棄賣入妓院而後進謝宅之始末。小峰憐惜純娘，於是向其表明自身即為姜德華的秘密，並向純娘建議先委屈作其次房，此舉不但不失節，亦可觀察少霞心意。純娘又驚又喜，聽任小峰安排。小峰攜家眷歸故里，途中奇遇呂洞賓。呂洞賓以詩警悟絮才，並賜純娘仙丹，使其得以開口言語。絮才見純娘病癒，便擇良辰舉辦純娘與小峰之婚事。姜公夫婦對於純娘懷孕甚為納悶，擔憂純娘乃輕薄之人，有損小峰名節。小峰便將純娘身世據實以告。

　　沃公請小峰作媒將沃良規許配少霞，小峰委託莫公作媒。少霞惱小峰之作弄，表明不續婚沃女，並要拋棄純娘，除非德華重臨世，否則甘願孤老一生。德華知少霞暗示，但已意志堅決，寧可失婦職也要盡孝道。少霞無計可施，故寫信請求母親

觀察小峰行徑，並代為做主。文夫人見小峰妾室有孕，怨少霞無憑相誣。樊氏見到小峰及其妻妾成群，欣喜家門興旺。姜公告知莫氏，小峰乃德華喬裝，莫氏驚喜並得意有此狀元兒子，替之增光彩。

（五）建功立業

顯仁因子媳不肖，終日抑鬱寡歡而病歿。逢吉夫婦為掠奪家產，故下藥使玉華昏迷並棄置荒野，倉皇攜母逃離。興獻王厚熜之母蔣太妃得婚姻夢兆，聽從神明指示命厚熜至樹林尋訪玉華。厚熜尋獲玉華，與姜家議定婚事。少霞天性風流，因煩惱與德華之婚事久未成，而誤娶沃良規。

小峰夢見胡月仙帶其參謁孫夫人。孫夫人授與小峰兵法，並賜小峰芙蓉寶劍，命其用心習練，以於日後輔佐皇上立大業。小峰醒後，果見一寶劍，日後便勤讀兵書，勤練武藝，鎗法日漸精熟。

正德皇沉迷於酒色、重用逆臣。楚元方集眾結黨，伺機舉發，篡龍位。少霞上諫言，令皇帝震怒而入獄。小峰知情，趕去京城請求楚公相助。楚公因深愛小峰奇才博學，遂奏請皇上赦免少霞。少霞對小峰之相助不勝感激，驚覺小峰身懷武藝，對其究竟是男是女更加疑惑。

正德皇駕崩後，楚元方在逆臣賊子之護擁下僭位，改元通順，國號後金。楚貴妃、楚夫人因悲痛楚公悖理而殉節自盡。小峰、少霞合力請太后賜手諭，至武昌迎興王即帝位。楚元方篡位後，終日沉湎酒色不問政事。小峰見楚軍心懈，便大舉進攻，將奸臣一網打盡，王守仁亦平定柏固修等奸賊。興王登基即位，改元嘉靖，大赦天下，冊立玉華為皇后，並封有功之人。

（六）返回女身

王守仁將女兒許配春溶，春溶認為此舉辜負佩蘭之節操。佩蘭得知春溶與鳳嬛之婚事，暗自悲嘆，抵達京城時即刻返家視親，並告知眾人埋名匿跡之始末。皇上降旨命佩蘭與鳳嬛無分偏正，一同嫁與春溶。絮才潛心道術多年，終獲胡月仙指引，並拜之為師。小峰為避免絮才為修道而時時防範，故表明喬裝實情，絮才又驚又喜。

少霞始終疑心小峰為德華，亂事平定後，整日為德華心煩意亂。佩蘭認為莫氏忠厚仁慈，若向其懇求必有所允，於是與母親一同向莫氏表明心意並曉以大義。莫氏無奈只好將德華喬裝之事據實以告，少霞等人知情大喜。姜公見此情景，亦允諾將德華重歸少霞。小峰得知喬裝一事敗露，須改回女裝，深感無奈與悲哀。皇上對小峰實為女人深感訝異，非但不怪罪反而加以稱許，並賜婚少霞。少霞等待三年，終於如願與德華結為連理。德華參見皇太后，皇太后對其身為女子，卻平定天下、

重振明室江山深感敬佩。德華婚後，勸說少霞與純娘、沃良規重修舊好，並替少霞納惜惜、憐憐為妾。

（七）苦盡甘來

絮才見德華嫁與少霞，急忙表明不願改嫁而欲修道的決心，謝夫人不諒解，謝公則無奈應允。皇上對於絮才不願重婚欲修道深表認同。德華邀絮才前往姜家閣樓專心修道，絮才喜而同往。佩蘭見少雯為了春漪鬧得雙親不愛，且功不成名不就，於是正色勸戒之。少雯聽罷佩蘭的金玉良言，始茅塞頓開，決心改過自新。

張太后向德華抱怨世宗不尊明朝正統，只重本生親父母而不孝敬自己。德華委婉將歷朝禮制告知張太后，張太后願意任從禮制，不再與皇上爭執。皇上認為其乃中興，不滿諸臣不讓先皇遷入祖廟。德華稟明皇上，即位乃奉太后手詔而行，因謹記太后恩德，皇上聽罷為之動容。皇上擇吉日將本生皇考配享太廟。張太后聽聞德華之勸說後，不阻撓並遣使致賀，自此兩宮和睦。

佩蘭因違背仙家諭旨，難產昏厥，恐有不測。絮才將神籙符交與德華，教之望空祝禱、焚化，令佩蘭服用，佩蘭始重現生機，並順利產下一女。佩蘭生產後，鳳翾亦產下一女。謝家雙喜臨門，春溶與少霞約定將佩蘭之女，與德華所懷之胎指腹為婚。樊太夫人則提議將鳳翾所生之女，許配靜娥之子瑞生。謝、王、姜三家於是親上加親。

吳公生病後，成氏掌握吳家大權，使吳家家道中落，加上花氏懸樑自盡，眾人感嘆九華境遇悽涼。瑞徵夫婦恐吳公一時氣壞，難辭不孝之名，便姑且忍耐不與成氏計較。成氏見吳公病重，不明事理，便與刁貴私通，待九華發現此私情後，便與刁貴、刁婆聯手毒死吳公，並嫁禍九華。姜家知情十分悲痛，德華本欲親身返鄉救胞姊，少霞不捨其勞累奔波，故乞假代替德華歸鄉救九華。少霞見此案懸而未決，心生一計請梨園演出地獄情景。成氏、刁貴母子見閻羅王果然嚇得招供，此案終於真相大白，三人被處以死刑，九華亦洗刷冤屈，至京城與家人重逢。

（八）圓滿結局

沃良規遭天罰夭亡，文府家和萬事興。皇上命少霞任春闈主考官，欲藉其才能以拔擢人才。少霞主試無私秉正，副使見其如此謹慎，也心存畏懼不敢存私。姜、王、蘭、莫諸公子苦讀多年，終於金榜題名。

德華與少霞同得佳夢吉兆，其後德華果弄璋。皇上賜名姜文彩，乳名繼生。絮才修道有成，被胡月仙引去成仙，眾人驚訝不已，德華因兩人從此分隔，甚感哀痛。絮才成仙後，德華見謝夫人悲痛不已，故認其為乾娘。

少雯欲娶蘭寶如，文公夫婦嫌其風流，不允此婚。少雯因心願不順遂，整日病懨懨。少霞與德華擔心少雯因此喪命，故施計以成就少雯與寶如之婚事。此後，靜娥與寶如姊妹情深，少雯待兩人亦同等親愛，三人相處合諧。。

王寧嬪對曹端妃奪其寵愛懷恨在心，故命宮女楊金英謀殺皇上，並嫁禍端妃。姜后得知密報，急忙前去搶救皇上，並將端妃、金英及西宮宮奴內監等人，於隔日押於市曹正法。王寧嬪見事敗，恐遭株連，便與任職駕前侍衛之兩兄弟，趁宮中無主之際起兵謀叛。德華、少霞入宮見此情景，憤而殺敵救駕。掌宮太監稟明實情後，端妃始無罪釋放。德華見皇上命在旦夕，故將昔日胡月仙所贈仙丹，給皇上服用，皇上清醒後重賞兩人。姜后產一太子，皇上大悅大赦天下，並聘德華之女姜文淑為太子妃。

遼人入寇，連下明朝數十餘城。少霞請旨出戰，調兵遣將並親攻遼王。遼王來不及防備而投降，少霞因此建功。德華感嘆父親無子嗣，故虔心代父祈禱。德華誠意感動天神，玉帝於是令燕氏有孕，賜近仁一子。文、姜、謝、莫、王等家，因素有善行，故家門興旺。少霞夫婦侍奉長輩們過世後，便隱居修身養性，最後由絮才接引，回歸仙班。

第三節 《筆生花》的寫作動機與歷程

一、寫作動機

（一）改寫《再生緣》

《再生緣》前十七卷作者為陳端生，後三卷作者為梁德繩。陳端生生於乾隆十六年（1751 年），卒於嘉慶元年（1796 年），浙江杭州人。陳端生出生於書香門第，祖父陳兆倫是雍正年間進士，有《紫竹山房文集》傳世〔註16〕，曾任《續文獻通考》纂修官司總裁、太僕寺卿、順天府尹、太常寺卿、通政司副使，在當時頗有名望。〔註17〕父親陳玉敦為舉人，曾任北京、山東登洲等地之地方官；其母汪氏為頗有文采的大家閨秀。陳端生自幼受到良好的文學薰陶，並在跟隨父親遊宦時開闊眼界，為日後的寫作工夫立下基礎。

〔註16〕 張俊，《再生緣三論》，重慶師範大學碩士學位論文，指導教授：謝真元，2003 年 4 月 2 十日，頁 3。

〔註17〕 趙延花，〈女性追求平等的先聲——論「彈詞」《再生緣》中主人公孟麗君的思想價值〉，《內蒙古大學學報》，第三十六卷第四期，2006 年 7 月，頁 100。

陳端生見父親、伯父的才華皆不及祖父，且弟弟們年幼無所作為，因此對於女子不能施展才學、能力有所感嘆：

> 故當日端生心目中，頗疑彼等之才性不如己身及其妹長生。然則陳氏一門之內，句山以下，女之不劣於男，情事昭然，端生處此兩兩相形之環境中，其不平之感，有非他人所能共喻者。〔註18〕

在此環境下，陳端生逐漸產生驕傲的態度。

陳端生十八歲（乾隆三十三年，1768 年）開始創作《再生緣》，二十歲（乾隆三十五年，1770 年）即完成十六卷；後因連逢母喪、祖父喪，失去昔日愉悅的寫作心情而擱筆。陳端生二十三歲時，嫁給儒生范菼，婚姻生活美滿，可惜范菼於乾隆四十五年（1780 年）參加鄉試作弊獲罪，被發配到伊黎，使陳端生的生活陷入愁雲慘霧中。丈夫應考作弊，使陳端生感嘆自己的才華無用武之地，於是她在三十四歲時（乾隆四十九年，1784 年）續寫第十七卷，透過《再生緣》的女性人物彰顯女性的智慧、才情，其中「孟麗君之性格，即端生平日理想所寄託，遂於不自覺中，極力描繪，遂成為己身之對鏡寫真也。」〔註19〕陳端生藉孟麗君的形象，否定三從四德，訴說對男尊女卑社會的不平，表達女性自主意識。後來陳端生再次輟筆，作品尚未完成，即在嘉慶元年（1796 年）逝世，終年四十五歲。

《再生緣》主要描述孟麗君女扮男裝位列公卿，巾幗不讓鬚眉的不凡經歷。孟麗君自幼能詩能文，在雲南極有才名，雲南總督皇甫敬之子皇甫少華與侯爵劉捷之子同時說親。劉家仗勢逼婚，迫使孟麗君不得以女扮男裝離家，化名為酈君玉。孟麗君在義父康信仁的幫助下捐監應考，連中三元，並被皇帝欽點為狀元。孟麗君遊街時，被梁宰相義女梁素華的彩球打中，恰好梁素華原為替孟麗君出嫁，卻跳水逃婚的蘇映雪，兩人本為舊識，故順勢成婚以掩人耳目。後來，太后病重，孟麗君在太醫們皆束手無策時，以其醫術妙手回春，於是官拜兵部尚書。孟麗君為官後，不餘遺力地提拔皇甫少華，並替皇甫家平反冤獄，深受皇帝愛戴。孟麗君以其過人的才智及強烈的自主意識，替自己爭取到嶄新的生活，她不願放棄得來不易的獨立、自由與成就，故不認父母，甚至嚴斥父母，並當庭指責皇甫少華。儘管孟麗君極力隱藏，然而真相終被識破，她對理想的幻滅感到痛徹心扉而吐血昏厥，《再生緣》原書的情節在此嘎然而止。

清代女作家梁德繩（乾隆三十六年，1771 年至道光二十七年，1847 年）因有感於陳端生所作的結局未盡周全，故續寫後三卷，為《再生緣》安排了團圓結局，但

〔註18〕陳寅恪，《論再生緣》，香港：友聯出版社，1959 年 6 月，頁 76。
〔註19〕同注 18，陳寅恪，《論再生緣》，頁 77。

也使後三卷的主旨與人物性格，與前十七卷大相逕庭。後來，侯芝（1764 年至 1829
年）改定《再生緣》使之刊行，將內容大幅修，改命名為《金閨傑》，批評孟麗君違
反婦德、孝道；並另作《再造天》敘述原書下一代故事，極力宣揚「女子無才便是
德」的女誡，其思想與陳端生大為迥異。除梁德繩與侯芝，對孟麗君欺君、不孝的
形象，感到不悅而改寫《再生緣》之外；邱心如亦不贊同《再生緣》的主題思想及
人物形象而創作《筆生花》。

　　邱心如自幼在雙親的儒家教育下成長，遵行三從四德的禮教，極重倫理道德觀，
因此在拜讀陳端生《再生緣》後有感而發，她說：

> 文情婉約原非俗，瀚藻風流是可觀。評遍「彈詞」推首冠，只嫌立意負微
> 愆。劉燕玉，終身私訂三從夫，怎加封，節孝夫人褒美焉？《女則》云：
> 一行有虧諸行敗。何況這，無媒而嫁豈稱賢？酈保和，才容節操皆完備，
> 政事文章各擅兼。但摘其疵何不孝，竟將那，劬勞天性一時捐。閱當金殿
> 辭朝際，辱父欺君太覺偏。實乃美中之不足。從來說，人間百善孝為先。
> 因翻其意更新調，竊笑無知姑妄言。陋識敢當蓮出土，鄙人原是管窺天。
> 偷弄筆，試披箋，舊套何妨另樣鐫。老子悲歌雖有道，小兒造化本無邊。
> （第一回，頁 2）

邱心如認為孟麗君拋棄父母有違孝道，劉燕玉私定終身有違婦德，故創作《筆生花》
加重倫理觀念，要求女子堅貞、無瑕的節操。塑造一個盡忠盡孝、允文允武，扮男
裝時建功立業，重回女裝時恪守婦道，符合道德規範的完美女性形象。由此可見邱
心如的貞節觀、倫理觀，及其對寫作的自負。

（二）娛　母

　　女性作家對於作品公開流傳一事，通常抱有複雜的情緒。她們有巾幗不讓鬚眉
的抱負，一方面期望得到社會對其文采的肯定，以留名史冊；一方面有傳統女性的
嬌羞與矜持，擔心作品公開後，就像身體被人窺視，所以只願在家族間傳閱。邱心
如明白作品完成後必定會公開流傳，卻不避諱地穿插個人生平、日常瑣事於其中，
顯然有讓世人認識的期望。然而，在保守的時代中，並非所有人皆同意女性從事文
學創作，女性創作小說且公開流傳，必會遭受保守人士的批評，因此她們多半不願
承認自己期待作品得以流傳、出版，而宣稱創作本意為自娛、娛親或消愁。邱心如
假使有好名之心，也不可能明目張膽地表露，因此她多次強調寫作動機為自娛、娛
母、消愁，而不願承認自己期待作品廣泛流傳。

　　邱心如自述創作《筆生花》的動機，除改寫《再生緣》不合禮法之處外，主

要乃爲博得母親歡心並作爲閒暇消遣。邱父謝世後，母親「年老家貧無以樂，姑憑翰墨苦中娛。一曲唱罷頻催續。」（第十四回，頁 723）邱心如爲取悅母親「少不得，隨意編來信手書。」（第十四回，頁 723）作者在自述中多次強調此創作動機：

> 聊博我，北堂萱室一時歡。（第一回，頁 2）
>
> 娛情聊爾樂慈闈。（第七回，頁 333）
>
> 聊博取，白髮萱闈心暫舒。（第十四回，頁 723）
>
> 解頤閨閣樂慈闈。（第十七回，頁 942）
>
> 慕賢良，有愧綵衣娛母樂。（第十八回，頁 943）
>
> 毫端聊博北堂歡。（第二十回，頁 1039）
>
> 聊憑笑語娛親意。（第二十七回，頁 1391）
>
> 閒來聊以樂慈親。（第三十二回，頁 1741）

作者反覆強調此作乃爲娛母所寫，絕非有其他好名的企圖。雲腴女士表示邱心如的寫作動機乃：

> 當北堂之善病，愁鎖眉峰，坐西閣以構思，花生腕底。依舊書之體例，出新樣之剪裁。志本無邪，何必避香溫玉軟；事原不典，無非佐酒醒茶餘。
>
> 〔註20〕

邱心如表侄陳同勛亦提及：

> 姑母性至孝，藉筆墨以娛北堂，非必沾沾以逞才爲事也。〔註21〕

可見邱心如寫此書乃出於一片孝心，並非賣弄文采、沽名釣譽。

（三）消　愁

邱心如寫作《筆生花》的動機，除改寫《再生緣》及娛母外。另一因素乃生活愁苦，欲藉筆墨抒懷。邱心如於出嫁後所寫的第五回末至末回，除第十九回外，其他二十七回均提及內心鬱悶愁煩，故將愁緒寄託於《筆生花》的寫作心情。

邱心如感嘆出嫁後，「怎比當初依父母，止曉得，承歡取樂不憂災。」（第六回，頁 279）是以「惟停針線償詩債，或檢篇章遣悶懷。」（第六回，頁 279）又因丈夫事業不順，父親過世、妹妹喪夫、兒女不懂事、家貧等問題引起千愁萬慮，故「連朝針指無心理，拈筆墨，撥悶聊將舊卷開。」（第六回，頁 280）邱心如自出嫁後便積勞成疾、體弱多病，因家境貧困只得典當金釵以醫病：

〔註20〕〈雲腴女士敘〉，收於同注 1，〔清〕邱心如女史著，《筆生花》，頁 2。
〔註21〕陳同勛，〈筆生花原序〉，收於同注 1，〔清〕邱心如女史著，《筆生花》，頁 3。

一從蹤跡阻清淮，境遇由來百事乖。最堪憐，多病慵妝閒寶鏡。良可嘆，療病無計質金釵。（第六回，頁279）

邱心如承受著精神壓力與身體病痛的雙重折磨，但滿腔鬱悶卻無法向外人訴說，只好將滿腹牢騷寄託筆端。她說：

最堪憐，焦勞終夜難成夢。殊可笑，抑鬱今生不展眉。原也知，善病苦憂何所益？權姑且，偷閒作戲坐書帷。消俗障，破愁圍，再續新詞仔細推。（第七回，頁333）

心悒悒，意沉沉，世味深嘗苦不禁。剪尺拋荒針懶舉，且憑筆墨暫開襟。（第八回，頁408）

逐年來，愁肩重壓詩肩息，終日裏，樂趣惟希靜趣佳。是夜挑燈清不寐，偷閒再寫《筆生花》。（第九回，頁465～466）

詩懶賦，繡慵挑，遣悶姑將新句描。（第十回，頁517）

好此自嗤猶苦冗，無非藉以遣窮愁。……閱者勿嫌詞絮絮，閒中消遣可忘憂。（第十一回，頁624）

情悒悒，意懨懨，只得個，遣悶抽毫續舊篇。（第十二回，頁625）

已當斯，暗暗韶華憐寂寞，偏遇這，紛紛口舌犯參差。眞個是，各人意態難名狀，眞個是，滿腹牢騷獨自知。……聊撥悶，又抽思，再搆新篇接舊詞。（第十三回，頁677）

年老家貧無以樂，姑憑翰墨苦中娛。（第十四回，頁723）

只索置之姑自解，披箋撥悶莫辭慵。（第十五回，頁776）

心怦怦，病體強支權自適，鬧喧喧，囂塵莫避不勝煩。……意懨懨，日困愁城愁不已，情脈脈，身拘悶域悶難刪。三伏永，百憂攢，聊以閒情寄筆端。（第十六回，頁828）

心自苦，志難酬，即強尋歡莫釋憂。解慍遍惟炎暑滌，金風初起火雲收。待拈針黹絲憎貴，姑續詞章句再搜。（第十七回，頁887）

舒抑鬱，戲拈新句奉親聽。（第十八回，頁943）

舒愁寄興隨心寫，短節長枝任意添。（第二十回，頁1039）

旁人若個知心事，盡付吟箋筆底收。（第二十一回，頁1090）

對了這，秋色清幽雖自好，觸起那，窮愁心緒待如何。尋舊卷，無聊且效書中蠹，剔殘燈，最厭頻來燈下蛾。……詞再續，墨重磨，驅除愁魔并睡魔。（第二十二回，頁1134）

意悠悠，強拋愁慮浩無涯。嗟境況，貧窮恥向人前道，借歡娛，富貴何妨

紙上誇。翻舊卷，閑緒閑情聊遣悶，搆俚詞，披笺再續《筆生花》。（第二十三回，頁1190）

愁中玩月情雖懶，醉後吟香意尚勤。自笑翻詩如訪舊，又添蛇足幾多痕。（第二十四回，頁1238）

眞的是，潦倒襟懷得句遲。眞個是，詩思久爲愁思結，眞個是，文心止有苦心知。連日來，拈針慵整絲千縷。這一向，遣興聊提筆一枝。（第二十五回，頁1295）

閑事隨時忙不了，且憑筆墨遣窮愁。（第二十六回，頁1343）

漫笑殘垣懸罄室，頗欣陋屋集書巢。祛俗務，遠塵囂，且續新詞試舊毫。（第二十七回，頁1391）

空對這，清幽景況愁難遣，少不得，仍把新詞仔細編。（第二十八回，頁1450）

情關天性悲難已，力費經營願莫償。爲此心煩重掩卷，得逢閑日再評量。……笑我愁人愁莫遣，復尋禿筆續新章。（第二十九回，頁1561）

時逢冬至風光少，人到貧時世味諳。潦倒終身殊可笑，糾纏疊至不能堪。父書空讀攻何補，母志難酬意枉煩。勉托蘋蘩憐婦拙，愧稱蘭玉惱兒頑。胸中憂悶情無奈，筆下歡娛興未闌。（第三十回，頁1562）

路隔關河憐骨肉，家無擔石累心頭。誠知荒歡難爲計，姑效癡愚自解憂。筆墨消磨怡歲月，詩書檢點度春秋。（第三十一回，頁1621）

厭聞俗事多週折，姑以新詞解寂寥。（第三十一回，頁1679）

謀生艱擬登天舫，收卷欣乘下水船。量米採薪姑置念，團花簇錦要終篇。（第三十二回，頁1680～1681）

可見邱心如在苦悶的生活中，常藉書寫《筆生花》驅除愁魔、病魔，苦中作樂。

二、寫作歷程與心態

（一）寫作歷程

《筆生花》於咸豐七年（1857年）刊行於世，其表侄陳同勛爲其撰寫序文。譚正璧先生以此書刊行之時，推算此書大約起稿於道光初年（1821年至1829年），完稿於咸豐初年（1850年至1857年）。〔註22〕本論文由作者在每回所描述的景物，得知寫作時節，並推測歷時如下：

〔註22〕譚正璧，《中國女性的文學生活》，臺北：華嚴出版社，1996年5月，頁345。

回　數	景　物　描　述	時　節	歷　時
第　一　回　回首	深閨靜處樂陶然，又值三春景物妍。花氣襲人侵薄袂，苔痕分影照疏簾。（第一回，頁1）	春	
第　二　回　回首	連日陰陰雨乍收，碧梧翠竹兩修修。芰荷已盡看無暑，桂魄初圓及半秋。（第二回，頁60）	夏末秋初	一年
第　二　回　回末	時過重陽嫌晝短，居臨海隘覺天寒。閑庭雨過紅方絕，小院風來黃葉翻。觸處秋光憐寂寞，每交冬日少清閑。（第二回，頁109）	秋末冬初	
第　三　回　回首	冬至纔過春意回。（第三回，頁110）	初春	一年
第　四　回　回首	一瞬春光值早春，東風吹轉百花醒。（第四回，頁174）	初春	
第　四　回　回末	時交夏令薰風至，到處炎生暑氣饒。（第四回，頁224）	夏	半年
第　五　回　回首	一輪酷日照明窗，三伏炎炎晝漏長。粉牆邊，幾樹芭蕉搖翠影。瑤階下，數叢茉莉送清香。（第五回，頁225）	夏	
第　五　回　回末	忙中撥冗終其卷，早已是，十九年來歲月長。（第五回，頁278）		十九年
第　六　回　回首	客冬老父悲長逝。（第六回，頁279）	冬	半年
第　七　回　回首	東風何事報春暉。（第七回，頁333）	春	一年
第　八　回　回首	韶華又見一年新。（第八回，頁407）	春	
第　八　回　回末	時當三月中旬日。（第八回，頁464）	春	
第　九　回　回末	起頭尚在三春日，煞尾今看六月天。（第九回，頁516）	春至夏	
第　十　回　回末	起句始當三伏日，收篇又早九秋時。（第十回，頁568）	夏至秋	一年
第十一回回首	纔見庭花紅燦爛，旋看籬菊翠離披。秋氣爽，夕陽低，遠樹烟籠鳥覓棲。（第十一回，頁569）	秋	
第十二回回末	爆竹聲中又一年。（第十二回，頁625）	冬	
第十三回回末	元宵過去已多時，未見春光到柳枝。……是晚仲春初四夜。（第十三回，頁677）	春	一年
第　十　四　回			

第十五回回首	三春時候日曈曈。（第十五回，頁 776）	春	
第十五回回末	時值炎天俗如坐甑，……甫成一卷經三月。（第十五回，頁 827）	夏	
第十六回回首	連朝苦熱少偷安，……赫炎炎，疏窗畏見驕陽逼，輕細細，小扇難邀暑日寒。（第十六回，頁 828）	夏	
第十六回回末	時值孟秋交十一。（第十六回，頁 886）	夏	
第十七回回首	解慍遄惟炎暑滌，金風初起火雲收。（第十七回，頁 887）	秋初	一年
第十八回回首	連日風吹暑漸清，梧桐葉落動秋聲。（第十八回，頁 943）	秋初	
第十八回回末	孟秋月杪臨重九，方得個一本「彈詞」作結場。（第十八回，頁 991）	秋	
第十九回回首	時逢令節又重陽，厭聽秋聲惹恨長。（第十九回，頁 992）	秋	
第十九回回末	一本詞成已一年。（第十九回，頁 1038）	秋	
第二十回回首	庭樹陰濃時值夏，院花繁落日初炎。（第二十回，頁 1039）	夏	
第二十回回末	起句方當三伏暑，終篇又見一庭秋。（第二十回，頁 1089）	秋	一年
第二十一回回首	破殘屋宇偏多雨，寂寞襟懷易感秋。（第二十一回，頁 1090）	秋	
第二十一回回末	七夕起頭交十六，新詞一本又成功。（第二十一回，頁 1133）	秋	
第二十二回回首	兔走鳥飛疾似梭，時光又已屆秋初。（第二十二回，頁 1134）	秋	一年
第二十二回回末	時值仲秋初七夜，《筆生花》，又完一本對書燈。（第二十二回，頁 1189）	秋	
第二十三回回首	仲秋時節燦晨霞，天氣晴明景物佳。（第二十三回，頁 1190）	秋	
第二十四回回首	四月清和喜乍晴，三春已盡日初薰。（第二十四回，頁 1238）	春	一年
第二十四回回末	秋陽淺照詩魂細，午夢頻催筆興慵。（第二十四回，頁 1294）	秋	

第二十五回回首	一卷初終再構思，且趁這，已涼天氣未寒時。（第二十五回，頁1295）	秋	一年
第二十六回回首	物換星移歲月周，時光早又及高秋。（第二十六回，頁1343）	秋	
第二十七回回首	年去年來且復宵，時光早又近花朝。（第二十七回，頁1391）	春	一年
第二十七回回末	塗鴉一卷今宵畢，屈指工夫二十天。（第二十七回，頁1449）	春	
第二十八回回首	季春初一又開篇，時值微雲澹雨天。（第二十八回，頁1450）	春	
第二十九回回首	是夕十三秋九月，復尋舊作再調融。（第二十九回，頁1503）	秋	
第二十九回回末	第一明珠驚痘殤，……炎炎三伏困日長。（第二十九回，頁1561）	夏	一年
	檢疊女兒箱篋碧，時光早看九秋霜。（第二十九回，頁1561）	秋	
	邇來已及隆冬候，鐘鼓遲遲寒夜長。（第二十九回，頁1561）	冬	
第三十回回首	兔走烏飛轉瞬間，三秋甫過又嚴寒。（第三十回，頁1562）	冬	
第三十回回末	是夕仲春初五夜，又成一卷《筆生花》。這回耽擱工夫久，一個年頭歲月賒。（第三十回，頁1620）	春	半年
第三十一回回首	昨夜燈前一卷收，今朝握管又重修。（第三十一回，頁1621）	春	
第三十二回回首	一本書成二十天，團圓在即索將全。（第三十二回，頁1680）		
第三十二回回末	浪費工夫三十載。（第三十二回，頁1741）		

由上述可見，邱心如著《筆生花》共歷時三十年，前四回至第五回回首作於出嫁前，費時兩年半，對此鮑震培也說：

> 第一回開始寫作是春天，第二回是秋天，第三回是初春，第四回開首是春天，回尾是夏天，五回開首是在夏天，前五回歷時兩年半。〔註23〕

〔註23〕鮑震培，《清代女作家「彈詞」論稿》，天津：天津社會科學院，2002年，頁266。

邱心如未完成第五回即出嫁，爾後忙碌的婚姻生活，使其中斷創作長達十九年，才由第五回末續寫：

　　　　忙中撥冗終其卷，早已是，十九年來歲月長。（第三十二回，頁1741）

此後，邱心如重新提筆創作，接著費時約五年半寫至第二十三回，至返回娘家歷時約三年半始完成此長篇「彈詞小說」，故實際創作時間約十一年多。

（二）寫作心態與工夫

　　邱心如與其他彈詞才女作家一樣，有著不能爲男子的遺憾，她渴望如男子般施展才華、建功立業，於是藉著《筆生花》施展才學、發洩牢騷，把自己的情懷、理想、煩惱寄託在作品中，這也是「彈詞小說」常常出現女扮男裝情節的根本原因。邱心如在書中深刻地描繪人情世態、關注女性的命運、覺醒與存在價值，並極力爭取女性的地位與尊嚴，強調女性不再是男性的附庸，不僅反映女性的悲苦與哀怨，並寄託女性的願望與理想，表現出「處處爲女性張目」〔註24〕的創作心態。

　　邱心如有著爲女性抱不平的創作心態，但也面臨與古今女作家相同的衝突，也就是家庭職責與文學愛好的時間分配問題。作者在自述中常提及因忙碌而停筆的遺憾心情，及偷閑寫作的喜悅，傳達出寫作時間匱乏所帶來的煩惱。邱心如出嫁前跟著母親學習閨工，平日「課閨工，繡線頻添貪永晝。」（第三回，頁110）冬天時「欲供女職寒衣熨。」（第二回，頁109）邱母心急地催促女紅進度，頑奴亦催促用膳，諸多繁雜的家務，使得作者的寫作興致頓時減少，抱怨「最惱倥傯俗累羈，忙裡偷閑完一集。」（第三回，頁173）喜好寫作的邱心如，於是趁著「獨坐黃昏無所事」（第二回，頁60）難得悠哉之時，或「裁得春衫無意製，閑翻舊卷有心親」（第四回，頁174）之時，「拋繡譜，擱金針」（第四回，頁174）續寫《筆生花》。

　　邱心如于歸後，「操持家務費周章，心計慮，手忽忙，婦職兢兢日恐惶。」（第五回，頁278）忙於奉養公婆、服侍丈夫、教育子女，並處理家務、煩惱家計問題，戰戰兢兢唯恐得罪公婆，此等生活與心情使得作者停止寫作，感嘆「哪有餘情拈筆墨，只落得，油鹽醬醋雜詩腸。」（第五回，頁278）直待與妹妹同返娘家，閱讀妹妹的文章受到激勵後，作者始重新提筆寫作，但「忙中撥冗終其卷，早已是，十九年來歲月長。」（第五回，頁278）邱心如發憤重拾書卷後，諸多瑣事與憂愁仍使其無法集中心思一口氣完成作品，故有時「起句方當三伏暑，終篇又見一庭秋。」（第二十回，頁1089）完成一回往往要花費諸多時光，對此作者在自述中有諸多感嘆：

〔註24〕鄭振鐸，《中國俗文學史》（下冊），臺北：臺灣商務印書館，1965年6月，頁371。

偷得片閒完此卷，明朝卻要理金針。（第八回，頁 464）

只爲日來多事故，無心筆硯坐芸窗。（第十八回，頁 991）

一向爲人忙嫁具，此書荒廢久無編。（第二十回，頁 1039）

只爲年來多事故，此書荒廢久相違。（第二十三回，頁 1237）

邇者舅姑驚謝世，又當弱媳賦于歸。祇多俗冗襟懷擾，那有幽情筆底催？

（第二十三回，頁 1237）

儘管生活如此忙碌，邱心如仍未放棄寫作，對此作者自述：

閒悄悄，倦臥湘筠愛趁涼。這幾天，暫歇女紅親筆硯。消永晝，披箋再續舊詞章。（第五回，頁 225）

常日間，習靜拈針惟默默。常日間，偷閒弄筆頗欣欣。（第八回，頁 407）

掩幽窗，驅除俗障針慵舉，憑小案，檢點殘篇筆慢提。（第十一回，頁 569）

作事難於廢半途，只得個，偷閒展卷筆重敷。（第十四回，頁 723）

嗟于忙裡閒偷筆，一本詞成已一年。（第十九回，頁 1038）

日來潦倒心神亂，繡譜慵翻針懶拈。……權撥冗，少偷閒，再搆新詞續舊篇。（第二十回，頁 1039）

邱心如總在忙碌之餘，或偷閒或犧牲休息時間，或適時地擱下工作，續寫《筆生花》以抒懷，可見其對寫作的熱情與堅持，及時間分配對女性作家的重要性。

邱心如自述「說唱「彈詞」千萬種，未能筆墨盡相殊。」（第十四回，頁 723）因此「雖則教，遣懷戲譜新關目，亦不免，落套陳言舊典模。」（第十四回，頁 723）強調雖然「立旨未能除舊套」（第七回，頁 333），但「芸窗筆墨功夫久，閨閣心思兒戲云。隨意幻來隨手起，落於紙上恰如眞。」（第一回，頁 59）邱心如雖認爲《筆生花》所呈現的情節、人物栩栩如生，是其費盡心力的作品，但仍謙虛地表示「慕賢良，有愧綵衣娛母樂。……眞個是翻雲覆雨隨心起。眞個是，鼓浪興波任意生。」（第十八回，頁 943）並一再於自述中流露自謙自貶的寫作態度。她說《筆生花》爲功夫未到、隨意塗鴉之作：

休見笑，學寫塗鴉句未工。（第十五回，頁 776）

看書人，勿笑塗鴉未到家。（第十六回，頁 886）

塗鴉一卷今宵畢，屈指功夫二十天。（第二十七回，頁 1449）

她自謙爲庸愚痴人，盼讀者莫見笑：

甫成一卷經三月，自笑庸愚襪線才。（第十五回，頁 827）

莫笑痴人無用筆。（第十七回，頁 942）

她自謙文筆差，慚愧所言浮誇：

亦笑我，説到團圓心更急，書來顛倒字多差。（第二十六回，頁 1390）

卷目欣看三十外，立言愧涉萬千浮。編來富貴情殊幻，説到滄桑志亦休。

　　（第三十一回，頁 1621）

　　邱心如耗時三十餘年寫作《筆生花》，表現出對寫作的熱情與毅力。她提及自己
不願半途而廢的寫作精神：

事到中途難半廢，尋來秃筆又無尖。……管隙敢窺高閣賦，毫端聊博北堂
歡。（第二十回，頁 1039）

邇來筆墨多軴擱，半載方將一卷終。不免抽毫重又續，何堪做事不成功。

　　（第二十九回，頁 1503～1504）

儘管作者的寫作進度一再受到家務等事耽擱，然而堅持完美的個性，仍驅使她在這
三十年間毫不氣餒地完成鉅作。作者在末回抒發心情說：

姑妄編來姑妄聽。浪費工夫三十載，閒來聊以樂慈親。……但須蓄旨希賢
聖，所忌浮言導佚淫。遊戲文章雖妄誕，始終果報最分明。男兒立世宜忠
孝，女子持身重節貞。無意作成書一部，自嗤忙裏敘閑文。留貽閨閣邀清
賞，工暇消閑仔細評。（第三十二回，頁 1741）

邱心如自述寫作《筆生花》的動機雖爲娛樂母親，但仍效法先賢的寫作態度，忌諱
以浮誇的言詞敗壞社會風氣；並強調主旨善惡果報分明，所創造的男性人物形象盡
忠盡孝，女性人物形象則潔身自愛、重貞節，最後自謙此書乃在無意間偷閒完成，
期盼女性讀者藉此消除愁煩，並給與評析，以做交流。

第四節　《筆生花》的版本

　　關於《筆生花》的流傳版本，胡文楷《歷代婦女著作考》指出有四種版本：

《筆生花》四卷，（清）邱心如撰。……咸豐七年丁巳（1857）刊本。光緒
二十年甲午（1894）上海書局石印本。申報館排印本。商務印書館排印本，
前有陳同勛及雲腴女士序，圖像三十二幅。全書凡三十二回。〔註25〕

隨著出版事業的蓬勃發展，筆者經多方查閱後，得知《筆生花》有下列十五種版本。
本論文依出版先後，指出其版本特色、版本來處，以了解版本的傳承關係，並比較
版本差異。（見「附錄一：《筆生花》的版本」）關於今所能見的版本出處或典藏處，
以書目記載及台灣各圖書館爲主，台灣無典藏者，則指出所藏的國外圖書館，以證

〔註25〕胡文楷，《歷代婦女著作考》，上海：上海古籍出版社，1985 年 7 月，頁 402～403。

實版本存在。（見「附錄二：《筆生花》版本館藏與出處」）

（一）咸豐七年，初刊本

《筆生花》於咸豐七年（1857 年）刊行於世，其表侄陳同勛爲其撰寫序文。根據黃明〈筆生花考證〉所言，「此咸豐七年之初刊本，不見於諸家著錄，可能早已亡失。」〔註26〕故已不可得見。

（二）光緒中葉，申報館仿「聚珍版」印本

根據黃明〈筆生花考證〉所言，「今所能見最早的《筆生花》，爲光緒中申報館仿聚珍版印本，不分卷，三十二回。」〔註27〕《筆生花》除了有陳同勛的序文外，同治十一年（1872 年），雲腴女士因仰慕邱心如之文采也爲其作序。然而「同治十二或十三年間，《筆生花》並未得到重新刊印出版的機會，這篇敘文只說明了雲腴女士可能是此書的刊本、鈔本，甚而是稿本的收藏者與愛好者。」〔註28〕此篇序文亦收錄此版中。

（三）光緒二十年，上海書局石印本

根據嚴靈峰編輯《書目類編》所錄，「四川省圖書館藏古籍目錄分類總目」記載《筆生花》有此版本：

> 繪圖筆生花，一六卷，一六冊。清心如女史張邱氏著。清光緒二〇年（1894）
>
> 上海書局石印本。〔註29〕

黃明發現此石印本與「申報館印本」的訛誤相同，推測此石印本是從「申報館印本」而來，「申報館印本原不分卷，陳同勛序中也未言卷數。分卷、繪圖可能均出自書賈。」〔註30〕關於此版，一九八〇年「台北廣文書局」有影本，一九八四年「中州古籍出版社點校本」亦以此石印本爲底本。

（四）光緒二十年，申江袖海山房石印本

根據黃明〈筆生花考證〉所言，《筆生花》於光緒二十年，有「申江袖海山房石印本」，分爲十六卷，三十二回。

〔註26〕黃明，〈筆生花考證〉，收於同注1，〔清〕邱心如女史著，《筆生花》，頁3。

〔註27〕黃明，〈筆生花考證〉，收於同注1，〔清〕邱心如女史著，《筆生花》，頁3。

〔註28〕黃明，〈筆生花考證〉，收於同注1，〔清〕邱心如女史著，《筆生花》，頁3。

〔註29〕原出於「四川省圖書館藏古籍目錄分類總目」冊九，「集部」「五、劇曲」「七、唱詞」「五、彈詞」，頁25。收於嚴靈峰編輯，《書目類編》第二十六，臺北：成文出版社，1978年，頁1173900。

〔註30〕黃明，〈筆生花考證〉，收於同注1，〔清〕邱心如女史著，《筆生花》，頁4。

（五）一九二一年，上海進步書局石印本〔註31〕

此版爲線裝書，書名題爲《繡像繪圖筆生花》，作者題爲清心如女史，分爲九冊，十六卷，每卷有兩回，共三十二回。第一至四回爲第一冊，第五至八回爲第二冊，第九至十二回爲第三冊，第十三至十六回爲第四冊，第十七至二十回爲第五冊，第二十一至二十四回爲第六冊，第二十五至二十六回爲第七冊，第二十七至二十八回爲第八冊，第二十九至三十二回爲第九冊。有陳同勛、雲腴女士序。序前有一不知作者的〈提要〉，給予此書極高評價：

> 彈詞之作，風雅者少，而粗鄙者多。今觀淮陰心如女史所著之筆生花十六卷三十二回，洋洋數萬言。描寫忠孝節義激昂慷慨，栩栩如生非特詞藻華麗即科白大覺不偟，班婕妹曹大家，不能專美於前也。〔註32〕

此版有四幅插圖，第一幅繪製張太后、正德天子、邵皇后、楚貴妃、王守仁、楚廷輝、楚國丈、謝秋山。第二幅繪製柏存仁、柏固修、興獻太后、興獻王厚熜、杜若洲、杜蘭洲、慕純娘、謝雪香（仙之誤）、胡月仙。第三幅繪製花映玉、柳含煙、文佩蘭、步靜娥、姜逢吉、文瑞生、步鎔、李夢周。第四幅繪製杜慕裳、文少霞、謝春溶、沃立（良之誤）規、文少雯、文上林。另有未註明姓名之兩男、兩女。人物畫工精緻、栩栩如生。此版回目詩與「三民書局點校本」不同處有五：第十九回「慕神仙虔祈跨鶴」、第二十二回「矢清修豈敢再醮」、第二十四回「頑劣女枉費周旋」、第二十八回「行毒計害主栽人」、第三十一回「救端妃肅清帝苑」。此版藏於國家圖書館善本書庫。

（六）一九三三年，商務印書館鉛印本

根據嚴靈峰編輯《書目類編》所錄，趙萬里《西諦書目》（下）記載：

> 繡像筆生花，四卷，三十二回。清邱心如撰。商務印書館鉛印本。一冊。有圖。四七三九。〔註33〕

可知此版爲四卷三十二回，並有人物繡像。

（七）一九六一年，香港藝美圖書公司排印本

此版書名題爲《筆生花》，作者題爲淮陰心如女史，分四卷三十二回，現藏於東京大學圖書館東洋文化研究所。

〔註31〕〔清〕邱心如女史，《繡像繪圖筆生花》，上海進步書局石印本，上海：進步書局，1921年。
〔註32〕「提要」收於同注23，〔清〕邱心如女史，《繡像繪圖筆生花》，頁1。
〔註33〕原出於趙萬里，《西諦書目》，卷五，「集部下」「彈詞鼓詞類二百八十九種」，據民國52年排印本影印。收於同注29，嚴靈峰編輯，《書目類編》第四十四，頁19659。

（八）一九七一年，台北文海出版社有限公司鉛印本〔註34〕

此版書名題爲《筆生花》，作者題爲淮陰心如女史，分兩冊，四卷三十二回。第一至八回爲卷一；第九至十六回爲卷二；第十七至二十四回爲卷三；第二十五至三十二回爲卷四。全書爲新式標點。有陳同勛、雲腴女士序，無插圖。此版回目詩與「三民書局點校本」不同處有三：第二十四回「頑劣女枉費周旋」（目錄題爲枉費、內文題爲實費）、第二十六回「善言委婉睦君親」、第三十二回「全部結色筆收緣」。此版流傳甚廣，各大學圖書館易見。

（九）一九八〇年，台北廣文書局「上海書局石印本」之鉛印本〔註35〕

台北廣文書局有「上海書局石印本」影本，書名題爲《繪圖筆生花》，分四冊十六卷，每卷兩回共三十二回。有陳同勛、雲腴女士序，無圈點。卷首有人物插圖：正德皇、楚國丈元方、楚公子廷輝、皇姨楚小姐、聖母、姜工部、姜夫人莫氏、靜娥步小姐、藍御史、九華大小姐、玉華二小姐、德華小姐、文上林杏圃、文夫人姜氏、少雯大公子、少霞二公子、佩蘭文小姐。此版回目詩與「三民書局點校本」不同處有三：第十九回「慕神仙虔祈跨鶴」、第二十八回「行毒計害主栽人」、第三十一回「救端妃肅清帝苑」。此版流傳甚廣，各大學圖書館易見。

（十）一九八〇年，台北河洛圖書出版社鉛印本〔註36〕

此版書名題爲《筆生花》。全書分三冊，不分卷三十二回。全書爲新式標點。有陳同勛、雲腴女士序，無插圖。文前附張子文〈筆生花提要〉，概述邱心如生平及《筆生花》情節內容，並對此書給予亦褒亦貶之評價：

> 「筆生花」因係出自閨秀之手，由於傳統女性生活圈子不廣，所以不能有大場面的鋪排，所述大抵皆生活上身邊的瑣事，結構甚是簡單，故事既不合理，也不緊湊，不脫功名富貴思想，略嫌庸俗。且書中主要人物，一再親上加親，大違現代遺傳學原理，甚不足爲訓。書中所描述的一些軍國大事，如聖上臨朝問政，宛如老太婆對話，直「想當然耳」之詞。若文少霞父子同官宰相，亦不見有甚麼經濟之才。而嘉靖皇帝被寫成一個勤政愛民的英主，由乖史實。就小說的藝術來說，也甚拙劣，文學的價值並不高。不過文詞雅麗、清朗可誦，且一部彈詞長逾百萬言，前後首尾一貫，非有

〔註34〕〔清〕淮陰心如女史，《筆生花》，臺北：文海出版社有限公司，1971年。
〔註35〕〔清〕邱心如，《繪圖筆生花》臺北：廣文書局，1980年3月。
〔註36〕〔清〕邱心如，《筆生花》，臺北：河洛圖書出版社，1980年6月初版。

　　槃槃之才，自亦難能。〔註37〕
張子文認爲坊間《筆生花》版本不一，魯魚亥豕，訛誤之處甚多，故重新排版訂正；
中間無韻的念白，低一字排印以作區別，並對無法找到咸豐七年的最初刻本，及同
治十一年的重刻本作爲校勘表示遺憾。

　　此版附錄有：河洛圖書出版社編審〈邱心如的生平〉、王德箴〈關於彈詞〉、丁
維〈從「天雨花」到「筆生花」〉。回目詩與「三民書局點校本」不同處有四：第二
十二回「明往跡頓釋憂疑」、第二十四回「頑劣女枉費周旋」、第二十六回「情語詼
諧爭夫婦，善言委婉睦君親」、第三十二回「全部結色筆收緣」。此版流傳甚廣，各
大學圖書館易見。

（十一）一九八一年，台北文化圖書公司鉛印本〔註38〕

　　此版書名題爲《筆生花》，不分卷，分兩冊三十二回。一九八一年五月五日出版
者爲下冊。下冊附有〈邱心如的生平〉，內容與河洛之版本不同，書中未標明作者，
推測應爲寫〈提要〉之張子文。另有王德箴〈關於彈詞〉、丁維〈從「天雨花」到「筆
生花」〉，此兩篇則同於「河洛圖書出版社」之版本。此版流傳甚廣，各大學圖書館
易見。

（十二）一九八四年，鄭州中州古籍出版社「上海書局石印本」點校本

　　此版書名題爲《筆生花》，分八卷三十二回，爲鄭州市「中州古籍出版社」以「上
海書局石印本」爲底本所出之點校本，由趙景深主編、江巨榮校點。此版流傳甚廣。

（十三）一九八七年，台北文化圖書公司鉛印本〔註39〕

　　此版爲「文化圖書公司」所出之再版，流傳甚廣，各大學圖書館易見。

（十四）一九九一年，台北文化圖書公司鉛印本〔註40〕

　　此版書名題爲《筆生花》，不分卷，分兩冊三十二回。一九九一年五月五日出版
者爲上冊。全書爲新式標點。有陳同勛、雲腴女士序，無插圖。上冊序前附有張子
文之〈提要〉同於一九八〇年「河洛圖書出版社」之〈筆生花提要〉。回目詩與「三
民書局點校本」不同處有四：第二十二回「明往跡頓釋憂疑」、第二十四回「頑劣女
枉費周旋」、第二十六回「情語詼諧爭夫婦，善言委婉睦君親」、第三十二回「全部
結色筆收緣」。此版流傳甚廣，各大學圖書館易見。

〔註37〕張子文，〈筆生花提要〉，收於同注28，〔清〕邱心如，《筆生花》，頁4。
〔註38〕〔清〕邱心如，《筆生花》（下），臺北：文化圖書公司，1981年5月5日出版。
〔註39〕〔清〕邱心如，《筆生花》，臺北：文化圖書公司，1987年出版。
〔註40〕〔清〕邱心如，《筆生花》（上），臺北：文化圖書公司，1991年5月5日出版。

（十五）二〇〇一年，三民書局點校本

此版書名題爲《筆生花》，作者題爲心如女史，由黃明校注，亓婷婷校閱，以光緒「申報館仿聚珍版」刊本爲底本，參照其他各本所成之點校本。全書分兩冊，不分卷，三十二回。全書爲新式標點。有陳同勛、雲腴女士序，並有「正德皇」、「聖母」兩張插圖。插圖雖標明出自「上海書局石印本」《繪圖筆生花》之插圖，然卻與以石印本爲影本的「廣文書局」《繪圖筆生花》不同，可見插圖亦有不同版本。此版流傳甚廣，各大學圖書館易見。

由今日所知、所見《筆生花》十五種版本，可明白各版特點、差異，及先後、傳承情形。初刊本亡佚後，申報館仿「聚珍版」印本爲今日所見最早的《筆生花》。「上海書局石印本」從「申報館印本」而來，之後「台北廣文書局」鉛印本及「中州古籍出版社點校本」皆以「上海書局石印本」爲底本。此外「河洛圖書出版社」與「文化圖書公司」之版本，不僅回目詩相同，且皆有張子文〈筆生花提要〉、〈邱心如的生平〉、王德箴〈關於彈詞〉、丁維〈從「天雨花」到「筆生花」〉，推測應爲同一底本。《筆生花》諸版本各有優劣，其中最新且最普及的版本爲「三民書局點校本」。關於此版本，黃明指出「申報館仿聚珍版印本」爲今所見最早的《筆生花》，且「上海書局石印本」乃從「申報館印本」而來，故其以「申報館印本」爲底本，參考其他版本進行點校；「申報館印本」殘損處，便以「上海書局石印本」作爲補充。筆者有鑒於「三民書局點校本」的普及與完善，故以此版作爲研究《筆生花》的主要版本，並在上文中與其他版本進行比較。

小　結

清代才女邱心如在閱讀陳端生《再生緣》後，有感而發，因此在貧困多病且忙於生計的婚姻生活中，鍥而不捨地創作《筆生花》，藉以娛樂母親、消除愁煩，並寄託理想、爲女性發聲。《筆生花》以姜德華的故事爲主線，全書內容則由多人多事縱橫交錯而成。本文將全書三十二回主要人物與次要人物的故事內容，分爲訂定姻緣、權臣逼婚、改裝逃婚、喬裝惹疑、建功立業、返回女身、苦盡甘來、圓滿結局八部分。由此八部分，可見《筆生花》在情節上的開端、糾葛、高潮、懸疑、衝突、逆轉、緩和與收場。作者往往尙未結束舊的事件，又另外開啓新的事件，使情節曲折複雜，一波未平一波又起。儘管《筆生花》人物眾多、情節錯綜複雜，但因每段情節能自然銜接、環環相扣、有始有終，且三十二回故事內容皆與回目詩相呼應，因此全書內容不致因篇幅浩瀚、情節複雜便雜亂無章，仍能有條理地敘事，引人入勝並一目了然。

第三章 《筆生花》的主題思想

第一節 兩性觀

一、女性觀

（一）肯定女子才德兼修

「四德」教育是婦女一生主要的學習內容，父權社會在「婦人識字，多致誨淫。」〔註1〕觀念的驅使下，認為女性若有文才，具自我意識，便會妨礙婦德的培養，而做出失德之事。男性在才易妨德的觀念下排斥女才，提出「女子無才便是德」的說法，剝奪女性的受教權，以壓抑女才的發展。《筆生花》近仁針對女兒受教育一事表示：

> 女兒們上學延師，到不比兒子容易。須得個高年有德之人，又要沾些親誼，
> 方纔使得。不然，恐外人議論非之。（第一回，頁18）

於是由伯父顯仁擔任三女之師，可見女子受教並未獲得世人認可。第四回，玉華過繼於顯仁家時，樊氏叮囑：

> 我今臨出無他囑，是那些，四德三從汝素嫻。（第四回，頁179）

近仁亦囑咐：

> 在他家，色笑娛親憐老景，勤攻女職習閨儀。……姣兒幼習詩書禮，動止
> 行為有令儀。這其間，無用為娘多囑咐。（第四回，頁179）

第九回，王鳳剽向兄長請教學問，兄長拒絕說：

─────────────────────

〔註1〕〔明〕徐學謨，《歸有園麈談》，據明萬曆繡水沈氏尚百齋刻寶顏堂秘笈本影印，收於嚴一萍選輯，《百部叢書集成》，臺北：藝文印書館，（原書未見出版年月），頁6。

便說是，閨閣觀書大不宜。要得知，女子無才方是德，習之無益反貽譏。

甄博士，蔡文姬，若輩才華並擅奇。俱係重婚和失節，止落得，醜名留與
後人題。若教作個尋常婦，自必就，湮沒無聞早失遺。（第九回，頁472）

書中純娘在婚前以教書維生，婚後，少霞反對其繼續教書，表示：

自古來，止見男兒懸絳帳，幾聞女子表師尊？既然小姐歸文氏，今後無消
作此情。（第七回，頁362）

可見在男尊女卑的社會中，女子有德、守貞節較有才學更為重要。女性在此觀念束
縛下，失去受教及施展文才的機會。

《筆生花》推翻此等思想，極力肯定女子的學習天賦，並贊成女子培養文才。
德華天賦異稟、自幼聰慧：

小者靈根原鳳種，一經雕琢更精良。片言立悟通千義，一目能教覽十行。

七歲吟詩成錦繡，九齡開筆叶宮商。（第一回，頁22）

樊太夫人教育德華時，常反被德華難倒：

教得書文無半載，德華夙慧本天才。一經過目隨成誦，學問前生帶得來。

每與太君參奧妙，反教難倒老慈懷。（第一回，頁17）

德華富有求知慾，常主動表達求學欲望。「爹爹明日邀堂伯，務必央求把我教。四書
五經都要講。」（第一回，頁18）學習時則廢寢忘食，必求融會貫通方始罷休，「日
已昏時偏要讀，書逢難解定求詳。」（第一回，頁22）樊氏反對德華鑽研學問：「女
子之中有此才學，也就足矣。何必還去用功，自苦如是。」（第四回，頁202）德華
云：「書囊無底從來說，敢謂知文便棄焉。」（第四回，頁202）表現出女子旺盛的
求知慾。

邱心如對自身文才極具信心，深信女子的文學才華，能與男性並駕齊驅甚至超
越之，並感慨女子不得施展長才。《筆生花》近仁嘆息德華身為女子不得光耀門楣：

似此女兒強蠢子，才名定許古今揚。於時工部尤鍾愛，每嘆其生不是郎。

讀盡父書無所用，不能鵬翅展飛翔。（第一回，頁23）

德華對於自身聰慧且富才學，卻無法一展抱負深感惋惜：

竊思自幼攻書史，脹殺胸中萬卷撐。若使身為乾道體，亦可以，揚眉吐氣
展經綸。偏生是個紅妝女，枉此才華何處伸。（第四回，頁219）

作者不滿不公平的禮法，於是安排德華女扮男裝，參加科舉並拔得頭籌，以向世人
宣示女子才學。書中德華對改服應試深感歡喜，冀望藉此一展長才，並安慰父母無
子的遺憾：

枉此嘉祥留吉夢，每嘆息，女兒哪得顯門楣。縱教聰慧誠何益，讀盡詩書

亦枉然。卻誰知，世事不由人意料，一朝改服忽殊前。看來此夢多佳兆，
冠群英，萬里雲程可望焉。非我痴心生妄想，欲博取，北堂萱室解悲酸。
省得教，生平切抱無兒恨，也到底，聊以相酬父母歡。那其間，瀝血辯冤
誣案釋。那其間，奉親歸里錦衣旋。（第十一回，頁 598）

德華獨占鰲頭後，近仁對於女兒才學勝過男子深感驚喜：

會元第一姜公子，文謝魁名壓眾多。……工部得知驚又喜，那道他，盈盈
弱息竟登科。公然名次高文謝，何乃男兒遜黛螺？（第十一回，頁 598）

詎料吾家竟生出恁般女子，較勝男兒多矣。（第十一回，頁 616）

作者藉德華的成就，肯定女子才學並向男性示威。

《筆生花》少霞面對德華成爲狀元一事，「自嗤何乃才疏淺，臚傳日，反使姣妻
佔了先。」（第十二回，頁 641）又見德華允文允武樣樣精通，因此潛心求學，欲揚
眉吐氣：

談文論武求精進，只爲是，未肯男兒遜女孩。欽佩閨人知武事，遂將那，
六韜三略詳參裁。（第二十八回，頁 1480）

少霞對於文才、武學及官位皆遜於德華深感自卑：

夫人你，何云不及男兒好，愧我男兒遜女兒。不是得卿賢內佐，恐未必，
恁般優渥聖恩滋。（第二十八回，頁 1498）

文夫人以同理心表示：「妻反封侯夫是伯，怪道他，恥從夫爵惱於懷。」（第二十二
回，頁 1155）文公則嘉許德華的才能，認爲少霞乃獲德華相助，才得以匡復舊國、
建立功勳，並承認自身才幹也不及德華：

眞義俠，好才能，千古娥眉第一人。可敬他來堪愧汝，還虧了，姣妻攜帶
得功勳。若非是，小峰仗義同相勉，汝怎能，忠孝雙全事業成？慢道汝曹
多不及，便連吾亦遜三分。（第二十二回，頁 1156）

德華返回女裝後，少霞獨自親征遼寇，建立功勳，以避免被譏笑爲無能鄙夫：

要知前者勤王事，姜峻璧，須是閨中女丈夫。只爲盡忠來報國，滅楚賊，
一朝也便復皇圖。孩兒乃是鬚眉輩，怎使無才反不如？自悔前番無膽志，
立功名，全憑妻子作提扶。心自愧，志何輸，似這等，夫襲妻銜愧亦多。
（第三十二回，頁 1682）

《筆生花》除德華外，柳氏「美貌溫柔人穩重，粗通文墨習閨儀。」（第一回，
頁 5）燕氏「容貌風流，性情柔順。知書識字，寫算俱精。」（第三回，頁 123）佩
蘭「生成絕代傾城貌，長就如花似玉顏。巧做女紅多妙技，精通翰墨善清談。」（第
一回，頁 29）亦爲才德兼備之女。作者顚覆女子才德相妨之說，肯定女子才德兼修

的可能性；並藉少霞自卑的心理，透顯男性因恐懼女子才能與成就超越自身，將無法駕馭女性，故以「女子無才便是德」為由壓抑女才發展，以維持男尊女卑的心態。

（二）突顯女子的治理才能

《筆生花》透過德華的治事才能，傳達女性不僅能操持家事，並有帶兵、處理政事的能力，表達女性欲爭取男女平等，走向社會以實現個人價值的願望，反映出女性的人生觀、價值觀。書中德華受胡月仙指引習練兵法，終有所成。近仁見德華所帶之兵，「軍伍威嚴殺氣高，層層甲士列鎗刀。中軍大纛隨風舞，一片旌旗映日招。鹿角排排圍戰幄，魚鱗疊疊現征袍。」（第十九回，頁1017）不禁暗自讚嘆：

> 不信我，老儒生此女英豪。那裏是，吟椒咏絮閨中秀，眞像個，捧日擎天輔國僚。（第十九回，頁1017）

德華富謀略，成功地調兵遣將，將敵軍盡數摧亡，並提高軍心士氣。

> 所過城池從賊者，添兵守禦拒興王。賴他峻壁多謀略，更又諸軍勇氣揚。
> 所向必克無難事，一處處，賊臣犯者盡摧亡。（第十九回，頁1018）

德華平定亂世後，父母欣喜：

> 不信老夫生此女，功名冠世勝兒郎。公然竹帛昭奇蹟，竟使山河復故疆。……若人生女能如此，弄瓦翻教勝弄璋。（第十九回，頁1027）
> 不圖閨閣知忠義，竟與皇家定太平。位列三臺容極品，名傳四海表清聲。
> 恁般女子誠無匹，較比男兒勝萬分。從今後，樂得留他充子職，眞倒是，榮華富貴又稱尊。（第二十回，頁1069）

皇上對德華喬裝一事深感訝異，非但不怪罪，反而稱許德華以女子之姿，匡復舊國是謂奇才：

> 舉朝文武知多少，第一忠良要算伊。說是男兒已可敬，若云女子更加奇。
> 咳，不道一代江山，倒全虧一個女子挽轉也。（第二十二回，頁1181）

朝中大臣亦認為德華身為女子，竟有此忠肝義膽、博智多才，實乃古今無雙之人。

第三十二回，當少霞出征時，皇上命德華協助文公處理政事：

> 女侯智識眞無比，事遇疑難立斷為。不似其翁迂闊甚，一件事，再三審閱幾多回。（第三十二回，頁1685）

德華思緒敏捷，遇難事能當機立斷，令文公極為欽佩。當天災使百姓鬧飢荒時，德華奏請皇上撥款救災。百姓得救後，對德華深表感激：

> 愚者謂其本屬婦道，因而具此婆心。知者乃謂古賢相治國治民，職應乃爾，何云本屬婦人，方為此舉？此等善政，正恐邇來卿相無可及者，休得妄論。

（第三十二回，頁 1694）

《筆生花》強調有才能的女性若走出家園，便可施展訓練兵丁、征戰沙場、治理政事的才幹。

（三）展現女子的擔當與作為

《筆生花》女性遭逢緊急危難時，多不依靠男性，而能獨立運用智慧與判斷能力，幫助自己或他人脫離困境化險爲夷，並犧牲小我以成就大義。書中楚夫人得知楚公父子欲加害少雯，不忍對此傷天害理之惡行袖手旁觀，故決心救出少雯。楚夫人對受利用的兩歌姬曉以大義。楚公歸來後，懷疑兩姬有意縱放少雯。兩姬巧言善飾，朦騙過去。楚夫人對兩姬未洩漏私放之事，十分歡喜。《筆生花》藉此讚許女性明辨是非、見義勇爲的精神。

《筆生花》中楚廷輝誣賴少雯調戲歌姬，文夫人面對楚廷輝興師問罪，不慌不忙地佯裝少雯未歸，並假發怒、假悲啼，反倒使其難以怪罪。

> 國舅虛言佯發作，文夫人，聽完故作假悲啼：「阿呀！我那少雯兒阿，汝怎酒醉昏迷，便做出這樣糊塗事來？可不坑殺人了。」……夫人數落聲聲恨，哭的那，國舅旁邊皺二眉。……文夫人，數落一回忙拭淚，怫然變色怒容堆。開言叱令家人等，速與我，尋那無知孽子歸。楚館秦樓親友處，茶坊酒肆總需窺。分頭而去休遲誤，那一班，奴僕聞言諾唯。未識夫人真與假，一個個，口雖答應意遲迴。夫人見了佯嗔怒，故意的，跌著金蓮又復催。一壁言時眼色飄，眾家人，心中會意始飛跑。……不言奴僕閒遊玩，再說夫人主意高。看見紛紛都去了，起身便乃斂鶯綃。……夫人道罷色悽涼，一片的，引過求情軟語央。倒使廷輝難發作，也只得，起身答禮改容光。（第二回，頁 73～74）

作者藉此表現出女性面對惡勢力時，從容應對的態度與機智反應。

第十二回，文夫人得知娘家被花氏鬧得悽涼蕭條，故返家探視。樊氏向女兒抱怨花氏之惡行，及族人助紂爲孽、家僕不聽指使之事。文夫人認爲花氏如此放縱，乃因母親仁慈、嫂嫂無能之故，於是挺身而出，替兩人討公道：

> 保重身軀將息好，至於這，家庭調處女當肩。諒其一個偏房妾，處治何難敢自專。即是族人侵產業，那個也，自然有法復田園。休氣惱，莫愁煩，快遣家人接嫂還。料理家庭來整頓，把那些，閒人立逐出門關。（第十二回，頁 658）

文夫人信心滿滿欲解決此事，姜家奴僕見姑太太返家，皆小心謹愼不敢馬虎，姜家

因此恢復寧靜。文夫人施計謊稱近仁被定重罪永不歸鄉，欲將田園產業贈與各房各戶，以誘騙族人前來，接著暗自請水太守論斷此事。水太守依法行事，明令姜家族人奉還私吞的田園房產，此惡事在文夫人的協調下始告終，家人稱許：「姑太太，行為才調實堪欽。」（第十二回，頁666）作者藉此表達女性善於計謀，及明確、果斷地處理事情的作為。

第十八回，正德皇駕崩後，楚元方在逆臣賊子的護擁下僭位。楚貴妃身穿喪服，悲啼責怪父親：「弟踐兄基方正理，幾聞國丈坐龍床？真悖理，好荒唐，落了個，篡賊污名萬古揚。」（第十八回，頁959）並表明自己身為亡國妃，不願接受公主封號，進而殉大義。小峰讚嘆：「卻不料，奸臣生此好裙釵。全忠盡節真難得，算得起，閨閣之中一俊才。」（第十八回，頁961）楚夫人藍氏亦自縊，並留下遺書：

> 書曰：一旦變生，膽摧心裂。豈謂閨中遂忘忠義，蒙羞含垢，不願生為富貴；撒手懸崖，何妨就死幽冥。既死之後，臭皮囊願以庶人薄葬，慎勿僭諸典禮，使我含愧於九泉之下也。（第十八回，頁963）

《筆生花》藉楚夫人母女不慕富貴、深明大義的烈舉，及兩母女與楚公父子貪圖名利、悖禮犯義的對比，突顯女性的忠義精神，及勇於殉義的表現。

二、禮教觀

（一）推翻男尊女卑觀

男人為尊、女人為卑的思想淵源，可追溯到被儒家奉為經典的《周易》。《周易》卷三〈繫辭上傳〉記載：

> 天尊地卑，乾坤定矣。卑高以陳，貴賤位矣。……乾道成男，坤道成女。
> 〔註2〕

男尊女卑的觀念首先反映在生育性別的差異上，亦即生男重於生女。《韓非子》卷十八〈六反第四十六〉：

> 且父母之於子也，產男則相賀，產女則殺之。〔註3〕

此言論證實殺女嬰習俗的存在，呈現出重男輕女思想的不人道。《筆生花》作者藉樊氏之口，指出重男輕女的根本原因，在於女子不能繼承家業、光耀門楣：

> 汝兄不及多多矣，至此猶然一子無。妻妾年來皆不孕，每人止產一嬌妹。

〔註2〕《改良周易本義》卷三〈繫辭上傳〉，臺北：武陵出版有限公司，2002年12月，頁265～266。

〔註3〕〔清〕王先慎集解，《韓非子集解》卷十八〈六反第四十六〉，光緒丙申年12月刊，臺北：藝文印書館，1983年6月三版，頁647。

　　長成便是他人婦，誰續箕裘立我廬？讀盡父書無所用，不能繼業耀門閭。

　　（第三回，頁 130）

花氏對於姜家先處理雲樓婚事，而暫緩九華婚事深感不滿。樊氏表示：

　　可曉雲樓本一支。早與完姻生了子，迨後日，祖宗香火靠他持。誰教你等

　　無爭氣，不重仙桃種草芝。女兒家，百愛千珍何所益，難承祖業奉宗祠。

　　（第五回，頁 256）

傳統觀念認為生子可繼承父親衣缽，建功立業、光耀門楣；而女兒出嫁後便替他人傳宗接代，毫無價值。書中莫氏為了安慰樊太夫人，德華失蹤一事，表示：

　　休苦切，勿嗟呀，只當是，媳婦當先未養他。天下重男無重女，女兒縱好

　　屬人家。隨他生死由他去，此後無消掛齒牙。（第二十回，頁 1058）

作者反映出傳統重男輕女的思想，及對傳宗接代的重視。莫氏虔心祈求子嗣，終於有孕。近仁樂道：「俗諺云，有子承桃萬事足，從今後，門庭不用嘆荒蕪。」（第一回，頁 9）莫氏將希望寄託於腹中胎兒，故得到不詳夢兆後，不禁擔憂：「多半臨盆亦女流，枉我多時虔禱祝，一場指望又虛浮。」（第一回，頁 10）莫氏臨盆果真產女，不禁憂煩暈眩。近仁對此譏諷說：「妙吓，妙吓，不道又弄一瓦。吾家門戶將來不患冷落也，大可開個瓦窰了。」（第一回，頁 13）近仁雖於事後安慰莫氏：「可也知，生男生女天數定。敢勸你，不須介意浪悲傷。且喜他，所生雖係女裙釵。卻有這，佳兆般般甚吉祥。」（第一回，頁 15）但莫氏身處男尊女卑且「不孝有三，無後為大」的社會，仍不禁感嘆：

　　縱然好煞是女妝。空留吉兆成何用，難續箕裘嗣父娘。薄命自知無所怨，

　　可奈這，含飴不足慰高堂。更堪嗟，多時枉費虔誠意，祈得仍然是女郎。

　　（第一回，頁 15）

即使多年後，少霞入贅姜家，莫氏仍對姜家無子一事深感遺憾；面對柳氏、燕氏終身不進房，姜公無心納妾之事，亦深感憂煩，故請樊太夫人相勸，以替姜家延續香火，了卻心願。柳氏嫁入姜家三年，始產玉華，「太夫人母子十分不喜，說：『過月女兒，有何好處，真是家門不旺了。』」（第一回，頁 6）即便日後，玉華成為國母光宗耀祖，柳氏仍對未替姜家產子一事深感慚愧：「家禮尊卑分嫡庶，豈因女貴作同排。多年在此無生子，賤妾是，感荷深恩尚歉懷。」（第二十回，頁 1057）由莫氏虔心祝禱、終身堅持，以及柳氏的愧咎，可見傳統婦女對於傳宗接代一事的重視，及承受此重責的壓力。

　　在傳統社會中，婦女產子除了可盡到婦職，並可確保在丈夫、舅姑心中的地位，《筆生花》母以子貴的情節便反映此等現象。莫氏以為小峰乃近仁妾所生之子，表

示小峰母親若尚在，須立即迎歸姜家：

> 要曉得，後代香煙廝彼出，豈與他，尋常姬妾一班排？妾當另眼相看待，
> 就是婆婆也樂懷。（第十四回，頁 771）

可見為人妾者若盡傳宗接代之大任，地位便不同於一般姬妾，是以婦女們多以產子為重，形成重男輕女的社會現象。

書中德華知父母多年祈子心願，決定：「我為二親悲絕嗣，門庭每自嘆荒涼。充子職，奉高堂，決意今生不改妝。」（第十四回，頁 749）德華被識破，無奈改回女裝後，姜公要求少霞入贅，將來子孫改姓姜氏以續香烟。

> 我便算，外甥是子兒為婦，那其間，權當閨娃未改裝。目下歡娛無欠缺，
> 後來香火不淒涼。（第二十二回，頁 1162）

即使近仁肯定德華的才能勝於男子，並將其視為兒子，但回歸女子身分的德華，畢竟不能替姜家延續香火。作者安排德華重回女身，並讓少霞入贅以延續姜家烟火，可見《筆生花》強調妻妾替夫家繁衍子孫，以傳宗接代的重要性。

作者雖肯定傳宗接代的重要性，但也跳脫當時重男輕女的思想，提出男女平等的觀念。書中佩蘭產下一女，「命人忙向堂前報，喜壞了，父子人人笑臉開。不問是男還是女，難得個，平安落地實佳哉。」（第二十七回，頁 1440）隨後鳳翾亦產下一女。謝家對此雙喜臨門之事，表示：「憑他男女無消論，只要平安大小寧。」（第二十七回，頁 1442）作者藉由謝家之例，推翻性別歧視的陋習。少雯娶惡妻春漪，鬧得文家雞犬不寧。姜公感慨生子若如此糊塗，不如生聰慧女兒：「賢妹呀，愚兄昔為乏承祧，自覺憂心每動焦。今日目觀尊處事，始曉得，生男不及女多姣。」（第二十五回，頁 1326）德華女扮男裝後，姜公順勢將德華視為兒子，以慰多年無子之遺憾。他感嘆：

> 家家有子繼宗祧，惟我門庭歎寂寥。緩急之時無所靠，般般要我獨承挑。
> 難得這，移花接木鳳為鳳，又何妨，以女充男李代桃。（第十六回，頁 879）

德華平定亂世，創下豐功偉業後，近仁欣喜：

> 不信老夫生此女，功名冠世勝兒郎。公然竹帛昭奇蹟，竟使山河復故
> 疆。……若人生女能如此，弄瓦翻教勝弄璋。（第十九回，頁 1027）
> 縱無子息何妨礙，賴有這，強似男兒好女娃。兒亦有來孫亦有，愁什麼，
> 他年朽骨暴黃沙。（第三十二回，頁 1708）

莫氏見德華如此能幹，亦心想「凡人生女能如此，弄瓦原來不用愁。」（第二十回，頁 1068）夫妻倆對於德華的成就皆感喜樂：

> 不圖閨閣知忠義，竟與皇家定太平。位列三臺容極品，名傳四海表清聲。

恁般女子誠無匹，較比男兒勝萬分。從今後，樂得留他充子職，眞倒是，
榮華富貴又稱尊。（第二十回，頁 1069）

謝夫人莫氏亦表示：

倘若教，凡人生女皆如彼，眞個是，弄瓦無須望弄璋。……你看他，如此
威風如此貴，全無半點見強剛。心孝順，性賢良，一切事，悉聽高堂做主
張。（第二十三回，頁 1215）

德華產女，少霞欣喜地表示：「自悉夫人蘭夢徵，每冀其爲生一女。」（第三十一回，
頁 1670）純娘疑惑，世人皆欲產子以傳宗接代，爲何少霞期盼得女：「雖則芝蘭欣
有種，當期望，堦前玉樹列成林。如何卻把閨娃冀，豈不知，生女無非小慰情？」
（第三十一回，頁 1670）少霞表示：「因觀岳父無邊福，恁歡娛，盡屬閨娃奉此生。
爲此下官祈一女，希其翌日似娘親。」（第三十一回，頁 1670）作者希冀透過德華
的成就，改變世人重男輕女的思想，並肯定女子才能，以推翻生女不如生男的觀念。

（二）宣揚女教四德觀

「三從四德」是中國父權社會，爲了約束女性並調節夫妻關係所訂定的倫理規
範。傳統婦女雖然有接觸詩文教育的機會，但大體上仍須以婦女「四德」教育爲主
要學習內容。關於女教「四德」，依《周禮》卷第二〈天官冢宰下〉記載：

九嬪掌婦學之灋以教九御，婦德、婦言、婦容、婦功，各帥其屬，而以時
御敘于王所。〔註4〕

漢代時，班昭《女誡》〈婦行第四〉將女教「四德」明確化，確立了女性的生活規範：

女有四行，一曰婦德，二曰婦言，三曰婦容，四曰婦功。夫云婦德，不必
才明絕異也；婦言，不必辯口利辭也；婦容，不必顏色美麗也；婦功，不
必功巧過人也。清閒貞靜，守節整齊，行已有恥，動靜有法，是謂婦德。
擇辭而說，不道惡語，時然後言，不厭於人，是謂婦言。盥浣塵穢，服飾
鮮潔，沐浴以時，身不垢辱，是謂婦容。專心紡績，不好戲笑，潔齊酒食，
以奉賓客，是謂婦功。此四者，女人之大德，而不可乏之者也。〔註5〕

「彈詞小說」與女性的關係非常密切，除了爲女性的休閒讀物外，亦爲女性的教科
書。邱心如宣揚女教「四德」，作爲讀者效法的依歸，並譴責違反「四德」的女性人
物，以茲借鏡。本文以「婦德」、「婦言」、「婦容」、「婦功」四者，探析《筆生花》

〔註4〕　〔漢〕鄭玄注，《周禮》，1992 年據北京圖書館藏南宋刻本影印，北京：中華書局，
　　　　1992 年，頁十。
〔註5〕　〔漢〕班昭《女誡》，收於《郭郭》一百二十卷續集，第七十卷，清順治丁亥兩浙督
　　　　學李際期刊本，頁 4。

對「四德」的宣揚，及對違反「四德」婦女的譴責。

1. 婦　德

（1）孝順雙親

關於婦女的德行，可體現在孝順雙親、侍奉丈夫及教養子女等行爲上。《筆生花》以諸多孝親典範，強調孝親的重要性，例如書中德華敬愛父母，從未忤逆、頂撞之，並在父親遇難時挺身救父。近仁稱讚德華：「舉動端方知禮法，自出世，從無違忤二雙親。」（第六回，頁304）柳氏、燕氏亦云：

> 小姐爲人眞孝順，平時性格最剛明。若還偶爾言相犯，半句言詞不讓人。
> 只有老爺和太太，任憑責備不生嗔。」（第六回，頁304）

第六回，當柏固修挾持近仁，並以近仁的性命脅迫德華入宮時。德華不顧自身安危，闖入大廳救父：

> 爹爹被執勢將危，豈可將兒匿内閨？是已如斯無法救，只好是，待兒快去
> 解重圍。倘若教，父親有甚差池處，少不得，兒亦仍拼一命虧。」（第六
> 回，頁314～315）

德華爲拯救父親脫難，故隨柏固修入宮。途中，德華思及「保清名，遲早終須捐此命。」（第七回，頁369）故投海自盡。官吏救起德華後，警告德華不許再輕生，否則將與姜公理論。德華對官吏以父母作爲威脅，並揚言加害父母，極爲惱怒：

> 所云有甚差池，仍與吾父理論，未免忒也欺人之甚。……古今來，烈女何
> 曾肯二夫？吾此去，無非曲意爲椿萱。（第七回，頁371）

此次獲救，德華並未消除求死決心，表示：「我死一身何足惜，痛只痛，高堂負煞二劬勞。」（第七回，頁371）面對盡孝道與守貞節之間的衝突，德華苦惱「我雖教，視死如歸全節操。痛只痛，慈親晚景嘆孤單。心怎捨，亦何安，這件情由是不堪。」（第七回，頁373）所幸被胡月仙所救，始成全了孝道與婦道。

《筆生花》中德華救父之事，尚有另一椿。近仁受柏固修誣陷入獄時，德華表明欲替父親受刑之決心：「兒雖不孝難爲計，這節事，敢效緹縈代父刑。」（第十一回，頁590）近仁不允，只盼德華侍奉高堂以體親心。德華爲救父，不得已而拜見楚公，向其稟明父親之冤獄：

> 其實當此聖道光明，君正臣賢之世，又有老公爺秉政立朝，權衡重務，推
> 誠寬恕，執法公平，諒無冤獄殺人之理。……若蒙俯允，則父子感恩無既，
> 晚生願效力門下，以圖犬馬之報焉。（第十一回，頁602～603）

德華假意阿諛之：「向聽四方傳盛德，今知大度實寬仁。分明天地包羅象，化育人間萬物春。」（第十一回，頁603）楚公見德華有才有貌，欲將其招爲己黨，故允諾相

助。德華此舉全然「爲家嚴，屈節權門作善圖。」（第十一回，頁604）孝親乃德行之首，是以德華爲救父親而屈節於權貴，仍不泯滅其德行。

（2）柔順侍夫

傳統社會規範婦女須遵守「三從四德」之禮教，爲人妻者，須溫柔地服侍並順從丈夫。第十回，成氏命廚子給九華食腥魚臭肉，瑞徵知情後，欲與其理論，九華阻止瑞徵：

> 妾身爲婦在君門，吞咽糟糠分所應。豈爲些須羹飯事，反鬧得，天翻地覆
> 不安寧。（第十回，頁541）

九華爲顧及夫家和氣而委屈求全，實爲遵從「婦德」之舉。第二十三回，德華與少霞成親後，認爲：

> 我既然，鸞鳳好合歸文氏，應使夫倡婦共隨。一爲文君償過失，二爲怨女
> 做栽培。（第二十三回，頁1231）

故欲調和少霞與純娘、沃良規的感情。德華雖未順從少霞之意，但替丈夫弭補負心罪過的心思，亦爲「婦德」表現。

《筆生花》對於違反「婦德」之女，給予悽慘下場以茲警惕。第十回，近仁被押送入獄，姜家人皆憂心，「惟止花姨如沒事，照常歡喜有精神。」（第十回，頁539）九華煩惱相勸之，花氏因已失寵，怒云：「縱然你父赴陰曹，與我何干爲甚焦。」（第十回，頁539）花氏忘情背義，毫無仁心，後來遭姜家棄絕，悽涼而亡。第四回，逢吉在堂上發酒瘋，受父親責罵後，畏懼回房。惡妻弓氏罵其無能，如今服低，日後定受人欺：「那一個，聲聲只罵無能的，你既然，做出如何又服低？下馬威兒拿不倒，少不得，後來更好受人欺。」（第四回，頁186）弓氏「四德」不備，並唆使丈夫使壞，毫無「婦德」。

> 家世微寒性卻狂，三分顏色七分妝。謔浪笑傲諸全擅，德貌言工各未詳。
> 每聽哮聲凌嫗婢，更多讒語惑夫郎。雙雙狡惡同相濟，煩惱翁姑悶在腸。
> 偶作一言稍訓誨，惹其性起更乖張。（第三回，頁161）

弓氏本應遭報應而亡，因守貞節始獲福報。此外，沃良規妒意重，個性暴戾，且不順從丈夫，致使家庭不安寧，後來因不守婦道而受惡報。

《筆生花》中並非所有不順丈夫者，皆遭批評。書中霞郎與杜瓊章成婚，杜瓊章逼其學文學武，並盡孝道。霞郎畏懼妻子之威嚴，故聽其規勸，眾人稱許杜瓊章爲賢內助。

（3）教養子女

傳統觀念認爲婦女在家相夫教子，柔順侍夫並教養子女，乃「婦德」表現。《筆

生花》太夫人寵愛逢吉，對其百般驕縱，即使逢吉言語不敬父母，亦笑置不問。

> 太夫人愛而不教，百般驕縱。即或言語不遜，與父母相犯，亦笑置不問，
> 無許少加訶責。（第三回，頁160）

太夫人教育孫子的方法失敗，致使逢吉因缺乏良好的教育，而爲人不肖。第三十一回，少霞認爲霞郎資質駑鈍又嬌生慣養，恐其日後不知文。德華不以爲然：

> 霞郎雖則欠聰明，算來目下年還幼，日後終身那定評。且使讀書如不就，
> 那時節，待吾自教習行兵。從來説，文官把筆安天下，武將提刀定太平。
> 不習文時堪習武，少不得，一般也可立功名。因才教育成佳器，也未見，
> 定要文章始立身。（第三十一回，頁1636）

德華秉持教育應因材施教的精神，順應霞郎的天性，授之武藝，使霞郎在武學上有所成就。德華對子女教育的成功，便符合了傳統「婦德」應有的德行。

2. 婦 言

傳統禮教強調女子的行爲應合乎禮制，言語也應合於規範。《女誡》云：

> 擇辭而説，不道惡語，時然後言，不厭於人，是謂婦言。[註6]

女子應適度拿捏言語尺度，並依身分說出得體的話。女子若多言，便觸犯「七出」之條，是以言語之使用得當與否，對婦女而言極爲重要。

《筆生花》中女子或言語柔順，或出口成章，或謹慎合宜，或詼諧幽默，或犀利，或粗鄙。其中女性言語合乎「婦言」者，多言語柔順、合宜，且能曉以大義，勸人爲善。第十一回，藍氏知楚元方心懷不軌，不由得憤悶心驚，故以良言勸戒之，但因忠言逆耳反而惹得丈夫不悅。藍氏記取教訓，故假意討好，以套出丈夫欲篡位之心願：

> 呀，且住。如用直言相勸，料不見納，徒致分爭。不若姑效諂諛，詐他一
> 詐，看是如何説法。否則，恐無眞話告我也。」（第十一回，頁571）

藍氏能言善道，半勸說、半嘲弄：

> 但則爲君者必須積些盛德，上爲感格天地，下以布澤人民，方好。若效那
> 黃巢殺人八百萬，徒落了個殘暴之名，於正事何濟？」（第十一回，頁573）

並趁機替近仁求情云：

> 公爺既欲承王業，須索要，佈德施仁把福邀。……百凡執法要公平，休學
> 那，羅織無辜來俊臣。彼乃無知稱酷吏，君宜修德效明君。」（第十一回，
> 頁573）

楚元方聽夫人勸戒，認爲「既是夫人爲進語，勸吾修福自當聽。」（第十一回，頁

〔註6〕同注5，〔漢〕班昭，《女誡》，頁4。

573）便決定不陷害近仁。藍氏善言語，勸說丈夫奏效，不僅救了近仁一命，並替丈夫積陰德，是合於「婦言」之規範。

第一回，藍章夫人面對夫婿替楚家作媒不成一事，料想楚家必定會陷害文家，故前與文夫人溝通，以避免白白枉害文家。藍夫人心想：「先啖之以利，繼示之以威，包管可以玉成其事。」（第一回，頁36）於是對文夫人曉以大義：

> 公子若然爲楚婿，定教平步上青雲。慢云自負才華美，要知道，自古提攜
> 多仗人。這段良緣如錯過，賢公子，後來只恐欲遭迍。」（第一回，頁38）

並以李白得罪權貴，以致有志難伸勸說之。藍夫人雖未勸說成功，但仍表現出有見識、善言談的一面。

第二十五回，佩蘭見少雯爲了楚春漪鬧得雙親不愛，功不成名不就，於是以孝道、功名等出發點，及宋弘義重糟糠妻、梁鴻不重美色爲例，正色勸戒之：

> 從今奉勸莫情迷，處閨房，嫡庶還須一樣齊。兄讀詩書千萬卷，豈不知，
> 五倫大義乃貽譏？夫妻亦在其中數，試爲兄，仔細今朝辯是非。若謂妹兒
> 言不惡，自可以，心中回悟決其疑。（第二十五回，頁1332）

佩蘭之金玉良言，使少雯茅塞頓開，決心改過自新，此乃合於「婦言」之規範。

《筆生花》中女性言語不合乎「婦言」者，多無禮、粗鄙，惹人厭惡。花氏牙尖嘴利、口不遮攔，常在言談間頂撞長輩，使人憎恨。九華諄諄叮嚀母親：

> 主母看承殊不惡，切休挺撞啓紛爭。小心儘讓人人喜。出嘴撩尖個個憎。
> 便是他，柳燕二姨宜善待，勿生妬念用機心。有兒在室多規勸，往後還防
> 口舌增。（第五回，頁262）

花氏惱怒，九華進而委婉勸戒：「自識良言難得聽，將來祇恐必爲殃。」（第五回，頁262）、「從今以後休如此，切不可，出口傷人自惹嫌。」（第六回，頁309）無奈忠言逆耳，花氏並不以爲然。成氏以讒言迷惑吳公夫婦，使九華不受疼愛。九華返娘家，爲避免母親上夫家爭論，故對夫家加以美言，而不據實告知。花氏、成氏違背「婦言」規範，九華則反之。弓氏言語放浪、戲謔，且多讒言：

> 謔浪笑傲諸全擅，德貌言工各未詳。每聽哮聲凌媼婢，更多讒語惑夫郎。
> （第三回，頁161）

逢吉聽惡妻慫恿爲非作歹，以致死於非命。弓氏言談不合乎「婦言」是謂失德。少霞認爲惜惜、憐憐言語輕佻、無知多戲謔，且故作媚態甚爲無知：「容雖妍媚語多輕。裝憨逞媚無知甚，戲謔詼諧欠老成。」（第二十六回，頁1384）故不願收違背「婦言」之兩人爲妾。

書中沃良規的惡言惡語常氣煞眾人，沃良規誤以爲少霞與女婢有私情，不分青

紅皂白便打罵之：

> 我今打死妖淫賤，羞殺狂徒品行佻。枉讀詩書居翰苑，丫環賤貨亦勾挑。
> 亡廉喪恥爲人笑，待累我，清白家風染臭臊。（第十六回，頁866）

沃氏不僅對奴婢如此，前往謝府尋少霞時，更對佩蘭出言不遜並污衊之：

> 聽說狂夫藏你處，未知何故把他留？不容夫婦重完聚，姐弟同居亦可羞。
> 莫不其中藏不美，因而戀此兩情投？難道說，你家沒有男兒漢，爲什麼，
> 要奪人家鸞鳳儔？快快將他來獻出，不然不得與干休。眞可笑，好無由，
> 爲甚同奴作對頭。（第二十一回，頁1122）

佩蘭怒斥之：

> 你這些，胡言亂語沒來由。休教含血爲噴射。死去須防割舌頭。……娶婦
> 不求才與貌，惟希賢德性溫柔。恁般潑悍曾無見，好個無知不識羞。（第
> 二十一回，頁1122）

沃氏氣得回罵：「阿呀呀，賤人賤人，倒是好一派嚴詞責備，比我婆婆還利害多了。」
（第二十一回，頁1122）沃氏在氣頭上逞一時之快，口出惡言並顛倒是非，實在有
違「婦言」。此外沃氏得知少霞入贅一事，對德華深懷怨恨。當德華前來幽房探視時，
沃氏對德華破口大罵：「阿呀，你想就是那姜峻璧麼？聞你如今改妝復舊，已嫁了那
短命的了，乃是我的仇人，到來做甚？」（第二十四回，頁 1281）德華勸其與少霞
消除舊恨，並與大家和諧共處。沃氏仍「聲聲毒口侵夫婿，句句胡言犯舅姑。」（第
二十四回，頁1281）德華不厭其煩溫柔地勸說，聲聲句句皆觸動沃氏之心。沃氏從
未遇過有人待之如此親密，故逐漸軟化。此後德華常勸戒沃氏須修婦德，勿使九泉
下之雙親遺恨。「當下那，女侯一片良言語，說得個，沃氏羞慚自忖量。」（第二十
五回，頁1298）沃氏佩服德華能言善道，便不再與其爭辯。

> 阿呀，好一個利害婦人。只與他取笑了一句，到惹出他這多少話來。欲同
> 斑駁，自知邪不勝正。欲與相毆，又恐力不能敵，到反吃虧。想了一會，
> 只得權時忍耐。（第二十五回，頁1298）

沃良規不遵守「婦言」規範，與德華言語柔順、合宜，形成強烈對比。

傳統禮教規範女子說話須輕聲細語、溫柔婉轉。書中德華喬裝後，其語氣久而
久之便趨於鋒利且咄咄逼人。

> 正言侃侃好詞鋒，不似前番羞澀容。想必陶溶今久慣，自家忘卻女兒充。
> （第十七回，頁922）

小峰嘲笑少霞懼怕沃良規的個性：

> 生作堂堂男子漢，如何懼怕一娥眉？要須知，齊家治國憑才調，怪不道，

前陷囹圄命幾危。此後切休爲此語，恐若那，旁人訕笑失光輝。（第十七回，頁927）

並正色勸戒少霞應盡忠盡孝，少談兒女私情：

> 要曉得，男女生於天地間，但憑忠孝與貞賢。丈夫立世循忠孝，治國齊家
> 志莫偏。父母劬勞當體貼，私房情愛勿纏綿。（第十七回，頁937）

少霞暗想：「試看小峰今異昔，出言毫不似香閨。莫非眞係奇男子，卻教我，枉費縈牽事又違。」（第十七回，頁927）德華跳脫「婦言」規範後，言談語氣便不再受束縛，於是面色嚴肅、言詞犀利，其易裝時的轉變，呈現出傳統男女言行應有的差異性。《筆生花》以書中女性遵守、違反「婦言」的差別境遇，教化女性讀者遵循「婦言」規範始合乎禮。

3. 婦 容

　　傳統禮教認爲女子相貌不必絕美，但應維持容貌的端莊整齊，行爲舉止亦應合乎時宜，若過於邋遢，不僅有失禮節且易惹人厭惡。《女誡》：

> 婦容不必顏色美麗也。〔註7〕

《筆生花》德華的容貌、體態姣好：

> 仙姿灼灼驚人目，妙態盈盈益眾材。端麗直教金比重，鮮明卻是玉無埃。
> 眉分遠岫山頭秀，腮若嬌花露下開。廣袖低垂飄翠帶，湘裙半拂露紅鞋。
> （第三回，頁131）

眾人無不爲之傾倒。然而弓氏之外貌：

> 滿頭珠翠多苲飾，遍體紗羅似錦妝。兩片薄唇脂冶冶，一雙媚眼水汪汪。
> 分明是個花蝴蝶，舉止輕佻體態狂。（第三回，頁171）

莫氏由弓氏的面貌窺知其性，「一團厲氣兼帶殺，將來恐沒好收場。」（第三回，頁171）所謂「相由心生」，德華與弓氏善惡之心有別，故容貌、體態亦形成強烈對比。

4. 婦 功

　　「婦功」指婦女從事的工作。傳統社會男主外事，女主內事，「婦功」主要指採桑養蠶、織作、負責飲食烹飪、招待賓客、協助祭祀等事。自古以來，賢能的媳婦皆受讚譽，不熟習「婦功」者則受到譴責和嘲弄。《筆生花》女性多賢德，佩蘭「生成絕代傾城貌，長就如花似玉顏。巧做女紅多妙技，精通翰墨善清談。」（第一回，頁29）靜娥「丰姿清秀，性格溫柔。粗通書史，巧擅女工。」（第二回，頁87）楚春澩善音律且能文能武，「品竹彈絲音律熟，姣歌一曲最堪聽。不獨知文亦能武，劍

〔註7〕同注5，〔漢〕班昭《女誡》，頁4。

法家傳妙入神。刺繡挑描頗也會，無心從不理金針。」（第一回，頁 28）純娘知翰墨，不僅在草堂教書，並為人做嫁裳以貼補家用：

> 幸而他，城內豪家多熟識，常常去，攬些針黹共衣裳。娘作粗來兒作細，
> 老嫗為人作洗漿。更又純娘知翰墨，攬幾個，鄉村幼女小兒郎。草堂裡面
> 教書學，雖則是，修脯無多少貼幫。（第七回，頁 354）

《筆生花》沃良規雖美貌，但不習女紅而好用武：

> 自幼天生多勇力，性好武，持刀弄杖在閨幃。學成棍法偏精妙，日常與，
> 侍妾諸人打一堆。喜怒無常驕且傲，些須拂忤發狂威。（第九回，頁 498）

沃氏因性情惡劣且無才德，故不受喜愛，際遇悽慘。《筆生花》強調女性「婦功」的重要性，認為女性應熟習女紅，不可貪於嬉戲，如此方合乎婦女應有的德行，並有美滿歸宿。

自古以來，「三從四德」約束著女性的思想與生活。邱心如身為女性，卻不移餘力地宣揚「三從四德」，乃為維持家庭合諧與社會安定之故，此為當時社會環境及傳統思想所致，呈現出作者思想保守、傳統的一面。

（三）宣揚女子貞節觀

中國傳統道德基於男尊女卑的思想，對婦女操守加以貞、節、烈等禮制規範，使得貞節觀成為禁錮女性一生的枷鎖。貞節觀早在先秦時期便已萌芽，到了宋元時期，隨著理學的興盛，理學家教育女性應將貞節觀視為比生命還重要的事。宋代朱熹、呂祖謙《近思錄集注》卷六提出：

> 問：「孀婦於理似不可取，如何？」曰：「然。凡取以配身也。若取失節者
> 以配身，是己失節也。」又問：「或有孤孀貧窮無託者，可再嫁否？」曰：
> 「只是後世怕寒餓死，故有此說。然餓死事極小，失節事極大。」〔註8〕

女性於是奉行「餓死事極小，失節事極大」〔註9〕的思想，以生命成就道德的完整。明清時期，貞節觀念對於女性的束縛更為嚴密。朝廷獎勵貞節行為，建立貞節祠堂、牌坊，以表彰節婦烈女；思想家則對節婦烈女加以讚美歌頌，使明清時期節婦烈女的人數居歷代之冠。〔註10〕強大的教化功能，推進了貞節觀念的興盛，使女子對於

〔註 8〕〔宋〕朱熹、呂祖謙，婺源江永集註，關中王鼎校次，《近思錄集注》卷六，中華書局據通行本校刊，臺北：臺灣中華書局，1966 年 3 月臺一版，頁 3。

〔註 9〕同註8，〔宋〕朱熹、呂祖謙，《近思錄集注》卷六，頁 3。

〔註 10〕董家遵依據《古今圖書集成》之〈閨媛曲〉、《烈女傳》、《列女傳》之〈節婦傳〉，統計出：歷代節婦之百分比，由高至低依序為：清、明、元、宋、隋唐、魏晉南北朝、漢、周、五代、秦）歷代烈女之百分比，由高至低依序為：清、明、元、宋、魏晉南北朝、隋唐、金、漢、周、遼）參考董家遵，〈歷代節婦烈女的統計〉，收於鮑家

成爲節婦烈女，形成一種自覺性的追求。

唐傳奇、宋元話本等小說，不乏男作家創造出的節婦烈女。由明清女作家創作的彈詞小說，仍未打破此一重視貞節的思想模式，可見夫爲妻綱的貞節觀，不僅是男性鼓吹的思想，女性也認爲理所當然。魯迅在〈我之節烈觀〉指出貞節觀對女性的欺騙性：

> 只有自己不顧別人的民情，又是女應守節男子卻可多妻的社會，造出如此畸形道德，而且日見精密苛酷，本也毫不足怪。但主張的是男子，上當的是女子。〔註11〕

邱心如雖然肯定女子能力，強調男女平等，反對父權社會不合理的傳統禮教，但因自幼接受傳統禮教教育，對貞節的重要性已產生根深蒂固的觀念，加上明清貞節觀興盛的風氣，使其兩性觀念趨於保守，並同化於男性的思考模式。本文將《筆生花》所體現的貞節觀分爲「男女有別」、「貞烈女守節」兩點論述。

1. 男女有別

儒家禮法重內外之分，嚴男女之防，要求女子與男子保持相當的距離。《禮記・曲禮上》：

> 男女不雜坐。不同椸枷，不同巾櫛。不親授。嫂叔不通問。……姑姊妹女子子，已嫁而反，兄弟弗與同席而坐，弗與同器而食。〔註12〕

《禮記・內則》：

> 男不言內，女不言外。非祭非喪，不相授器。其相授，則女受以篚。其無篚，則皆坐，奠之，而后取之。外內不共井，不共湢浴，不通寢席，不通乞假，男女不通衣裳。內言不出，外言不入。〔註13〕

女性爲了維護自身名節以及家庭的名譽，必須謹守「男女授受不親」的觀念，不僅居處空間要有區隔，談話內容亦須有所區別。本文將《筆生花》男女有別的關係與觀念，分爲下述四點論述。

（1）女子與外人避嫌

作者強調男女有別，女子在家中，若遇男客來訪必須迴避，以維護名節。書中少霞借宿慕容家時，與純娘母親及老嫗同桌而食。純娘因待字閨中，故迴避之：

麟，《中國婦女史論集》，臺北：稻香出版社，1988 年 4 月再版，頁 111～117。

〔註11〕魯迅文集全編編委會編，《魯迅文集全編》（一），北京：國際文化出版社，1995 年 12 月初版，頁 318。

〔註12〕〔漢〕鄭玄注，《禮記鄭注》，相臺岳氏本，北京中華書局，1992 年，頁 7。

〔註13〕同注 12，〔漢〕鄭玄注，《禮記鄭注》，頁 95～96。

純娘自在廚中食，只因爲，迴避生人身躲藏。（第七回，頁357）

女子出嫁前須迴避生人，出嫁後更須如此。絮才、純娘出閨後，皆謹守男女分際。絮才返娘家遇生人在場，急忙迴避以免有失禮節：

謝絮才，定省雙親笑語怡。只爲堂前生客在，佳人迴避重嫌疑。（第七回，頁393）

第十三回，純娘被李夢周騙走時，欲帶老嫗一同前往。眾人不允，欲強行將其帶走，純娘因受侮辱而悲惱：

要得知，奴是單身少年婦，卻何堪，長行共你眾奴才！無體統，涉嫌疑，奴卻是，此命難遵要彼偕。（第十三回，頁683）

女子在家中尙須迴避外人，更遑論任意出閨門與生人接觸。古代女子嚴守禮制，不宜隨便出閨門，若出門則須謹守男女有別的規範，不與陌生男子接觸。《禮記·內則》記載：

女子出門，必擁蔽其面。夜行以燭，無燭則止。道路男子由右，女子由左。〔註14〕

明清時期，對於「男外女內」的界線十分嚴格，認爲應禁止婦女出外燒香、看戲、出遊。明朝溫以介《溫氏母訓》：

使婦人得以結伴聯社，呈身露面，不可以齊家。〔註15〕

清初地方官員則公佈「禁婦女燒香」：

婦人女子，謹守閨門，理之正也，後世風俗不古，婦女好爲遊冶，遂爾盛妝艷服，玩水遊山，畫舫香輿，朝神禮佛，雜於少年之群，嬉戲於僧道之室。……敢有仍前婦女出外閒遊，入寺燒香，紳衿之家，嚴拿僕從。庶民之家，嚴拿夫男。……如此則頹風少正，閨闥嚴，內外之分，美俗可成，士女盡關雎之德矣。〔註16〕

這些規範都是爲了避免男女混雜，發生淫亂之事。《筆生花》樊太夫人邀姜家眾女子及少霞等出外遊湖，九華邀德華同往。德華謹守男女有別的禮法，認爲女子不宜隨便出閨門：

至於教，今日不從湖上去，這個是，女娃那好出閨門。在家中，偶逢客至

〔註14〕同注12，〔漢〕鄭玄注，《禮記鄭注》，頁96。

〔註15〕〔明〕溫以介，《溫氏母訓》，收於《叢書集成新編》第三十三冊，臺北：新文豐出版公司，1985年，頁205。

〔註16〕〔清〕黃六鴻撰，小畑行簡訓詁，山根幸夫解題，《福惠全書》卷三一〈庶政部·禁婦女燒香〉，臺北：九思出版有限公司，1978年10月十日臺一版，頁360。

猶迴避。怎麼好，露面拋頭去踏青。湖上遊人殊不少，適教相遇是何形？
（第五回，頁 243）

德華爲避嫌疑於是託病拒絕，並勸戒九華莫拋頭露面，以免有失操守。九華不聽勸
阻，反而珠光寶氣、濃妝艷抹地出遊。近仁知情後，稱讚德華：

兒眞是，道學先生守禮文。不習時風敦古道。（第五回，頁 243）

男女有別的禮法，除女子須恪守外，男子亦應謹守。第二十四回，少霞因王鳳
翽在堂中，故略待片刻便離開：

文君少坐隨辭出，只因他，王氏千金身在堂。不便相陪同久坐，抽身自去
往書房。（第二十四回，頁 1282）

第三十一回，皇太后召見少霞時，少霞隔著珠簾參見皇太后，以示男女之別：

傳旨又宣文相國，少霞拜舞隔珠簾。（第三十一回，頁 1666）

第九回，文佩蘭蒙王家拯救時，王氏兄弟驚艷於佩蘭美貌，而未離去避嫌。王鳳翽
請兄長迴避，王氏兄弟不肯迴避，反云：

我等在旁何所礙？你讓此，佳人只管坐談心。相逢萍水非親眷，這個是，
何必多餘迴避深。（第九回，頁 469）

對於王氏兄弟的無禮，「文家小姐羞加惱，王鳳翽，暗怒諸兄少正經。」（第九回，
頁 469）第十七回，小峰祭奠沃公後，受沃良規相留。小峰暗笑沃良規不正經：

好笑，我爲男女嫌疑，不便去請見他。不道他到要相見我。也罷，就待我
進去會會，到底是怎樣一個德賴人物？以致文君恁般畏懼。（第十七回，
頁 925）

《筆生花》強調男女外人須避嫌，並對不守禮之人，如王氏兄弟、沃良規加以批評，
以達教化作用。

（2）有婚約之男女避嫌

古代男女的婚姻經父母之命、媒妁之言而定，雙方在成婚前，皆不知對方長相
如何，在成親當日始相見。《筆生花》德華與少霞訂定婚事後，德華便在少霞來訪時，
避走莫府。德華避嫌之舉，「畫堂中，共笑姣娃主意佳。」（第三回，頁 152）樊太
夫人亦提醒德華，少霞暫住家中，此後出入須留意以避嫌疑：

德華小姐始回程。少霞聞報忙迴避，含笑相辭書院行。小姐方來參祖母，
太君笑問女千金：自家姑母非他比，何事多餘迴避深？可曉文家雖已去，
卻留嬌客住家庭。從今出入雖留意，勿使相逢吃一驚。（第三回，頁 159）

姜夫人臥病在床時，文、謝兩公子與德華避嫌疑，「謝與文，二生各遣童來候。避嫌
疑，爲是千金在母房。」（第五回，頁 258）九華遇害，兩公子前來慰問姜夫人，德

華爲避嫌而離去。「兩公子，探問其詳同入來。避去惠英三小姐。」（第五回，頁 275）
當樊太夫人邀眾人遊湖時，德華亦因與少霞有婚約，爲避嫌而不同行：

> 遊山玩水男兒事，蕩檢踰閑女子箴。更聽少霞隨侍往，到那壁，如何迴避
> 不相應。（第五回，頁 240）

德華小心謹慎地遵守男女之別，令少霞即使與其同處一家，亦不得相見。少霞對此
頗爲感慨：

> 無奈他，玉人自悉東床在，避嫌疑，絕不輕身到外邊。文少霞，縱或請安
> 來入內。一到時，廊前侍女早相傳。雙雙姐妹先迴避，難望仙姿得一瞻。
> （第四回，頁 193）

少霞因急欲見德華的芳容，故潛藏於窗外窺視。德華暗惱少霞做事輕率，不顧
禮法：

> 漫道雀屏曾中式，便教姑舅妹兄稱，亦須謹避嫌瓜李，怎便潛來竊探人。
> 忒肆風狂忘顧忌，卻令我，成何體統是何形。任教覷得閨中貌，已定妍媸
> 待怎生。一晌每聞人獎語，道其倜儻且眞誠。今觀其行殊堪笑，全不像，
> 達禮知書冠世英。（第四回，頁 196）

此外，吳瑞徵至申媽家探望九華時，九華因未與其成親，故始終放下帳子而不露面。
瑞徵笑道：「與賢卿，從此便爲鴛鴦侶，何消如此避嫌疑？」（第六回，頁 307）父
權社會所制定的禮法，規定訂婚男女須在婚前避嫌，但女性能從一而終地遵從，男
性卻未能貫徹實行。作者強調男女之別，並以德華、少霞，及九華、瑞徵之例，著
重表現女性對此禮節的重視甚於男性，企圖表示女性崇高的道德觀，並對男性制禮
卻不守禮的行爲與以嘲弄。

（3）親戚間之男女避嫌

《筆生花》對男女親戚的避嫌多有著墨。其一，男子須與兄弟之妻避嫌。誠如
書中小峰避堂弟雲樓之妻杜芳洲，「姜小峰，本欲後堂聽熱鬧，避他杜氏女嬋娟。」
（第十五回，頁 825）少霞避表弟雲樓之妻，「合門女眷同迎接，更有三臺文少霞。
候罷慈親和嫂姐，即退去，因其不便杜姣娃。」（第三十二回，頁 1710）少雯避弟
媳沃良規，「少雯見罷書房去，爲的那，弟婦嫌疑豈共陪。」（第二十一回，頁 1111）
其二，女子須與姊妹之夫避嫌。誠如第二十九回，瑞徵夫婦返姜家時，瑞徵與
德華相互避嫌：

> 僕婦侍兒爭出接，更有他，柳姨娘與燕姨娘。純娘郡主堂前候，因爲是，
> 迴避吳生故躲藏。（第二十九回，頁 1555）

第三十回，少霞至德華閨房時，與九華相互避嫌：

九華襝袖稱恭喜，丞相躬身答禮深。見罷佳人忙欲退，嫌疑之際不相應。

（第三十回，頁 1575）

其三，同輩親戚中除堂兄妹外，亦須避嫌以示男女之別。書中春溶與德華爲表兄妹，春溶訪姜府時云：「尚有金閨諸姐妹，敢邀一見禮應當。」（第四回，頁 212）德華本不欲與之相見，「但母親面上私親，不好相卻，只得一人獨往。」（第四回，頁 212）表兄妹間須謹守男女之別，只得禮貌性地問候，是以當少霞、春溶等至姜家廳堂參見長輩時，姜家女兒便離開以避嫌。

廊下侍兒通報入，三位小姐轉香軀。（第三回，頁 163）

少霞香士相隨後，更有雲樓姪相公。廊下侍兒通報入，兩小姐，避歸母室隱姣容。（第五回，頁 237）

（4）繼兄妹間避嫌

《筆生花》中有繼承螟蛉以傳宗接代或聊慰孤單的情節。成爲繼兄妹的男女，雖以兄妹相稱，但畢竟非親手足，故須謹守男女之別。書中玉華與厚熜王爺成爲繼兄妹後，皆守本分而不逾矩。玉華爲避嫌，拒絕與王爺同桌而食：

奴爲女子在閨門，怎與他，殿下同筵共舉樽。漫道娘娘多好意，嫌疑有礙不相應。雖然結拜稱兄妹，究屬生平素昧人。（第十五回，頁 811）

厚熜王爺亦爲避嫌，而減少入內宮探視母親：

殿下自從姜女在，等閒不入內宮圍。只因神示姻緣分，雖慕芳姿豈妄爲。

故使避嫌深自謹，恐被那，旁人私議失光輝。（第十五回，頁 815）

《筆生花》對於不守男女分際的沃良規，則給與批評。沃良規拜蘭夫人爲繼母後，卻與繼弟蘭景如一同用餐。靜娥不禁暗惱沃良規有失禮節：

結拜娘兒綺席開，怎教姐弟坐相偕？真妄誕，惹嫌疑，恁樣爲人實怪哉？……且住，他便不必嫌疑，將蘭家叔叔留坐，我卻怎好也與同陪。（第二十七回，頁 1395）

作者強調男女之間應保持分際，《列女傳》第四卷〈貞順傳〉：「惟若貞順，脩道正進。避嫌別遠，爲必可信。終不更二。」〔註 17〕所謂「男女授受不親」，男女的行爲舉止應合乎禮節以避嫌疑。

2. 貞烈女守節

《筆生花》強調女性的貞節問題，推崇此等寧死不屈的精神，並視爲衡量女

〔註 17〕〔西漢〕劉向，錢塘梁端無非校注，《列女傳》第四卷〈貞順傳〉，臺北：廣文書局有限公司，1979 年 5 月初版，目錄處頁 2。

性道德、善惡的標準。書中守節的貞烈女，能獲得完滿的結局；反之則遭受無情的報應，於是女人的生命價值並憑藉於守節與否。作者強調爲夫守節乃理所當然，雖有婚約但未過門的女子，若受其他男子碰觸、調戲，亦要尋死以示節操。第五回，九華遭劫走下落不明時，近仁首先關心的是九華的貞節問題，而非其生命安全：

> 一個柔弱女子被多人擄去，這一夜工夫，不消問矣。順時失節逆時亡，名與命，二字安能不兩傷。倘若教，有志捐軀明大義，止落得，清風烈女世流芳。倘若教，貪生已被奸徒辱，這一個，臭穢之名怎去當？休說他，吳氏不堪收覆水。便是我，姜門難認女紅妝。只好教，由他生死飄流去，權當是，今世無生恁女郎。（第五回，頁275）

女人的貞節被視爲比生命還重要，若守節殉大義便可千古流芳；若苟且偷生而失節，則會被家族遺棄。九華身爲名門世族之後，自然明白三貞九烈之道理，故心想：

> 今宵若與彼成親，算得人間甚樣人？名不正來言不順，被人唾罵辱家聲。不惟父母難相認，更負儒生吳瑞徵。這光景，若不相從惟有死，好教我，上天下地兩無門。細評量，人生百歲終歸盡，只索拼其一命傾。惡遭逢，事已如斯無別法，也到底，芳名留與後人欽。（第六回，頁283）

九華殉節獲救後，果然獲得眾人讚許。吳公歡喜：

> 難得個，媳婦全生志又堅。此乃吳門有幸，得遇如此一個節烈無雙的媳婦，眞也可喜。（第六回，頁295）

近仁亦欣喜：

> 只說九華無用女，誰料他，這般節烈有閨儀。芳名從此垂千古，不弱當年文叔妻。（第六回，頁297）

令人感到欣慰的是，女人爲夫守節後，多能得到丈夫的疼愛與憐惜。瑞徵便對九華訴衷情云：

> 謝賢卿，爲我捐軀存大節，捨身取義守貞堅。似這般，松筠節操人間少，抱負冰心不二天。今日下，假使賢卿忘大義，樂昌破鏡豈重圓？（第六回，頁304）

日後更對九華呵護有加。

第八回，佩蘭雖未與春溶成親，但因已有婚約，故遭騙婚時，亦以守節爲重。她心想：

> 媒言父命傳庚久，早已婚姻許謝家。重諾如金宵失志，守身似玉豈沾瑕。……這期間，大約前生冤結重，無甚說，但拼一死赴黃沙。……今朝

尊府來迎娶，卻到是，婚禮堂皇眾目詳。較著彰明人盡曉，怎麼好，歸家
復合舊東床？縱便教，完名全節誰能信？（第八回，頁 454～455）

佩蘭為了替未曾見面的夫婿守貞操，於是在遭騙婚時投江殉節。春溶知情後悲悽：

可憐九烈三貞女，葬魚腹，未識沉埋在那邊。玉碎珠殘亡得苦，只落了，
芳名千古表其賢。（第十四回，頁 735）

不禁對佩蘭充滿敬意，並對男女情感有新的體悟：

我從前，只認桃花逐浪飄，到落得，毫無罣礙不心焦。譬如未與聯姻眷，
訪名娃，另締良緣再處調。好在青春年正少，何須急急賦桃夭。今朝忽聽
如斯事，卻教吾，感觸深情魂自銷。可敬這，烈女捐軀知大節，豈學他，
少霞途次續新膠？必須要，含窗盡我多時守。必須要，大恨為他一旦消。
那其間，立個牌坊旌節烈。更還要，空壙設法把魂招。（第十四回，頁 735）

女人為情為義殉節的精神，不僅令人動容，也令男子肅然起敬。然而，男尊女卑的
社會，要求女子守貞節，男子卻可光明正大地再娶。《筆生花》謝夫人怕春溶不願續
絃，於是急著訂定婚期。謝公亦認為：

這個是，男可重婚從古說，有幾個，丈夫守義為紅顏？……況已請封旌節
烈，這也就，算為報答女嬋娟。（第二十回，頁 1064）

少霞亦表示：「男可重婚，女無再適。」（第十三回，頁 715）女子為情為義而殉節，
卻無法換得男子同樣的對待，透顯出貞節觀對於男女的不公平。

　　女性若出於對摯愛的忠貞而守節，守節當可視為忠於愛情的最高表現。然而
在父權獨霸的傳統社會，女性多因遵從禮教，而盲目地從一而終。《筆生花》純娘
誤以為自己被少霞出賣給妓院時，雖然對愛情已心如死灰，但仍堅決表示寧死不
賣身：

忝出儒門不算低，詩書幼讀習閨儀。如執玉，那沾泥，豈逐桃花柳絮飛。
雖被梟情狼子棄，止無非，拚將一死命歸西。怎能夠，苟安於此忘廉恥，
萬古千秋把臭遺。不羨他，藪澤風流諸艷妓，願效彼，襟懷清潔古貞姬。
（第十三回，頁 688）

傳統婦女的貞節觀認為儘管丈夫有負心、忘情、拈花惹草等惡行，仍須矢志不移。
婦女在沒有愛情的婚姻中殉節，表面上是為了丈夫而守身，實際上則是向世人表明，
自己是一個遵從禮教、謹守婦道的人。

　　書中德華為救父而入宮時，決心以死明志：「已定絲蘿難改約，斷不能，含羞
忍恥侍宸居。」（第六回，頁 321）柳氏、燕氏相勸：「螻蟻尚且貪微命，勸千金，
勿過迂拘立見訛。」（第六回，頁 321）德華雖知祖母年事已高，母親僅有一女，

然而「無奈教，大義如斯名自重，無奈教，孤貞失此命須裁。」（第六回，頁322）無可奈何之際，只能拜託姨娘照顧雙親。所謂「忠臣不事二君，貞女不更二夫。」〔註18〕女性在面對貞節與孝道的抉擇時，寧可守貞節而棄孝道，可見貞節對女子的重要性。

在女性貞節觀興盛的明清時期，女性遭搶婚或強迫賣身，便以死守節；倘若身體遭男性碰觸，亦須有所行動以示節操。書中德華女扮男裝為小峰時，未因外在的改變而有失操守。當春溶邀小峰賞春景時，小峰心想：

> 此身乃係閨中女，雖作喬裝本豈忘。自古云：靜女守身如執玉，豈與他，
> 弟兄入隊戲成行。（第十三回，頁699）

於是推託身體不適，轉身而走。春溶抓其手臂欲相留時，小峰失色發怒：

> 怎被他，佻撻表兄同扭執，慚愧這，無瑕白璧玷清標。（第十三回，頁700）

是以憤而將手臂砍一刀。可見女性為保持貞節而做出的行為，通常極為猛烈。

在傳統社會中，女性沒有與男性相對抗的條件，卻有結束自己生命的權力。女性將貞節觀視為比生命還重要的事，因此在面對貞節與生命的衝突時，通常選擇犧牲生命，以成就道德的完整。她們不以結束生命或損壞身體為悲苦，而以守身如玉、為夫殉節為榮，這種從一而終、貫徹「生是君家婦，死是君家鬼」的守貞行為，或許是基於對丈夫忠心的感情所致，但未嘗不是女性對自我的要求，及崇高理想的徹底實踐。

第二節　婚姻觀

一、姻緣命定

「宿命」一詞為佛教用語，宿命即前世的生命相對於今生而言，故命運會受前世影響而有安排。所謂命由天定，人之生、死、富、窮、貴、賤、壽、夭等皆在出生時便已註定，此乃人力所無法改變者。《筆生花》藉姻緣、際遇、生死、功名，傳達前世今生註定的宿命觀。

所謂「生死有命，富貴在天。」人之際遇是福是禍，是貧是貴，皆為天理報應與命定，人只能認命地順應。《筆生花》佩蘭受瀟湘仙子相救後，不願重返人間屈身賤役，欲就此一了百了。神妃勸戒：

〔註18〕〔漢〕司馬遷撰，〔宋〕裴駰集解，〔唐〕司馬貞索隱，〔唐〕張守節正義，《史記》卷八十二〈田單列傳第二十二〉，臺北：藝文印書館據清乾隆武英殿本景印，頁992。

汝要曉，死生註定總由天。汝命未絕，吾神怎敢逆天行事？（第九回，頁
467）

第三十回，少霞不滿沃良規的惡行惡舉，燒祭文告知沃公，請沃公將沃女帶至陰間，
替人間除害。沃公閱罷祭文，便乞求冥王折其陽壽，以消除罪案。冥王不允，降諭
云：

> 生死皆由天註定，沒有個，存亡可任自家專。可也知，陰間各有爹和母，
> 世上誰無女共男。若能夠，壽夭窮通從所請，那個倒，一憑若輩做陰官。
> 怒之則令多傷損，愛者爲其善保全。只恐此間無此理，休教胡鬧作胡言。
> （第三十回，頁1565）

作者表示生有一定，死有一定，「閻王叫你三更死，誰敢留人到五更。」呈現出生死
壽命的宿命觀。

在人生際遇方面，《筆生花》姜家三女中，唯獨玉華離家過繼與姜顯仁，「想係
前生緣分在，因蒙憐愛恁孜孜。」（第四回，頁184）玉華過繼後，受逢吉夫婦視爲
眼中釘，感嘆：

> 祖母嚴親偏姐妹，花姨倚勢慣欺凌。到此間，誰知遇這兄和嫂，想必我，
> 註定生成命所應。（第四回，頁192）

玉華宿命地接受老天爺的安排，而不與其抗爭。玉華逢凶化吉後，樊太君云：

> 想當初，玉華八字曾排算，都說是，女子之中第一魁。但只先凶而後吉，
> 恐多刑剋涉災危。寒心未免疏其愛，因此上，允繼他人聽怨誹。漫道他，
> 術士胡言多瞎說，今來應驗信無虧。（第十六回，頁831）

第九回，佩蘭受楚廷輝搶親，水神表示佩蘭命中註定須遭此劫難：

> 爾的這，去跡來蹤事一端，吾早知之母細訴，恁行徑，固然可敬又堪憐。
> 卻也教，前因註定方遭此，且喜冰心比石堅。天命合當三載難，那時節，
> 夫妻父母始團圓。要得知，前生本屬瑤臺侍，西王母，惱汝詼諧喜妄言。
> 故謫下凡遭挫折，從今後，當爲改過贖前愆。……自此埋名和匿跡，合當
> 汝，身充下役有三年。（第九回，頁466）

《筆生花》呈現出人生際遇乃由命定的宿命觀。

在功名富貴方面，所謂「功名自有定數」，功名成敗乃由命定。《筆生花》少雯
名落孫山，鬱悶不樂，弟妹安慰之：

> 何事愁懷若此深？自古功名天註定，雲程有路總須登。不驚寵辱爲高士，
> 莫作迂歟書腐形。（第二回，頁83）

第四回，莫氏對於少霞應試一事，認爲「何用惱，不須嗟，凡事由天莫慮他。」（第

四回，頁 199）近仁勸勉少霞雖說功名命定，但仍須加倍努力，勿自負聰明而造成遺憾。謝夫人認為春溶才智過人、勤勉用功，必能平步青雲；謝公不以為然，認為夫人將事情看得太過單純：

> 據我論，功名遲早亦由天。可見那，甘羅少小為丞相，梁灝期頤中狀元。
> 假使有才皆得第，這個倒，山林草野少遺賢。（第四回，頁 206）

既然功名乃命中註定，聰明才智及勤勉與否，便與獲取功名利祿無一定的關係。第四回，德華見雲樓潛心苦讀，文章詩賦俱佳，卻名落孫山，不禁感嘆：

> 不入泮宮雖小事，錯過了，今番卻要待三春。功名蹭蹬真惆悵，正所謂，
> 才學難和命運爭。（第四回，頁 219）

《筆生花》表示「命裡有時終須有，命裡無時莫強求。」人無法與天命相爭，只能盡人事聽天命，宿命地聽任命運安排。

中國俗語云：「姻緣本是前生定，不是姻緣莫強求。」、「有緣千里來相會，無緣相見不相識。」、「千里姻緣一線牽。」傳統婚姻宿命觀將男女之相識與結合，歸之於「緣」與「命」。當夫妻幸福美滿時，人們稱之為「天作之合」、「佳偶天成」；若夫婦感情不睦，便怪罪於「不是冤家不聚頭」之「孽緣」；若男女相戀而不能結合，則歸咎於「無緣」。

《筆生花》認為「命」、「緣」決定姻緣。春漪聽任父母之命許配少雯，對此姻緣深感不悅。楚春漪的侍女勸其休懊惱：

> 自古云，姻緣註定三生石，並不由人自主張。勸千金，且自寬懷休懊惱，
> 後來之事慢評量。（第二回，頁 68～69）

楚春漪感嘆：

> 婚姻既定難更改，這個是，四德三從奴亦詳。母意如斯無可奈，也只好，
> 萬般由命聽穹蒼。（第二回，頁 69）

表現出女子對於姻緣的宿命觀。

《筆生花》掌書仙子因罪謫世為德華，玉帝認為仙女不匹凡夫，故將其賜婚為同樣被遣謫之少霞。姜公本婉拒少霞與德華的婚事，文公遺憾地表示：「自是姻緣前有定，未能強把赤繩牽。」（第三回，頁 145）然而兩人姻緣早已命定，姜公即使反對，終須順應命運安排。第十二回，胡月仙假扮為德華與少霞成親，德華請求胡月仙勿揭穿此事，並表明不願重返女身嫁與少霞。胡月仙表示姻緣天註定，日後終須嫁與少霞：

> 文君與你締絲蘿，夙約三生緣分多。雖則教，目下災星猶未退，少不得，
> 他年琴瑟自調和。（第十二回，頁 630）

胡月仙遁去後，留下鞋底寫著「包你和諧」的繡花鞋。少霞雖覺驚異，但仍欣喜良緣或許有望。春溶亦以婚姻命定說安慰少霞：

> 自古說，有緣千里終須合，也公然，破鏡重完續鳳膠。這教做，本有前因
> 難拆散，似這般，相思切切也徒勞。（第二十二回，頁 1139）

德華與少霞歷經種種磨難，終於拜堂成親，此乃姻緣天註定。

第十五回，蔣太妃欲替厚熜擇才德兼備之佳人為妻。一日，蔣太妃得夢兆，獲神明指示，有一仙宮玉女在東南三五里處：

> 與賢郎，三生註定絲蘿約，諧德配，百歲和同不汝欺。豈獨教，目下蘋繁
> 欣有主。更還又，後來富貴肇開基。故特來，作成好事分明示，休當了，
> 幻夢無憑錯過伊。（第十五回，頁 801）

蔣妃醒後欣喜，認為「莫是果真緣分在，因此上，神人示夢覓仙姬。」（第十五回，頁 801～802）厚熜親訪，果然遇見玉華，日後與之結為連理，此乃姻緣天註定。

《筆生花》少霞與沃良規的姻緣為前生所註定。沃良規前生為母狼，少霞前世為天上星宿。星官因擅離本位，為母狼所觸，一時惱怒殺死母狼。玉帝認為母狼罪不至死，令其投生為沃良規，並將星官謫降為凡人，投生為少霞。兩人因此結下孽緣，互償冤債，文公便感嘆：「伊兩人，自是孽緣前世結，故教惡報此生消。」（第二十七回，頁 1409）此為姻緣中的孽緣。第三十回，柳氏見純娘與少霞感情不睦，便以自身之例慰勉、勸說之：

> 勿為閑情多怨懷，要曉得，人生都係命安排。達人知命從來說，切休教，
> 自取愁煩心地呆。（第三十回，頁 1603）

純娘聞罷，便釋卻多時怨恨並重展歡容，此後與少霞的感情更加濃厚。《筆生花》強調宿命觀，並勸勉世人順隨良緣、樂天知命。

二、肯定父母之命、媒妁之言

依據中國傳統的婚姻制度，男女婚姻須經「父母之命」、「媒妁之言」方可成立。「父母之命、媒妁之言」八字最早見於《孟子》卷六〈滕文公章句下〉：

> 丈夫生而願為之有室，女子生而願為之有家；父母之心，人皆有之。不待
> 父母之命、媒妁之言，鑽穴隙相窺，逾牆相從，則父母國人皆賤之。〔註19〕

此乃魏人周霄就「仕如此其急也，君子之難仕，何也?」〔註20〕一事請教孟子。孟子以此八字比喻：君子急於求仕而不輕易為仕，乃因君子求官應走光明正道，不能走

〔註19〕〔漢〕趙岐注，《孟子趙注》卷六下〈滕文公章句下〉，中華書局據詠懷堂本校刊，
　　　　臺北：臺灣中華書局，1966 年 3 月臺一版，頁 5。
〔註20〕同註 19，〔漢〕趙岐注，《孟子趙注》卷六下〈滕文公章句下〉，頁 5。

旁門左道，否則爲人所不齒。就當時情景而言，二人並非談論男女婚姻，但「父母之命、媒妁之言」一說卻對中國傳統的婚姻制度產生深遠的影響。

父母長輩替兒女的婚姻做主，除了是權威的表現，亦是對自由戀愛的壟斷。儘管歷史上仍存有自由婚戀的史實，但就傳統婚禮禮制而言，若違反「父母之命」、「媒妁之言」便會遭到嚴重的批判、譴責。《筆生花》強調男女婚姻應聽任父母之意，而不得依照自由意志選擇伴侶。第四回，謝春溶因母親對其婚事極爲挑剔，定要擇才容兼備之媳，故順任雙親心意遲遲未婚。「多才自任雙親意，擇良匹，爲此遲遲中饋空。」（第四回，頁 204）第五回，柏存仁爲九華著迷，吳德、吳良勸誘其「央媒說合結良緣。」（第五回，頁 249）存仁返家請求父母作主，無奈父親與近仁有嫌隙，不願成親家。柏存仁雖煩惱，但只能以孤老一生作爲脅迫，而不得擅自作主。第四回，謝絮才對於父母不容許她修道，而欲替其覓夫婿，甚感擔憂：

> 惟恐雙親憐弱息，爲容我，芳菲少女去修仙。他年如若徵佳客，那時節，
> 室女難於自主專。（第四回，頁 207）

儘管絮才已除卻世欲，只願虔心修道，但也難違「父母之命」，反映出少女對沒有婚姻自主權的無奈。當親友欲幫忙牽姻緣時，遵從禮法的男女人物，亦多不敢私自決定，而告之婚姻大事須由父母做主。第四回，近仁轉告春溶，少霞欲替其牽線之意。春溶云：

> 奈愚甥，自己難於擅主張。容待消停臨試後，那時寄信炳爹娘。若還堂上
> 椿萱肯，這個是，一任尊裁易作商。（第四回，頁 217）

第九回，王夫人喜愛佩蘭，欲將佩蘭許給大兒。佩蘭惱而推託云：

> 承錯愛，怨難諧，怎樣事，豈有閨娃自主裁？故里現存親父母，不妨寄信
> 等其來。若教沒有雙親命，奴便是，拚死難從願自乖。（第九回，頁 490）

當佩蘭面對沒有「父母之命」的提親時，寧可一死也不敢私自應允，可見「父母之命」的重要性。

第三十二回，九華請文夫人作主，將憐憐所生之女姜文巧許配吳潛郎。文夫人認爲「試觀都是偏房出，結此姻緣也不妨。」（第三十二回，頁 1692）於是允諾。憐憐嫌棄吳家貧寒，感慨：

> 皆因庶出裙釵女，爲此人人不甚憐。眷親當爲兒戲事，夫人郡主並存偏。
> 看他吳氏私親重，誤我孩兒主擅專。自是娃娃生命薄，因教遇此惡姻緣。
> （第三十二回，頁 1693）

於是請少霞做主取消此婚約。少霞責備憐憐此舉悖禮：

> 要知所司職分，無非抱衾與裯，此等事自有我與夫人主之。越禮犯分，非

所宜也。此後戒之，再休亂道。可曉文巧雖由汝生，實屬夫人之女，豈無
慈愛？（第三十二回，頁 1699）

可見由妾所生的子女，其婚姻須聽從正室夫人的安排。

「媒妁之言」和「父母之命」同等重要，「媒妁」二字根據《說文解字》云：「媒，
謀也，謀合二姓者也。」〔註 21〕、「妁，酌也，斟酌兩姓者也。」〔註 22〕意指斟酌
情形，謀合兩性使其相成，亦即指婚姻的媒介。周禮地官中設有「媒氏」一職，以
掌謀合男女之事；《周禮》〈地官司徒第二〉云：「媒氏，掌萬民之判。」〔註 23〕，
判即半之意，掌萬民之判即謀兩半為偶。《禮記》〈曲禮〉：「男女非有行媒，不相知
名。」〔註 24〕若無託媒人在兩方詢問，女子不可隨便說出名字。《筆生花》多次強
調媒人在婚姻中的重要性：楚夫人嫁女，請弟弟藍章作媒。楚公託錢惟寶、費五倫
作媒，欲將楚春漪許配小峰。文家向步家擇行聘、完姻的吉日後，「便請了當日原媒
中書雲某，前往通知步府。」（第二回，頁 86）杜學裳為了避免女兒杜芳洲被召入
宮，請近仁為作媒，「奈何未有東床客，鄙意欲，拜懇師尊作蹇修。」（第五回，頁
246）可見男女雙方欲成為親家，須藉由媒人從中撮合。

媒人對婚姻的影響力極大，俗語云：「買賣憑仲人，嫁娶憑媒人」、「無針不引線，
有媒始成親」、「天上無雲不下雨，地下無媒不成親」，皆指出嫁娶一定要有媒人來促
成。媒婆多巧言利口，所謂「媒人口，無量斗。」、「媒人嘴，一尺水十大波。」媒
婆為了撮合對方，多搬弄是非，以溢美之詞稱讚雙方。媒人「只包入房，不包一世」，
雙方若輕信媒人之語，在婚後有不滿意，媒人也不需負責，故託媒說親便產生許多
負面影響。《筆生花》藍氏感慨父親誤信媒人之言，將其嫁與奸臣楚元方，以致日後
娘家與楚家互不來往：

擇婿原來詩禮族，只因為，媒言誤信適郎豺。過門後，見此東床真不樂。
鄙其行，慶弔從無通往來。（第十一回，頁 574）

第十六回，沃良規惡名遠播，無人敢與聯姻。沃又新聽聞少霞未續婚，便託善言的
媒婆五嫂前去說親：

媒婆歡喜走滔滔，去見多才美俊豪。快語能言來撮合，誇稱小姐怎姣嬈。
多才多貌多賠送，真正是，美滿良緣第一高。如若應承諧鳳卜，擇期即日

〔註21〕〔東漢〕許慎著，〔清〕段玉裁注，《說文解字》，臺北：萬卷樓圖書股份有限公司，
2000 年 9 月初版二刷，頁 619。
〔註22〕同注 21，〔東漢〕許慎著，〔清〕段玉裁注，《說文解字》，頁 619。
〔註23〕〔漢〕鄭玄注，《周禮鄭注》，卷十四〈地官司徒第二〉，中華書局據永懷堂本校刊，
頁 6。
〔註24〕同注 12，〔漢〕鄭玄注，《禮記鄭注》，相臺岳氏本，頁 7。

　　賦逃天。聘金禮物全無要，講定諸凡女宅包。口似懸河來倒水，說得個，

　　少霞公子意搖搖。（第十六回，頁 860）

媒婆謊稱沃良規多才多貌，令天性風流的少霞意志動搖，又因悲嘆孤家寡人，故允諾此婚。少霞在婚後察覺沃良規為一性格暴怒、行為粗鄙的惡女，但姻緣已成，後悔莫及。

　　《筆生花》強調「父母之命」、「媒妁之言」主宰著婚姻，「取妻如之何，必告父母。……取妻如之何，匪媒不得。」〔註25〕任何不依禮的行為都會遭受撻伐。第七回，少霞醉時，文氏當面將純娘許配之。少霞因酒醉欠思量，便含糊答應。采芹、折桂暗惱少霞做事不忖量：

　　這姻緣，父母尊前猶未曉，如何擅自定紅妝？亦況且，兩邊門第高低別，

　　為什麼，一口輕輕就允將？到江西，告與雙親如不肯，那時節，事須弄得

　　費周章。（第七回，頁 358）

兩人認為文氏未託媒說親，行為甚為荒誕：「幾曾見，誰家當面許婚姻？」少霞清醒後，擔憂「不告而婚非正理，這場責罰怎容輕？」（第七回，頁 363）純娘亦認為「不告而婚原欠理，拚教責備我無嗔。」（第七回，頁 363）自知悖禮而行，願受懲罰。文夫人對於少霞不告而婚，怒責采芹未盡勸說之責：

　　休作巧言為善飾，那畜生，長成如許豈孩童？憑他當面情難卻，少不得，

　　上有雙親當記懷。斗膽如何旋即允，論婚媾，非遊柳陌與花街。自應請命

　　先相致，豈有個，事後方纔把你差？即便教，美眷如花難錯過，亦須索，

　　通知父母少參裁。所為種種殊非禮，都怪你，狗黨狐群一類皆。（第八回，

　　頁 422）

並認為少霞「目無父母，任意妄為，未堪容恕，不許偕婦歸來。」（第八回，頁 424）命其秋闈中第方可返家，否則漂泊異鄉不許歸來。

　　作者的婚姻生活並不美滿，但書中仍體現「父母之命」、「媒妁之言」的絕對性與重要性，並未對此禮制扼殺男女自由戀愛的權利加以批評，反而極力刻畫此禮制的不可違背性，可見作者保守的婚姻觀。此外「父母之命」、「媒妁之言」，使男女婚姻缺乏感情基礎，但書中德華在易裝後，有機會與未婚夫少霞共同抵抗權奸、捍衛家國，以建立革命情誼，這種感情便成了婚姻的愛情基礎。可見追求有感情的婚姻，是作者隱約透露的婚姻愛情觀。

〔註25〕〔宋〕朱熹集註，《詩經集註》，〈齊風・東方未明〉，臺北：萬卷樓圖書股份有限公司，2004 年 9 月初版五刷，頁 48。

三、反對門第觀念

　　中國人注重門第觀念，認爲「門當戶對」始可聯姻。六禮中的「問名」〔註26〕除了問八字、姓名，還會問及門第、家產等事。俗語云：「門當戶對，兩下成婚配」、「第一門風，第二祖公」、「第一門風，第二財富，第三才幹，第四美醜，第五健康」〔註27〕，皆說明擇偶時重視門第條件。

　　《筆生花》呈現世人對於門第觀念所持的兩面觀點。第四回，謝夫人認爲德華與春溶兩人門當戶對，故欲向德華提親：

　　　門當戶對無差錯，女貌郎才兩所應。鄙意如斯休笑謬，連姻亦要重私親。

　　（第四回，頁205）

第四回，少霞欣賞春溶，認爲「兩邊門第無高下，女貌郎才各不偏。」（第四回，頁216）暗自決定撮合其與姐姐之良緣。然而，大抵而言，書中認同門第觀念者，並未堅持「門當戶對」爲婚姻中的絕對條件。第一回，楚夫人欲將春漪許配給少霞，楚元方身爲國丈嫌棄文公官職低：「止嫌他，父親職分難廝稱，門第高低怎合偕。」（第一回，頁31）楚夫人反對楚公之說，認爲少霞有才貌，異日必當成大用，「豈因父職爲嫌，而使女失佳婿。」（第一回，頁31）藍章替楚家作媒時，便表明楚夫人「貧寒富貴皆無論，只要才高貌又高。」（第一回，頁32）、「富貴貧寒皆不論，才郎中式便爲婚。」（第一回，頁37）的婚姻觀。第三回，姜逢吉愛慕罪人之女弓氏，姜顯仁認爲「父母雖鄙其門戶不稱，因子婚久不就，又拗不過他，遂將就代其聘娶。」（第三回，頁161）可見《筆生花》認爲「門當戶對」並非擇偶的絕對條件。

　　在舊社會中，地位高的一方通常忌諱找地位低者作配偶，而地位低者因礙於世俗偏見，或畏懼輿論壓力，往往也忌諱高攀地位高者，以避免受到對方的歧視。《筆生花》呈現兩方的想法，並打破此一觀點，將門不當、戶不對之有緣男女結爲連理。第五回，杜學裳爲了避免女兒芳洲被召入宮，便請近仁代爲作媒，強調：

　　　門第高低都不論，只要那，郎君才貌兩兼優。于歸入贅皆可行。（第五回，

　　頁246）

近仁成就雲樓與芳洲之良緣後，杜學裳欣喜但慚愧，「這姻緣，感蒙盛愛當遵命，只愧我，家世寒微太仰求。」（第五回，頁247）第十五回，蔣太妃欲成厚熄王爺與

〔註26〕周代時，人們對婚姻日趨重視，漸漸約定俗成地形成了一套完整的婚姻禮儀，即「六禮」：「納采」、「問名」、「納吉」、「納徵」、「請期」、「親迎」）「六禮」的程序構成了中國傳統獨具特色的婚禮）「問名」即「問女子之名）男方具書派使者至女家，問女之名）女家復書，告知女出生年月和生母姓氏及女名）見於顧寶田等注譯，《新譯儀禮讀本》，三民書局股份有限公司，2002年11月，頁33。

〔註27〕阮昌銳，《中國婚姻習俗之研究》，臺灣省立博物館出版部，1989年5月，頁153。

玉華之婚事，厚熜王爺因不知玉華身世為何，便稟明蔣太妃：

> 倘這般，草草聯姻成笑柄，要曉得，宗王門第豈常同。雖憑夢兆須斟酌，
> 要忌浮言毀謗風。（第十五回，頁809）

第二十九回，水夫人託少霞替水懷珠作媒。少霞思及蘭景如，水夫人嫌其家世清寒，水公則認為人才優秀者便可做其女婿：「昔者韋皐、蒙正皆從貧困中來，迨後並居顯貴。」（第二十九回，頁1542）且「自古狀元和宰相，幾人出自鄧通家？」（第二十九回，頁1542）蘭夫人知情後，表示：

> 笑說多承賢姪意，卻愧我，寒門未免太高攀。吾為寄食依人者，彼乃當時
> 現任官。敢說家聲差彷彿，要知局面大殊懸。（第三十回，頁1562）

欲待景如功成名就後再論婚事。

《筆生花》不重視「門當戶對」，並強調「娶妻娶德」，不應以容貌論人。文公認為「娶妻娶德從來說，又何必，定折名花第一枝。」（第三回，頁134）謝夫人卻認為「祇緣愛子姿容美，彩鳳何堪匹野雞。」（第四回，頁205）故挑選媳婦「必欲才容雙備女，方肯與，孩兒納采去傳紅。」（第四回，頁204）謝公不以為然，表示「娶妻娶德從來說，卻笑夫人見識低。」（第四回，頁205）第二十五回，文夫人感慨少雯因貪戀春漪美色而忽視靜娥，忘卻「娶妻娶德」之古言，德華對此悲嘆：「古詩云：以色事他人，得能幾時好。」（第二十五回，頁1303）第三十回，王鳳熙、王鳳鳴認為莫家兩女不美，對此姻緣心生懊惱。嫂嫂勸戒兩人：

> 娶妻娶德從來說，怎把妍媸仔細評？叔等知書名大義，可莫教，效他許允
> 失賢名。（第三十回，頁1614）

婚後，莫家姊妹性格溫存，甚為賢淑，王氏兄弟於是深愛兩人而不再相輕。

《筆生花》呈現出世人對於門第觀念所持有的認同、反對兩面觀點。書中原本抱持門第觀念者，經旁人勸說後，便捐除此陳腐觀念，並未堅持而誤人姻緣。可見作者反對門第之見，認為「門當戶對」乃世俗之論，擇偶時須考慮品德、操守、才華、而不以相貌、功名、富貴論人。

四、贊同近親聯姻

《筆生花》中男女姻緣多由「父母之命」、「媒妁之言」而定，而長輩們多偏好「親上加親」，是以兒女們的婚配對象多以近親為主。書中長輩多為同鄉故族的聯姻，如文上林「所婚姜氏同鄉女」（第一回，頁3）、「藍御史的夫人桂氏，亦係故家之女。」（第一回，頁35）、步公之妻紀氏為「同鄉故族之女。」（第二回，頁87）書中後輩則多為兄妹的兒孫、姊妹的兒孫、親家的兒孫等親屬間的聯姻。

第三回，文夫人姜氏驚艷於德華的美貌，決心託媒求婚，令其與少霞成婚，心想「論起來，親上聯姻眞美事，吾兄諒必不推敲。」（第三回，頁134）於是親自向胞兄姜公懇求此婚事，「妹兒之意本無他，不過欲，親上攀親親誼加。」（第三回，頁149）第二十七回，文佩蘭產女，春溶與少霞議定，將佩蘭之女與德華所懷之胎指腹爲婚。第三十一回，莫夫人生女莫粲然，翠釵生子莫天然；謝夫人莫氏見姪兒莫聯奎添丁，喜不自勝，故將粲然配婚謝堯臣，將天然配婚謝桂馥。第三十二回，姜公妾燕氏產子如璧，文公妾芳芸產女佩蓮；文夫人姜氏將佩蓮許配與姜如璧。上述爲兄妹的兒孫相互聯姻之例。

第四回，謝夫人莫氏欲向胞姐之女德華提親，認爲德華與春溶兩人：

門當戶對無差錯，女貌郎才兩所應。鄙意如斯休笑謬，連姻亦要重私親。

（第四回，頁205）

第三十一回，姜后產子，皇上將皇姨德華之女姜文淑，聘爲太子妃。第三十二回，九華請文夫人作主，將憐憐所生之女姜文巧，許配其子吳潛郎。上述爲姊妹的子女相互聯姻之例。

第二十七回，文夫人姜氏見謝宅孫女桂芬、桂芳甚是可愛，暗想：

何如說與孫兒配，兩下裏，再續姻親一脈長。料想親家無不可，這個是，
本來戚誼舊潘楊。（第二十七回，頁1448）

於是將心意告知佩蘭。佩蘭告知母親，春溶已和少霞有所約定。姜夫人莫氏欣喜：

這卻甚好，兩代姊妹，又結親家，這戚誼重重，眞十分美滿，可喜可喜。

（第二十七回，頁1448）

樊太夫人建議將鳳翾所生之女，許配靜娥之子瑞生。此爲親家兒孫相互聯姻之例。此外，還有親屬間之相互聯姻，如第三十二回，德華產子姜文誥，端妃因感念皇姨德華救命之恩，故將公主許配與姜文誥。以及第三十二回，杜鵬舉託妹妹杜芳洲作媒，將女兒瓊章許配霞郎。《筆生花》近親聯姻之例不勝枚舉，可見作者對此等婚姻方式的認同。

五、鼓吹妻妾制

傳統「父母之命」、「媒妁之言」的婚姻，令男女失去婚姻自主權，此婚制對女性的傷害往往深於男性。對男性而言，婚後一妻多妾等制度使男性得以擇其所好而納妾，而女性卻必須謹守貞節觀，終身侍奉一個男人。在父權社會中，對女性的婚姻生活帶來最大悲哀者，爲一夫多妻、一夫多妾、一妻多妾制。男性以貞節觀約束女性的情感，卻以多妻、多妾等制度放縱自身的情慾。傳統女性依附著男性生活，

並無獨立自主權，是以為了生存，不得不與男人的妻或妾爭寵，引發女性間的鬥爭。《筆生花》描述了許多妻妾爭寵之事，如花氏欺侮莫氏，欲取而代之；強氏恃寵而驕，氣死蹇氏；春漪為得專寵誣賴靜娥；汪氏打死小妾等，皆是一妻多妾制度下，女性相爭的悲劇。

《筆生花》雖對一妻多妾制的陋習多有著墨，但仍極力鼓吹一妻多妾制。第一回，楚夫人為了將女兒楚春漪許配給有才德之人，不惜讓女兒做妾。「縱使婚姻人已有，不妨姊妹作隨肩。」（第一回，頁47）於是對少雯表明：

> 原早知，郎君久聘夫人過。少不得，姐妹稱呼可並依。向也聞，士有二妻
>
> 經籍載，又何妨，同心一案兩眉齊。（第一回，頁54）

楚夫人不在意女兒之名份，楚春漪卻不願下嫁寒儒作妾：

> 這其間，許婚怕乏豪華族？怎匹寒儒作次妻？迨後來，縱使那人身貴顯，
>
> 這一個，二房名目也低微。（第二回，頁67）

且因正室步靜娥父之官職比父親低，故不甘心與步氏共事一夫，對此婚事甚感委屈。由此可見「父母之命」對兒女婚姻自由的限制，及世人對一妻多妾制的兩面看法。

《筆生花》強調為人妻者，最重要的任務是替夫家繁衍子孫，書中女性若婚後久不孕，多會主動替丈夫納妾以盡義務。《禮記・昏義》記載：

> 昏禮者，將合二姓之好。上以事宗廟，而下以繼後世也，故君子重之。[註28]

可見繁衍子孫對婚姻的重要性。「孟子曰：不孝有三，無後為大。」[註29] 女性若無法傳宗接代，又阻止丈夫納妾，便違反七出之一「無子」之罪，須遭受被休的下場。《筆生花》姜夫人莫氏因膝下無子女，便替丈夫納花氏、柳氏為妾。「夫人莫氏多賢德，便與夫君置阿嬌。」（第一回，頁4）第十四回，絮才為專心求道，故替小峰擇純娘為妾，以行傳宗接代之責。莫公稱許之：「甥女呀，何其如此量寬宏？與你娘親迥不同。足可稱為賢德婦，這也是，外甥修得福無窮。」（第十四回，頁758）莫氏、絮才代夫納妾之舉，贏得「賢德」之美名。

《筆生花》中女性心甘情願代夫納妾，但男性除非本身貪愛女色，否則多半無法接受妻子的善意。第二十六回，德華因不願辜負惜惜、憐憐，故勸說少霞納此二女。少霞恐德華不樂，於是勉強納兩人為妾，但仍不禁抱怨德華此舉過於荒誕：

> 古者梁鴻與孟光，可算得，賢夫賢婦姓名揚。未聽他，閨闈有甚姬和妾，

〔註28〕同注12，〔漢〕鄭玄注，《禮記鄭注》，相臺岳氏本，頁216。

〔註29〕同注19，〔漢〕趙岐注，《孟子趙注》卷七〈離婁〉，頁15。

布列金釵十二行。……而今後，願卿須學梁鴻婦，莫把夫妻理義忘。（第
二十六回，頁 1376）

第三十一回，文夫人喜愛女婢芳芸，不捨將其遣嫁，「故勸丈夫收作妾，以圖服
侍久相存。」（第三十一回，頁 1672）文公覺此舉甚為荒唐：

> 生平不喜閒桃李，女色從來淡十分。豈畏閨中懷醋意，方教如此守真誠。
>
> 邇來已是年華邁，怎反房幃置小星？每惱風流兒子輩，拈花惹草鬧閒情。
>
> 何教乃父從之習，枉惹旁人笑破唇。（第三十一回，頁 1672）

文夫人不顧文公反對，仍堅持己見，並趁文公酒醉之時，令芳芸前去陪侍。文公醒
後懊悔不已，只得將之納為偏房。文夫人並非因子嗣問題而代夫納妾，只為求一妾
照料文公，以無後顧之憂地常回娘家陪伴母親。

第三十一回，九華因久不孕，欲替瑞徵納紫萱為妾。瑞徵知情後，因「一從身
受成姬害，只認這，妾媵皆同狼與豺。」（第三十一回，頁 1678）故不願依從，而
表明「我與你，此生受盡偏房禍，為什麼，自己無端又惹疵？」（第三十一回，頁
1677）但九華仍暗中命紫萱服侍瑞徵。紫萱有孕後，瑞徵始接受紫萱。瑞徵道出「一
妻多妾」制對家庭造成的迫害，但以九華的立場而言，替夫納妾乃替吳家盡傳宗接
代之責，即使受苦也微不足道。此外，另有女性因自慚形穢而替夫納妾者，如莫氏
姐妹「只為自慚無玉貌，便與那，丈夫各納一姣姿。」（第三十二回，頁 1714）

《筆生花》中丈夫對於妻子主動代其納妾一事，多表現出反感。少霞便提出「朱
子云：婢美妾嬌，非閨房之福。」（第二十六回，頁 1384）以拒絕德華的美意，但
女性卻為了盡婦職，而冒失寵之險替夫納妾。邱心如身為女性，對於多妻、多妾制
的陋習雖有著墨，但卻極力推崇，形成《筆生花》特殊的婚姻觀。追究原因，或許
因其父及夫皆無納妾，是以作者並未深切地體會此種悲苦，也或許此正為父權社會
對女性思想洗腦的一大例證。

第三節　果報觀

一、輪迴果報

中國在佛教傳入之前，已存在傳統報應觀念，如《周易》〈坤卦・文言〉云：「積
善之家，必有餘慶；積不善之家，必有餘殃。」〔註30〕《老子道德經》七十九章云：

〔註30〕《改良周易本義》卷一上經〈坤卦・文言〉，臺北：武陵出版有限公司，2002 年 12
月，頁 63～64。

「天道無親，常與善人。」等諸多道德報應觀。傳統報應觀以儒家的倫理道德為價值取向，報應的承受是個人及其子孫，報應的世界是現世人生。〔註31〕到了漢代，董仲舒綜合陰陽五行等學說，創立「天人感應說」，再加上佛道教的影響，果報觀念更加流行。佛教有所謂三世之說，即前世、今世和來世。在佛教思想中，因果報應的善惡準則是戒律，報應只會發生在個人身上，並在三世中輪迴不已。此輪迴的過程以前世為因，今世為果；今世為因、來世為果。每個人在現世所遭受的福禍，不只因為今生善惡所致，仍有前生所造善惡的果報。

《筆生花》闡明佛教三世因果、輪迴果報的觀念。第一回，玉帝因莫氏誠心祈子，且姜家祖先有德，故賜忠孝兩全之女給近仁。然而玉帝認為近仁前生有過，得此女兒似乎不妥，故令其先受一番折磨，以消除前生罪孽，可見「上天果報無私，毫髮不爽焉。」（第一回，頁8）輪迴果報觀認為凡人今生雖無過，但仍須彌補前世之過。第十一回，楚夫人藍氏對於逆子楚廷輝及逆媳，感慨：

> 真到教，頑兒惡婦稱其匹，想必我，前世為人作孽深。（第十一回，頁575）

第十五回，姜顯仁妻子夏氏面對不肖的逢吉夫婦，感慨：

> 自恨我，夫婦前生作孽深。遭此逆兒逢惡婦，桑榆暮景苦伶仃。（第十五回，頁789）

顯仁亦怒：「料是前生冤孽帳，養兒不著苦難當。」（第十五回，頁790）抑鬱寡歡而病歿。姜逢吉棄父柩、拋母親捲款而逃後，夏氏恨其狼心狗肺，更悲痛顯仁後繼無人，感慨「孤另另，恨悠悠，只怨生前福未修。」（第十五回，頁823）《筆生花》將今世得孽子逆媳一事，解釋為前生孽障之報應。

《筆生花》沃良規前身為山中母狼，少霞前世則為天上星宿。少霞擅離本位為母狼所觸，故怒而致使母狼亡。玉帝認為母狼罪不至死，令其投生為沃氏，並將星官謫降為凡人，兩人因此結下孽緣，互償冤債。沃良規本註定年壽逾花甲，為少霞終身之魔星，但因其狼虎之本性難移，在世間不守婦道且甚為猖狂，故罰其夭亡。《筆生花》藉前世今生的因果報應，呈現出謫世、輪迴、果報之思想，以勸善懲惡。

二、禍福自招

中國儒教思想與宗教信仰，均宣揚行事的善惡，與禍福報應有必然關係。人行善作惡，上天必有相對的禍福報應。北宋末，道教勸善書《太上感應篇》〈明義章第一〉記載：

〔註31〕參見陳筱芳，〈佛教果報觀與傳統報應觀的融合〉，〈雲南社會科學〉第一期，2004年，頁91。

　　太上曰：禍福無門，惟人自召；善惡之報，如影隨形。〔註32〕

闡明天地間有鬼神紀錄人之善惡，符合倫理道德者爲善，反之爲惡。善惡禍福如影隨形相感應，善則招福，惡則遭禍，福禍乃由人自招。《筆生花》強調善惡果報、禍福自招的道理，本文依「善報」、「惡報」論述之。

（一）善　報

　　《筆生花》透過積善之家的善報，闡明果報道理。《周易》卷一上經〈坤卦・文言〉云：

　　積善之家，必有餘慶；積不善之家，必有餘殃。〔註33〕

書中姜近仁前生爲官時誤殺一人，玉帝以其今生雖增爵祿，但香煙不續作爲報應。其妻莫氏爲祈子而誠心禮佛，玉帝勒令太白星君查勘姜門祖先及其本人善惡。姜家「爲官累世不貪錢，省刑薄賦倡仁政，克己施人有善緣。」（第一回，頁7）玉帝念姜家祖先行善積德，且莫氏禮佛虔誠，故賜一強似男子之女，使莫氏終身有靠並封誥沾榮，以報答其善德。《筆生花》少霞、德華兩人：

　　夫妻一心種福，不習驕恣，濟困扶危，行善盡力。故遺澤及其子孫，奕世
　　簪纓。（第三十二回，頁1741）

莫家「後來莫氏子孫屢捷甲科，家聲克繼，自是莫太常忠厚傳家之報。」（第三十二回，頁1731）王守仁爲官清廉，有諸多義舉，歸鄉後教育許多弟子，並每日祈求國泰民安。「由來善惡天垂鑒，故使賢臣事事祥。」（第三十二回，頁1735）此後，王守仁夫妻白頭偕老，王家子孫滿堂。《筆生花》藉積善之家的善報，反應出祖先行善可福延子孫的果報思想。

　　《筆生花》守貞節的女性，皆因此善舉而受神明庇祐轉禍爲福。第六回，九華遭柏存仁搶親而殉節，土地公「念其九烈與三貞，申知上帝差雷部，震得姣娃又復生。」（第六回，頁288）故使其復生。九華醒後心想：

　　果然是鬼使與神差，巧巧的，將我身軀擲此來。……想係奴，貞心不二神
　　明佑，因此上，遇此媽媽解脫災。（第六回，頁294）

　　第八回，佩蘭投水自盡，楚廷輝命人搶救，然而蒼天有眼，佩蘭獲神明相助。

　　忽起狂風天色變，驚濤怒浪一時生。但見那，颶風起處急如雷，吹熄了，
　　火把燈毬暗莫窺。（第八回，頁458）

楚廷輝只好下令停止搶救。佩蘭捐軀殉節，「貞烈自來神鬼敬，早驚動，瀟湘仙子救

〔註32〕〔宋〕《太上感應篇》〈明義章第一〉，臺中：聖賢雜誌社，2002年8月再版，頁5。
〔註33〕〔宋〕朱熹注，《改良周易本義》卷一上經〈坤卦・文言〉，臺北：武陵出版有限公司，2002年12月，頁63〜64。

嬌娃。」（第九回，頁 466）湘水、洛水兩神妃因敬佩其貞烈精神，故施小術救之。楚廷輝見佩蘭殉節，欲改納佩蘭的兩婢輕紅、暈碧爲妾。輕紅身雖卑賤但心志高傲，不肯順從而投水殉義。輕紅之舉有善報，投水後爲漁夫夫婦所救，日後得以與佩蘭重逢，並成爲春溶之妾。暈碧則順從楚廷輝，而不得善終。《筆生花》融合貞節觀與果報觀，以加強勸人謹守貞節及行善的說服力。

　　《筆生花》強調貞節觀念，書中弓氏背棄老母、謀害玉華，但因其在逢吉遇害後，爲保清白而投江殉夫，故獲天助而爲人所救。弓氏在經歷變故後，後悔昔日惡行，遁入空門爲道姑，終日焚香懺悔。姜壽仁夫婦認爲：

> 似恁樣，絕無天理怪妖嬈，雙雙多半皆身故，天網恢恢未必饒。怎得依然
> 歸故里，空門托足恁逍遙。（第二十九回，頁 1539）

少霞認爲弓氏已遭天報歷經煎熬，且因不負丈夫堅守清白，故憐憫之，表明「雖則從前多過犯，卻念爾，守其清白算賢哉。」（第二十九回，頁 1547）故叮囑其痛改前非，便既往不咎。壽仁夫婦亦認爲：

> 要知其婦全生命，端爲這，不負亡夫守節貞。故使天誅輕一等，果然是，
> 舉頭三尺有神明。（第二十九回，頁 1548）

《筆生花》強調爲惡者若謹守貞節，便能抵消諸惡轉禍爲福，可見天理報應善惡分明。《太上感應篇》〈悔過章第九〉提出：

> 其有曾行惡事，後自改悔，諸惡莫作，眾善奉行，久久必獲吉慶，所謂轉
> 禍爲福也。〔註34〕

《筆生花》除弓氏外，楚春漪原本爲人惡劣，後來悔悟昔日過錯並虔心修道，便因改過向善而轉禍爲福，修得壽過古稀無疾而終。

　　《筆生花》具忠孝仁愛之心者，皆因慈悲心而有善報。《太上感應篇》〈指微章第八〉記載：

> 夫心起於善，善雖未爲，而吉神已隨之；或心起於惡，惡雖未爲，而凶神
> 已隨之。〔註35〕

書中德華殉節後本已斷氣，但因敬重仙佛，故獲神仙庇護轉禍爲福而還魂。

> 在尊圍，借寓闔家蒙蔭庇，承小姐，向來禮遇未相欺。因此上，中心啣結
> 圖償報。故特來，救你回生免禍羅。（第七回，頁 379）
> 端爲那，玉皇念你孝心度，因此使，造化教卿幻作男。好讓你，彩戲娛親
> 酬素志。好讓你，涓埃報國冠前賢。（第十二回，頁 630）

〔註34〕同注32，〔宋〕《太上感應篇》〈悔過章第九〉，頁二1。
〔註35〕同注32，〔宋〕《太上感應篇》〈指微章第八〉，頁5。

德華因孝心感動天，故得以逢凶化吉，並假扮男兒建功立業。德華誠心代父祈子，玉帝知其一生忠孝，且曾上奏救活無數百姓，功德浩大，於是將德華的福德抵免近仁前世過錯，賜近仁一子，以彰顯上天善惡果報，此乃德華孝心感動天之故。《筆生花》玉華為人仁孝、賢德，過繼姜顯仁家後，忍受逢吉夫婦的惡言惡語，任勞任怨奉養雙親，故於遇害後逢凶化吉，為明世宗所救，成為皇后。第二十五回，楚春漪欲殺德華為父報仇，德華全身而退，眾人誇其為女中豪傑。德華則認為此乃神明庇佑之故：

> 惠英笑道皆天意，豈是孩兒武藝精。昨日若無來寶劍，今朝赤手怎交兵。
> 實緣天地神明佑，始獲爺兒兩命存。（第二十五回，頁 1327）

德華在遇難前，受神明庇佑獲寶劍防身，乃其平日懷仁心、行善事之善報。

（二）惡　報

《筆生花》中為惡者，如楚元方、柏固修、柏存仁、吳氏兄弟、姜逢吉、成氏、花氏、沃良規等皆得惡報，作者以此表示天理報應，勸誡讀者諸惡莫作。

書中藍氏知楚元方心懷不軌，欲慫恿楚貴妃陷害姜家，不由得憤悶心驚：

> 怎情由，雖然與我無干涉，只恐娘娘聽父云。倘使果為施毒手，恐女兒，
> 後宮休想降麒麟。（第十一回，頁 571）

藍氏憂心兩人為非作歹將有惡報，故以良言勸戒楚元方。無奈楚元方為所欲為，不僅詐取民財中飽私囊、陷害忠臣，並利用皇帝沉迷於酒色、臥病在床之際，擅權篡位，後來被小峰大舉進攻一網打盡。

> 錢神到底難為力，金窟銀山又屬人。笑彼世間貪吝輩，黃金何處買長生。
> 分明造化存天理，幾見奸雄有後程。（第十九回，頁 1024）

人生在世，功名富貴畢竟為一場虛空，為非作歹的權奸，終究得到報應。

柏固修為人奸詐狡猾、貪酷橫暴，誣陷近仁並強令德華等女子入宮。德華怒罵柏固修：

> 汝此刻裝威做勢，將吾姜氏恁般魚肉凌逼，少不得將來報復有期。（第六回，頁 319）

後來柏固修為王守仁平定而入獄，對一生為惡懊悔不已，「真可痛，實堪嗟，只怨生平作事差。」（第十九回，頁 1012）但已後悔莫及，終須為其惡行付出代價。

第六回，九華因不順從柏存仁而殉節後，柏存仁命吳氏兄弟埋葬之，三人的惡行令上天動怒，「忽聽一陣狂風起，走石飛沙冷異常。天佈烏雲雷震發，一霎地，眼前頓覺黑茫茫。」（第六回，頁 287）吳氏兄弟膽顫心驚地欲躲進荒祠時，蒼天有眼

給予兩惡人應得之報應：

> 只聽得，雷鳴電閃動天威，一聲聲，震得諸人心膽摧。火毬般，滾滾只從
> 身上繞，主與僕，東藏西躲亂成堆。但聽得，一聲震響如轟砲，早已把，
> 吳德吳良兩命追。自是他，兄弟二人心術壞，故所以，昭彰天報喪於雷。
> 敢奉勸，凡人處世須平正，切不可，害理傷天妄作爲。不信但看今日事，
> 好好的，弟兄一霎斃塵埃。（第六回，頁 287）

吳姜兩家認爲九華遭柏存仁劫婚一事無憑無證，且因勢力不及柏家，只好忍氣吞聲。
雲樓認爲「索待其，滿盈惡貫時來到，少不得，冥罰天誅刀下亡。姐姐拼生全大義，
自落個，名留千古永流芳。」（第六回，頁 306）此外，姜逢吉爲人刻薄狡惡，行爲
舉止無禮，陷害玉華並對父母不孝。姜逢吉棄父柩，拋母親而逃後，便因所攜錢財
遭船家覬覦，而被殺害棄屍入江。夏夫人知情後亦喜亦哀，「喜的是，逆子無知天合
報，哀的是，亡夫絕後運何乖。」（第二十九回，頁 1559）柏存仁、姜逢吉終得惡
報，不得善終。

第三十回，沃公死後「每從他鬼求羹飯，最喜人家掃墓廬。零落紙錢分少許，
拋殘冷炙乞其餘。」（第三十回，頁 1564）乃因其年少時拈花惹草有虧操守，老年
時又寵愛惡妾，致使良妻蹇氏氣結而亡。

> 只此數端罪案，理合加諸陰譴。姑念已罰絕嗣，又其女在世，已施果報。
> 權且從寬發落，罰其孤魂遊蕩，漂泊無依，作一個餓鬼可也。（第三十回，
> 頁 1564）

故上天以絕子絕孫，不得投胎作爲沃公之惡報。

書中姜公之妾花氏「爲人多忌猜，顏如桃李性如豺。入門見嫉欺同輩，行處工
讒有賤才。」（第一回，頁 5）姜公被誣陷入獄後，花氏「私開倉庫，竊出米銀，與
有芳作賭本，置產業。又分惠僕嫗諸人，以緘其口。」（第十回，頁 560）收買奴僕，
揮霍家產，接待弟弟花有芳在家中與奴僕賭博玩樂，並誣告莫氏侵奪姜家財產，欲
推倒莫氏以奪權。近仁出獄後，命花氏終生囚禁幽房。花氏爲惡受罰卻無悔改之心，
仍一味地怒罵眾人。眾人感慨：

> 何苦爲人多作孽，豈不曉，前生冤債此生填。一個個，亡兒失女因何故？
> 端只爲，喪盡天良所以然。（第十二回，頁 667）

花氏不明果報之理，後來串通花有芳逃走被抓獲。花有芳懼罪投井而亡，花氏則羞
憤懸樑自盡，兩人皆不得善終。眾人知情後「各自點頭同歎息，果然天理最昭彰。」
（第二十六回，頁 1388）

吳公之妾成氏搬弄是非、欺凌九華，使吳家不得安寧。在吳公生病時，成氏變

本加屬結交奴僕、私通刁貴，爲謀奪家產而串通刁貴母子毒害吳公，並誣陷九華。少霞審此冤情，依罪名將成氏凌遲，將刁貴母子施以絞刑，並重責共犯吳芷馨四十大板，送出學中修理文廟。《筆生花》表示天網恢恢疏而不漏，人應知足惜福，莫因貪念而起惡意，否則必遭惡報：

> 眞個是，世上勾除三孽障，陰間添卻數兇魂。要知處世爲人者，天網恢恢莫看輕。自古奸臣和賊子，到頭果報豈差分。今朝但看吳成氏，爲陷他人陷自身。若肯低頭隨本分，守其清白侍東君。吳家富貴非凡比，自可安然享一生。只爲存心多不法，奸殘欺罔又宣淫。因教惡報當前至，一旦身骸寸寸分。（第二十九回，頁 1532）

《筆生花》重視貞節觀，貞節烈女可獲天助，反之則會遭受惡報。書中佩蘭之婢輕紅因投水殉節，而獲善報。另一婢女量碧，因懼怕權勢而順從楚廷輝，結果遭受汪氏妒恨，遭毒打而一命嗚呼。兩婢遇難時，因一念之差，日後際遇大相逕庭。沃良規身爲人妻卻不守婦道，勾引小峰與藺景如，本註定年壽逾花甲，但因不守婦道而遭罰夭亡。《筆生花》藉此稟明天理報應：

> 青春屈指剛三七，只爲爲人性戾乖，遂使椿萱都氣死，更教鸞鳳兩分開。空生富貴豪華族，不及貧寒下賤材。自是終身無善德，因而一旦遇奇災。平生作事雖堪笑，今日收成亦可哀。正所謂，一失足成千古笑，再回頭是百年胎。要須知，大凡世上閨中婦，四德三從分所該。但看而今文沃氏，爲人無德更無才。因教折盡平生祿，一旦無常泣夜臺。准擬輪迴歸畜道，料其獅吼逐狼豺。收成若此誠何取，閒話書中且略裁。（第三十回，頁 1568）

《筆生花》強調天理報應，其他如翟耀前、李夢周等惡人亦受貪惡之報。邱心如秉持勸善懲惡的心理，勸誡讀者勿爲傷天害理之事，「諸惡莫作，眾善奉行；惡有惡報，善有善報，不是不報，時候未到。」所謂人在做天在看，善惡到頭終有報，爲善者終得善報，爲惡者終得惡報。

三、承負之說

佛、道教均宣揚善惡果報觀，佛教認爲業報輪迴均發生在個人身上，沒有祖先的善惡由子孫遭受報應的道理。道教則進一步提出「承負之說」，《太平經》〈解承負訣〉記載：

> 凡人之行，或有力行善，反常得惡，或有力行惡，反得善，因自言爲賢者非也。力行善反得惡者，是承負先人之過，流災前後積來害此人也。其行

惡反得善者，是先人深有積畜大功，來流及此人也。〔註36〕

道教「承負之說」認爲前人的過失由後人代爲受過，後人是無辜的，故前人有負於後人。子孫必須承受祖先行爲所遺留的後果，這就是「承」，就祖先的行爲而言，可能爲子孫帶來相應的禍福，就是「負」，故稱爲「承負」，亦即子孫的禍福根源於祖先的善惡。

《筆生花》花氏作惡除自身受惡報外，亦禍及女兒九華，應證了「承負之說」。花氏不守禮法並善妒，「花姨未免生煩惱，尋事生非倒醋瓶。罵壁指墙多借影，挑言迭語造無根。存私邀買通奴婢，弄巧逢迎惑主君。」（第三回，頁123）其女九華爲人忠厚善良，「丰姿美麗平和性，不似糊塗生母形。曲直但從心上計，是非不向口中論。」（第一回，頁23）但如此仁善者，卻於新婚夜遭柏存仁劫走，毆打昏迷。

> 想必他，花氏爲人多作孽，常日假，嘴尖舌快妒心存。因而折罰親生女，
> 受此摧殘磨難深。（第六回，頁287）

所幸九華心地善良，並因高貴節操而受天佑，得以轉禍爲福。

吳公生病後，吳家事情皆由成氏做主。成氏變賣家產、驅逐奴僕、軟禁九華夫婦，並私吞九華之財物。吳徵瑞恐在父親臥病之際，與成氏計較會氣壞父親，故姑且忍耐。眾人感嘆九華補償母親花氏之孽，故受此煎熬。九華亦感慨自身淒苦之際遇：

> 自嗟薄命渾如紙，深羨同胞福不輕。想必姨娘無善德，因教報應到親生。
> （第十六回，頁837）

> 恁遭遇，莫是姨娘無善德，諸苦惱，因教折罰到親生。（第二十八回，頁
> 1457）

九華認爲母親不過性格魯莽、不安本分，並未犯殺人放火之大過，卻孽延女兒之身，不禁感慨：

> 況他已自家不得其死，受此惡報，何致孽延兒女？此必我自己命途多舛，
> 故遇恁樣猖狂惡婦，受其磨折，直作一個羈囚女犯耳。（第二十八回，頁
> 1457）

想起這些遭遇，九華「不恨別人並別事，只怨這，自家生命不逢時。」（第二十八回，頁1457）既身爲花氏之女，只能宿命地承負母親的罪孽。

李夢周騙純娘做妓女後，攜眷潛逃，之後陷入奸黨中，被王守仁所殺。李家孤女承負父親之罪孽，出嫁後被公婆打罵，苟延殘喘度日，丈夫過世後，本欲投繯自盡，後被德華等人解救。純娘本欲將其送官治死，德華勸道：「冤家宜解不宜結，且

〔註36〕楊家駱主編，《太平經合校》，〈太平經抄甲部〉〈解承負訣〉，臺北：鼎文書局，1979
　　　年7月初版，頁22。

李夢周之罪，不及妻孥。」（第三十二回，頁 1738）於是賞其銀兩，使其得以度日。人間善者慈悲為懷，不向罪人子女計較，但道教「承負之說」強調子孫的禍福，乃根源於祖先的善惡，罪人之子女終究要承受祖先之過。《筆生花》以此勸戒世人積德行善，為子孫造福，並勸勉世人多積陰德，以抵消祖先之罪孽，免除「承負」。

第四節　神仙觀

一、謫世之說

孫遜〈釋道「轉世」、「謫世」觀念與古代小說結構〉指出「謫世」乃：

> 證得道果居中於上界的仙人，由於觸犯某種戒規（通常是由於動了凡心），
> 而被謫降至人世。一般來說，謫世是指有過失而遭貶謫，但其中也包括了
> 因為某種特殊原因，天帝令其下降人間，或本人自願下凡歷劫。〔註37〕

《筆生花》中謫世者皆因觸犯戒規而被謫降人間。玉帝為報答姜妻莫氏之善德，故賜近仁一女德華。

> 恰好披香金殿上，有一個，掌書仙子偶書差。粗心裏誤難辭責，便罰去，
> 墮落紅塵降此家。（第一回，頁 8）

少霞前世為天上星宿，因擅離本位，為母狼所觸，怒而致使母狼亡，故被玉帝謫降為凡人。佩蘭前生本屬瑤臺侍女，因喜好妄言，故被西王母貶謫下凡受罪，歷經遭楚廷輝劫親之事。

> 要得知，前生本屬瑤臺侍，西王母，惱汝詼諧喜妄言。故謫下凡遭挫折，
> 從今後，當為改過贖前愆。……自此埋名和匿跡，合當汝，身充下役有三
> 年。（第九回，頁 466）

佩蘭為守貞節捐軀落水，水神念其貞節精神可敬，故救之並命其從事奴僕等卑賤工作，以償罪過。可見道教的謫世觀念亦包含果報思想，即使身為仙家亦須為所犯之過付出代價。

《筆生花》由神仙謫世為人者，其容貌、才情皆勝於凡人。德華自幼乖巧懂禮，「分瓜已解推梨棗，侍膳旋如遜酒茶。從不歪纏煩父母，閑惟弄筆學塗鴉。時時隨侍雙親側，不似那，兩姐惟知跟奶媽。」（第一回，頁 16）在學習上亦天賦異稟：

> 教得書文無半載，德華夙慧本天才。一經過目隨成誦，學問前生帶得來。

〔註37〕孫遜〈釋道「轉世」、「謫世」觀念與古代小說結構〉，收於黃子平主編，《中國小說與宗教》，香港：中華書局有限公司，1998 年 8 月初版，頁 185。

> 每與太君參奧妙，反教難倒老慈懷。（第一回，頁 17）
>
> 字字琳瑯高乃伯，篇篇錦綉比嚴親。…月殿姮娥應減色，瀟湘洛女遜多分。
> 花容占斷乾坤秀，還只怕，千古佳人第一名。諸子百家無不曉，女工巧妙
> 賽針神。幽閒貞靜嫻閨訓，能軟能剛見事明。孝篤椿萱由本性，義深姊妹
> 重天倫。（第一回，頁 24）

樊太君見德華如此聰慧，思及德華落地時之吉兆，認為其必定為神仙投胎。玉華告知皇太后昔日母親之夢兆，皇太后亦猜想德華乃掌書仙子謫世：

> 我道是，世上何能產此人，自應納，掌書仙子降凡塵。才獨擅，貌無倫，
> 千古蛾眉第一名。自是我朝有大福，故教出此女中英。堪奇堪喜還堪敬，
> 竟公然，女子勤王定太平。明室江山重復振，算來全仗一釵裙。（第二十
> 三回，頁 1191）

德華以女子之姿封侯拜相，扶助皇室重振江山，實不同於一般世俗女子。

　　書中柳氏所生之女玉華為玉女投胎降世，「似玉如花容貌美，較之長姐勝三分。工詩善畫能書算，刺鳳描鸞各擅精。端重寡言尊女訓，行循禮法性和溫。」（第一回，頁 24）玉華性情敦厚，過繼給顯仁夫婦後，終日忍受逢吉夫婦的指罵嘲弄而不與之相爭，「小姐醇良兼大度，亦只好，若無聞見不相爭。」（第四回，頁 192）玉華因善心與仙家之質，日後富貴不凡，榮及父母，可見神仙降世者，多有不平凡之境遇。

　　《筆生花》強調仙人有別，仙家除了相貌、才性異於凡人外，更不得與凡夫俗子匹配。書中玉帝認為仙女不匹凡夫，故將掌書仙子德華賜婚與前生為星宿之少霞；將仙女玉華婚配天子。少霞夫婦本持仙家靈性，自侍奉長輩過世後，便不問塵世，隱居修身養性：

> 有志須知事竟成，況乎原是謫仙人。自從服得瑤池露，早已明心見性靈。
> 故使雙雙年及老，容顏不改舊青春。一朝謝女來相接，跨鳳成鸞上玉京。
> 各列仙班歸本位，收科從此結餘文。（第三十二回，頁 1741）

《筆生花》融合神仙觀念與果報思想，強調有過錯謫世為人之仙家，須經歷一段塵世生活，承受惡報並助世人以償罪過後，始可重返仙臺。

二、神仙法術

　　《筆生花》有濃厚的神仙色彩，除謫世思想的傳達外，並藉悠遊人間的狐仙胡月仙、下凡助人的呂洞賓等仙家，及求道有成的絮才，反映世人的神仙信仰，及道家精妙的法術。

　　書中姜家玩月亭有一半仙半人之修行狐仙胡月仙，此狐仙修行將成，但因塵緣

未了，故尙在人間遊戲。

> 教梅香竹秀書房，乃當日祖上藏書之所。爲有狐仙在內，故此封鎖。常日
> 妹等都不敢去，乃人跡罕到之處。（第三回，頁138）

奴僕對於狐仙甚感懼怕：

> 可知道，近來此處出妖精。青天白日由還可，每到黃昏便駭人。不是拋磚
> 和擲瓦，便教擊戶與敲門。（第五回，頁230）

胡月仙幻化成紙鳶及德華容貌與姜家女眷相見，德華等見此甚覺驚駭。莫氏知德華
等在園中嬉戲，叮囑女婢：

> 近日每聞張婦說，那園裏，時常作祟不安寧。如今日已將西落，汝前去，
> 傳命諸人早轉程。休信其無寧信有，莫教小姐受其驚。（第五回，頁232）

莫氏等人相信狐仙的存在，雲樓則認爲胡月仙：

> 多半妖狐與鬼魅，料不是，瑤天降下許飛瓊。但只惟，狐仙變化尋常有，
> 怎能與，三姐半姿一樣同？這期間，想必眼花驚恍惚。（第五回，頁237）

少霞、春溶亦認爲此事過於荒誕，「所謂教，亂神怪力先賢戒，姑任使，運至時來劍
化龍。」（第五回，頁237～238）

第十四回，呂洞賓幻化成道士相助純娘，小峰認爲絮才誠心修佛，才引得仙家
下凡相助。絮才讀罷呂洞賓所遺之詩詞，對於神仙下降警悟甚感欣喜，故深深拜謝：

> 謝仙翁，篆筆警悟非常德，念弟子，一點虔心豈敢衰。但恨這，金屋深藏
> 難遂志，到他時，伏求援引赴蓬萊。（第十四回，頁756）

《筆生花》認爲神仙、妖鬼有別，並指出世人對神仙信仰的看法各異，然而此書仍
站在肯定神仙思想的立場。

《筆生花》描述幻化、隱身、先機妙算等諸多仙家法術。第七回，胡月仙解救
德華後離去，並施仙機：

> 卻不道，並連房舍也無蹤。止剩了，茫茫一片平陽地，週迴看，人影全無
> 四野空。……惠英至此尤奇異，駭駭驚驚亂了胸。暗思量，自是仙家施幻
> 術，這手段，果然奇絕好神通。（第七回，頁381）

第十回，胡月仙假扮爲德華後，施法藏匿避開皇上的臨幸。皇上命其獻藝時，胡月
仙施仙術凌空妙舞：

> 只見他，舞當佳妙如神際，忽起微風勢欲仙，染綠羅裙離地上，凌波素襪
> 在空懸。漸高漸遠乘風起，冉冉憑虛欲上天。（第十回，頁549）

第十二回，當春溶欲窺視胡月仙裝扮的新娘時，胡月仙施法術變成妖怪戲弄之，令
春溶驚駭不已：

> 青面獠牙凶亦奇，血盆大口賽於獅。銅鈴兩眼雙珠突，卻將我，一看之時
> 早嚇痴。（第十二回，頁630）

胡月仙入洞房後，又施法化作清風遁去，令少霞嚇呆失神。《筆生花》透過狐仙法術，表現出神仙法術的虛幻、精妙。

　　《筆生花》謝絮才在虔心修道並經胡月仙傳授養性修身術、騰空縮地經後，亦略通法術。當柏固修進攻浙江，兵慌馬亂之際，絮才施法術以保姜家安全。

> 言訖袖中除寶釧，憑空擲起轉團團。霞光四射雲煙佈，瑞彩千條月影圓。
>
> 漸起漸高騰上屋，須臾合宅彩雲漫。猶如錦帳懸空罩，又似金霓繞宅旋。
>
> 　（第十九回，頁1008）

少霞不守禮法偷看絮才，「不道那，謝女清修性已靈。使出仙家真手段，隱身法，一時遁去杳無形。」（第二十六回，頁 1346）此外少霞遇難時，絮才輪指一算便知少霞出事。《筆生花》藉由道家精妙的法術，呈現道家重要的特色之一，亦為小說增添神仙色彩。

三、符籙、祝咒與丹藥

　　東漢時期，道教融合原始宗教，並兼容各家思想，於中國本土演化而成，具有濃厚的民間宗教色彩。道教稱其道法乃天授，若設壇施法、畫符籙、唸咒語便可借助神力遂人心願。《太平經》卷五十受十第十四〈神祝文訣第七十五〉：

> 天上有常神聖要語，時下授人以言，用使神吏應氣而往來也。人民得之，
> 謂為神祝也……以言愈病，此天上神識語也。……道人得知之，傳以相語，
> 故能以治病。如使行人之言不能治愈病也。……故使要道在人口中，此救
> 急之術也。欲得此要言，直置一病人於前以為祝，本文又各以其口中密秘
> 辭前言，能即愈者是真事也。〔註38〕

符籙是道士所用一種具神力的圖形或文字，可鎮魔壓邪、治病祈福。《筆生花》宣揚咒語、符籙能治病，具有神秘的宗教色彩。第二十七回，佩蘭難產時，德華求助於絮才。絮才神機妙算早已知情，礙於修道之身無法前去穢地，故待德華來時，將符咒交與德華並傳授咒語，命其望空祝禱、焚化，再讓佩蘭服用。德華依絮才指示祝禱做法，佩蘭服用符水後果有生機：

> 便取茶匙符水灌，說來靈效果奇然。只見他，半杯淨水入櫻桃，腹內如雷
> 響幾遭。顏色旋看稍活泛，神情似覺轉分毫。（第二十七回，頁1438）

〔註38〕《太平經》卷五十受十第十四，〈神祝文訣第七十五〉，藝文印書館，1962年6月，
　　　　受十頁12。

　　道教的煉丹術士提煉仙丹，認爲服仙丹可治病、保命，進而長生不老。書中純娘誤食老鴇所下的毒藥，以致成爲啞女。呂洞賓幻化成道士，授與純娘丹丸，「金箔爲衣龍眼大，嗅之撲鼻有奇香。」（第十四回，頁 755）純娘服用仙丹後，「說也希奇言也怪，卻果然，不多一刻口能開。」（第十四回，頁 756）第七回，胡月仙交與德華兩顆仙丹，告知其仙丹妙處：

> 此兩丸丹藥，一名益智，一名回春，皆係造化老人所製。益智丸服之令人壯膽力，益智慧，百病不生。汝可自服，大有應驗。實乃仙家之寶，奴不誑汝也。回春丸垂絕者服之，可使立起，眞有起死回生之功，世間難得。汝可什襲藏之，將來或以自用，或以濟人，自有用處，切記切記！不可忘了。（第七回，頁 380）

德華喬裝爲小峰赴京應試時，果然因曾服用仙丹而壯膽志、增智慧、添氣力：

> 姜小峯，秋風匹馬赴京師，暮宿朝行不暫遲。原來他，向服神丹增膽志，意昂昂，居然自謂一男兒。不惟智識高前日，並且教，氣力加添勝昔時。因此心中無懼怯，襟懷坦承不矜持。（第九回，頁 495）

第三十一回，明世宗命在旦夕時，德華將胡月仙所贈仙丹給皇上服用。皇上用罷，瞬間神清氣爽、起死回生：

> 上宮太后忙將看，嗅得芳香撲鼻吹。便道仙丹應不誤，即將融化放金杯。……誰知卻是眞奇怪，那天子，服下仙丹沒半回，一霎神清和氣爽，口能言語動天威。（第三十一回，頁 1367）

　　第三十二回，絮才感念德華常日焚香禮拜，便於夢中賜予太乙瓊漿，使其長生不老、永駐朱顏，且待俗緣滿日，不用修行即可歸仙班：

> 公主聞言謝不遑，慌忙欠體接瓊漿。從容引入櫻桃口，只覺得，沁入聰明錦繡腸。一霎神清兼氣爽，登時心悅亦身強。（第三十二回，頁 1718～1719）

德華替諸位長輩求此玉液，絮才賜與之，並表明「但此亦須素有仙緣根蒂，服之方見其效。否則，不過祛病延年而已，那得駐顏不老。」（第三十二回，頁 1719）大家服用後，「只覺得，氣爽神清體亦輕。」（第三十二回，頁 1721）果眞健康長壽。《筆生花》藉符籙、祝咒與丹藥的神妙，反映傳說中道教的精神特質及神仙思想。

四、齋戒修行

　　道教對於齋戒有嚴謹的戒律與清規，其中「五戒」規定：

> 一者不得殺生；二者不得茹葷酒；三者不得口是心非；四者不得偷盜；五
> 者不得邪淫。〔註39〕

道教敬重神仙，認為神仙清淨高雅、整潔肅穆，因此要求祭祀者必須在祭祀之前沐
浴更衣、不飲酒、不食葷，保持心、口、身之整潔以示虔誠。〔註40〕修道者則必須
謹守道教誡律、清心寡欲，遠離世俗並積德修善，方能得道成仙。

《筆生花》狐仙胡月仙得道後，除烟火外，其餘美饌珍餚皆不食，只吃桃李等
樹上食物。

> 卻原來，仙家得道除烟火，美饌珍餚點不沾。即使慇懃同遜讓，止吃些，
> 御園桃李樹頭鮮。不辭斗酒多宏量，餘者些須不進焉。（第七回，頁 405
> ～406）

德華感嘆父親無子嗣，故決定「待明朝，擇吉持齋親沐浴，便與那，嚴親求嗣禱穹
蒼。」（第三十二回，頁 1689）此後便與少霞分房而眠、虔心茹素、誦經以代父祈
禱，終於以孝感動天，使父親老來得子。

《筆生花》絮才誠心修道，對於齋戒甚為重視：

> 我只知，保養三般精氣神。我只知，少言少慾少勞心。食惟果腹宜清淡，
> 酒不貪杯致過釂。萬慮已空除愛惡，一心如洗釋痴嗔。炎涼變詐皆無分，
> 用功夫，修證惟希赴太清。（第十回，頁 520）

絮才為人妻時戒除私慾，獨身時則離群索居。小峰返回女身後，建議絮才：

> 但須覓個焚修地，自在清閑好作為。要曉得，藥灶未堪安繡閣，丹房難以
> 就香閨。（第二十三回，頁 1204）

絮才於是欣喜地離群索居，獨處於姜家庭園中靜默修行。

第三十一回，楚春漪悔悟昔日過錯，並受絮才影響看破紅塵。

> 不羨鴛鴦卻羨仙，更見謝娘乘鶴去，那一點，修真之念亦深堅。求妙旨，
> 習真詮，洗卻塵心斷俗緣。（第三十一回，頁 1633）

此後便不再親近少雯，除了定省之外，終日靜坐於房中。日後，楚春漪聽從德華建
議，遠離世俗至「三仙祠」做觀主，終日與女婢柔枝習靜修行，雖未成仙但也修得
壽過古稀、無疾而終。《筆生花》強調道家精神，表示祭祀、修道者誠心誠意地沐浴
齋戒、不近葷腥、不行房事，以保持自身的潔淨，神明便會受到感動前來消災降福，
或引渡成仙。

〔註39〕華頤，〈道教的戒律與清規〉，收於文史知識編輯部編，《道教與傳統文化》，北京：
中華書局，1992 年 8 月初版，頁 327。

〔註40〕同注39，華頤，〈道教的戒律與清規〉，頁 326～329。

五、得道成仙

　　神仙觀是道教的基本觀念，得道成仙是道教的理想。〔註41〕道教認爲人生短促，功名富貴、紅塵感情皆爲虛幻，唯有修道成仙、淨化靈魂才是人生應當的歸宿。《筆生花》成仙的女性有二：一者原爲天界女仙，因有過被貶下凡，期限滿後始重返天界，如姜德華。二者爲謹守道教戒律、清心寡欲、遠離塵世並積德行善之凡人，如謝絮才。絮才「賦性清貞惟喜靜，襟懷瀟灑不知春。」（第四回，頁204）「欣慕道，好持齋，看破紅塵不染埃。」（第七回，頁396）認爲人間世事皆爲虛幻，不願沾染紅塵只願習仙術、學道經以修行成仙。

> 生得來，貌如秦女重臨世，才似班姬又復生。不獨姿容稱絕代，更兼性情
> 亦殊倫。雖然生做朱門女，名利由來看得輕。賦性清貞惟喜靜，襟懷瀟灑
> 不知春。聰明幼具超塵志，參透人間世俗情。碌碌紅塵徒自擾，茫茫苦海
> 枉求營。壽高百歲終須死，安得常留不朽身。伉儷未能終燕好，天倫到底
> 要離分。何所樂，是堪矜，贏得紅顏薄命稱。枉受輪迴諸苦惱，實然無利
> 又無名。更加生死難猜料，古詩曰：白髮從無到美人。既具冶容堪絕世，
> 將來地步要思尋。一朝失足迷津誤，再想回頭便不能。（第四回，頁204）

絮才無奈許配與小峰後，不禁煩惱「賦于歸，俗累牽纏何好處。有幾個，劉綱夫婦共登眞？」（第七回，頁398）所幸小峰表明：「今夕雖偕鸞鳳侶，怎奈是，襄王未便到巫雲。……敢相祈，弄玉樓中權等待，少不得秦臺有日鳳雙鳴。」（第七回，頁401）絮才對此甚感欣喜，便與假夫婿小峰謹守男女之別，虔心修道以了卻超塵出世之心願。德華回歸女身後，明世宗本欲將絮才賜婚少霞，然而在得知其修道決心後，稱許之：「似這等，綺業掃除歸淨界，少不得，香閨修煉可延年。果然妙見吾差錯，較比凡人勝萬千。……神仙原係凡人做，卿勿謂，女子姣痴立意偏。」（第二十二回，頁1188）而不強加爲難，令絮才得以專心修道。

　　書中絮才誠心修佛，引得呂洞賓幻化成道士下降警悟之，絮才對此深表感激並謹記在心：

> 謝仙翁，篆筆警悟非常德，念弟子，一點虔心豈敢衰。但恨這，金屋深藏
> 難遂志，到他時，伏求援引赴蓬萊。（第十四回，頁756）

絮才潛心道術多年，可惜無眞人指引，聽聞姜家庭園有狐仙後便膜拜，請仙者指示。恰好胡月仙受王母娘娘之命，下凡界尋一聰慧佳人任「司書仙女」。胡月仙見絮才「靈光透露根非淺，俗念消除意自如。」（第十九回，頁999）故於絮才夢中收其爲徒，

〔註41〕于民雄，《道教文化概說》，貴州：貴州人民出版社，1991年7月初版，頁41。

授之養性修身術、騰空縮地經，並告知絮才三年後再度其出世。絮才醒後又驚又喜，自此求仙意志更加堅定，除定省外便在靜室焚香供奉胡月仙，終習得些許法術。謝夫人表示「我只不信。那有個血肉之軀便會飛昇上天的道理。」（第二十七回，頁1443）德華則認為「想他已有通靈意，異日登仙必上昇。」（第二十七回，頁1443）文公亦認為絮才「將來定有神仙分，凡百事，刻志求之自不難。」（第二十七回，頁1411）後來果不其然。德華對於絮才被胡月仙引去成仙一事，疑惑「成仙容易何如是，早難道，本是瑤宮謫降胎？」（第三十回，頁1617）故以謫世之說安慰謝夫人：

> 所遺詩句分明見，伊原是，借住朱門暫托胎。所以天生孤僻性，不同世俗
> 眾裙釵。輕綺障，具仙才，故使修真恁意哉。本是仙胎權謫世，今日裏，
> 自然仍去侍瑤臺。（第三十一回，頁1623）

《筆生花》強調「除世欲，習清修，自古神仙人可求。」（第二十二回，頁1167）凡人若有仙家資質，謹守道教戒律、節制慾望、遠離塵世並積德行善、潛心修道，便能得道成仙。

　　在傳統父權社會中，女性修道與履行婦德、孝道間自然形成矛盾與衝突。書中絮才遵從父母之命出嫁，但為了追求成仙的夢想，出嫁後守身如玉，並向小峰表明修道決心。絮才違反傳統婦道，造成父母的不諒解。莫公則誇讚絮才修道一事甚為明理，反倒認為莫氏逼其再婚，糊塗至極，表現出世人對女性修道看法各異，及修道與盡婦德、盡孝道之間的衝突性。

　　書中謝公勸絮才與德華同歸少霞：

> 宜室宜家為正理，成仙成佛乃虛詞。古來多少神仙傳，盡是那，好戲文人
> 搆幻思。（第二十二回，頁1177）

絮才認為「《女訓》有云：一與之醮，終身不改。」（第二十二回，頁1177）表示守貞與修道的決心，謝公無奈只得允其修行。德華勸戒絮才：

> 雖然教，光陰逝水須臾事，修正果，撇父拋娘有甚歡？奉勸芳卿休執見，
> 你看見，何人舉宅共昇仙？要知歷古神仙傳，那都是，好戲文人弄筆尖。
> （第九回，頁502）

但絮才仍堅持修道，面對母親的掛念反應十分冷漠，令母親對其言行舉止深感心寒。楚春漪身為文家媳婦，卻不侍奉舅姑與丈夫，前去「三仙祠」修道，後來竟修得古稀而終。絮才、春漪重視修道甚於侍親，德華則認為行孝應重於修道，故日後與少霞至侍奉長輩們過世後，始隱居修身養性，回歸仙班。《筆生花》並未批評修道女性拋棄父母、丈夫等違反婦道之舉，反而給予修道女性成仙或圓滿結局的報償，可見《筆生花》強調修道成仙與履行婦德、孝道雖有衝突，但修道成仙的重要性，仍超

越女性遵從「三從四德」的本分。

六、敬重仙佛

《筆生花》表示凡人皆應敬重聖賢、仙佛，不得有所忤逆。第十五回，逢吉夫婦將玉華置於木櫃欲丟棄，謊稱此櫃書無用，命奴僕抬去荒野掩埋。奴僕竊思此舉實爲荒誕：

> 自古讀書方得貴，發科發甲步雲梯。何云無用將埋棄，到分明，學了秦皇
> 見識低。毀滅聖賢須有罪，押令著，又難推託不遵依。（第十五回，頁796）

表示敬重聖賢之觀念。第三十一回，少霞將孫夫人、胡月仙施仙機，使德華熟習兵術，得以匡救國家之事奏明皇上。皇上感念兩仙相助，故冊封孫夫人爲「昭烈聖后江左水神」，封胡月仙爲「幻佑仙姑」，其祠賜名爲「水仙宮」，勒令地方官員春秋致祭以謝仙人。皇上對於絮才成仙之事嘖嘖稱奇，表示：

> 說甚旁門皆妄誕，殊不料，我朝當世出仙娥。寡人素好玄門理，踐此位，
> 無暇參求可奈何。今日謝娘眞可喜，竟修得一朝證果事無訛。」（第三十
> 一回，頁1627）

認爲凡女成仙乃當朝可喜之事，故封絮才爲「隱妙仙姑」與胡月仙一同配享昭烈皇后，並將「水仙宮」改作「三仙祠」，以不負絮才清修苦志。明世宗「雅樂道教而性天誠篤」（第十五回，頁801）多次表示欲修道的決心，此番冊封仙人並興建宮祠，乃其崇敬道教之表現。

《筆生花》表示若對仙佛不敬必遭懲戒。第二十九回，少霞至水仙祠祭祀開光，見胡月仙之像，思及昔日成親情景，忽覺背上受敲打，見四卜無人：

> 一時早已心明白，大似那，癢倩麻姑背上搔。故使蔡經爲警悟，想必這，
> 神知心動話非謠。（第二十九回，頁1544）

於是嚴肅地退下。純娘之先父不信仙佛，「每聽人言仙與佛，便生毀謗笑虛花。想因觸動神明怒，故囑而今須敬他。」（第十四回，頁754）純娘失聲爲呂洞賓所救後，呂洞賓詩云：「雅言知感意，後勿侮神仙。」（第十四回，頁755）警示純娘應敬重仙佛。

小　結

《筆生花》作者推翻男尊女卑的觀念，肯定女子才德兼修，有治理才能、並且有智慧、有擔當，能獨立自土、不依附男人。作者爲女子抱不平，極力推崇女子的才能，試圖爲女性發聲，然而她卻未完全突破傳統禮教的藩籬，仍不遺餘力地宣揚

女教四德觀與女子貞節觀，認爲女子的言行舉止必須合於四德，並謹遵男女有別的規範，爲夫守節。可見作者的「女性觀」、「禮教觀」呈現出傳統與反傳統兩面，「婚姻觀」也是如此。作者認爲姻緣乃由命定，人只能聽天由命，無法依照自由意志選擇伴侶，因此婚姻大事必須聽從父母之命、媒妁之言。此外，作者贊同近親聯姻、鼓吹妻妾制的觀念，也趨於傳統，然而反對門第觀念，則反映出作者「婚姻觀」反傳統的一面。「果報觀」、「神仙觀」透過佛、道教典籍及文學作品的宣揚，已深入人心。作者敬重神佛，相信輪迴果報的存在，及世人求道成仙的可能性。《筆生花》提出的觀點並非宣揚宗教，而是將宗教思想兼融中國傳統報應觀與儒家思想，闡明輪迴果報、禍福自招、敬重先賢神佛的觀念，以勸人爲善。

第四章　《筆生花》的人物類型與刻劃技巧

　　人物是小說的靈魂,「創造人物是小說家的第一項任務」﹝註1﹞,人物塑造成功,有助於呈現主題、推展情節,使情節合理、眞實,具感染力。「小說的成敗,是以人物爲準,不仗著事實。」﹝註2﹞一部成功的「彈詞小說」,必定有鮮明的人物形象,使作品更具價值。鄭振鐸說:

> 彈詞在今日,在民間占的勢力還極大。一般的婦女們和不大識字的男人們,他們不會知道秦皇、漢武,不會知道魏徵、宋濂,不會知道杜甫、李白,但他們沒有不知道方卿、唐伯虎,沒有不知道左儀貞、孟麗君的,那些彈詞作家們所創造的人物已在民間留下極爲深刻的印象和影響了。﹝註3﹞

鄭振鐸讚揚「彈詞三大」中《天雨花》的左儀貞與《再生緣》的孟麗君,給予讀者的深刻印象,獨漏《筆生花》的姜德華。其實邱心如除了塑造姜德華此一女扮男裝的典型人物外,還刻劃出一群形象鮮明的正、反面人物。《筆生花》是一部以女性爲中心的「彈詞小說」,因此女性人物的類型較多且鮮明。本章以五種女性人物類型爲論述主題,探討作者對於不同類型女性人物的形象塑造。此外,作者藉由別具意義的緣由爲人物命名,並以肖像描寫、情態描寫刻劃人物外貌情態,以獨白刻劃人物心理,以語言與動作描寫刻劃人物性格,塑造出一群形象飽滿的典型人物,本章將探究作者刻劃人物的寫作技巧,以彰明《筆生花》人物塑造的藝術價值。

﹝註1﹞ 老舍,〈怎樣寫小說〉,收於《老舍文集》第十五卷,北京:人民文學出版社,1995年10月第三版,頁451。

﹝註2﹞ 同注1,老舍,〈人物的描寫〉,頁244。

﹝註3﹞ 鄭振鐸,《中國俗文學史》(下冊),臺北,臺灣商務印書館,1965年6月,頁348。

第一節　女性人物類型

一、假扮男裝的主角

　　長期以來，女性一直處於低微、卑下的地位，在情感上、意志上、道德上、行為上受到各種壓迫與束縛。一些有才能、有抱負的女性爲了實現自身價值，或追求自由戀愛，於是假扮男裝走出深閨，以男性面目參與社會活動，享受男性獨有的權利與自由。在中國歷代作品中，女扮男裝的故事屢見不鮮，從北朝民歌、唐傳奇、宋元說本到明清小說、戲曲，皆可見女扮男裝的主題。女性易裝主題在諸多文學體材中，又以「彈詞小說」表現得最爲突出。金榮華老師在〈論《智救王國》和《梁祝雙狀元》在女權運動史上的意義〉一文指出：

> 檢視譚正璧《彈詞敘錄》所記的兩百部彈詞，其中有女扮男裝去應試而中了狀元做宰相情節的作品有五部，其中兩部（《四香緣》和《白鶴圖》）撰者不詳，其餘三部（《玉釧緣》、《再生緣》和《筆生花》）的作者都是女性。
> 〔註4〕

這些作品訴說女主人公假扮男裝施展長才，令男性自嘆弗如的故事。女作家礙於現實的束縛，於是將滿腔熱血訴諸作品，藉著塑造女扮男裝的人物寄託情感，實現雄心抱負。女扮男裝的主題在「彈詞小說」中層出不窮地出現，除了與女作家的寫作動機有關外，想必長時間受到讀者的喜愛。《筆生花》以曲折的情節、輕鬆的筆調描述女扮男裝及兒女情長的愛情故事，特別契合女性心理，使她們除了得到娛樂，暫時忘卻現實人生的煩惱外，還因此獲得精神上的移情或振奮作用。此種現象也透顯出女性讀者與女作家一樣，有著反抗傳統禮教，爭取自由的態度，因此藉由閱讀獲得精神上的舒暢。

　　易裝的女主人公是「彈詞小說」最喜愛刻劃的典型人物。姜德華是《筆生花》成功塑造的典型人物，也是書中唯一假扮男裝的女性人物。德華雍容華貴、飽含才學、工德兼備、重孝重義：

> 字字琳瑯高乃伯，篇篇錦繡比嚴親。……月殿姮娥應減色，瀟湘洛女遜多分。花容占斷乾坤秀，還只怕，千古佳人第一名。諸子百家無不曉，女工巧妙賽針神。幽閑貞靜嫻閨訓，能軟能剛見事明。孝篤椿萱由本性，義深姊妹重天倫。（第一回，頁24）

她假扮男裝的緣由，是在被奸人逼婚而離家後，聽任胡月仙的指引，藉此隱姓埋名、

〔註4〕　金榮華，〈論《智救王國》和《梁祝雙狀元》在女權運動史上的意義〉，《民間文化論壇》，2006年，頁32。

保全貞潔,並非出自個人意願或欲施展抱負。

> 這其間,脫殼金蟬多妙計,攜一套,書生服式敬相遺。勸佳人,即今改扮
> 前途去。……千金當聽言多少,駭駭驚驚又若迷。沒奈何,只得依他為改
> 扮。解下了,羅裙綉襖及宮衣。(第七回,頁 379)

德華假扮男裝後,成為風度翩翩的絕美書生——姜小峰。儘管假扮男裝乃一時
的權宜之計,但當她以男兒身立於世時,她潛在的才能,便因獲得表現空間,徹底
地被激發出來。她秉持著超卓的見識與不凡的才能,與男子一同應試,高中狀元,
打敗群雄得到參政機會。

> 小峰雖是女裙釵,夙慧天生卻有才。大眾文思猶未就,他早已,頭名交卷
> 出場來。(第九回,頁 496)

她的俊美與聰穎,令男子、女子皆為之著迷。上自皇帝,下至同僚百官,無不愛其
貌、敬其才,甚至奸臣楚元方也欲招小峰為己黨,並與其聯姻。絮才雖因修道而未
與小峰行夫妻之禮,但對小峰的修養才學極為仰慕;惜惜、憐憐、沃良規則因誤以
為小峰為男子,對之深深迷戀。

德華雖出自閨閣,但剛強勇敢、臨危不亂,在人人懼怕的楚元方面前,絲毫不
畏懼:

> 峻璧天生多慧智,雖臨虎座不徬徨。真做作,假昂藏,能屈能伸有主張。
> (第十七回,頁 917)

她的器度與膽識獲得楚元方的喜愛,仕途因此平步青雲。她劍術高超,具有政治家、
軍事家的膽識、才能。當楚元方預謀篡位,導致京城混亂時,德華奮勇抗敵。謝公
奉勸德華三思而行以免惹禍上身,德華無所畏懼地表示:

> 昔夢神兵武教施,原令我,克忠盡孝立當時。既然值此天翻覆,怎作旁觀
> 坐視之。(第十七回,頁 915)

她沒有絲毫柔弱氣息,是個有膽識、有勇氣的女子。她豪氣地表示:「為人若此無肝
膽,算甚英豪只算痴。」(第十七回,頁 915)她忘卻女子身分,完全以男子自居,
只願盡臣子之責,匡救國難。當國家動亂之際,她掛帥出征,率領兵士一舉剿滅楚
元方,重整山河,展現了不凡的軍事才能。

> 賴他峻璧多謀略,更又諸軍勇氣揚。所向必克無難事,一處處,賊臣犯者
> 盡摧亡。(第十九回,頁 1017。)

她處理政務,不僅令文武群臣大為遜色,皇帝更將她倚為股肱。

德華改扮男裝,一身兼俱兩種性別角色。面對社會時,她是男子姜小峰。她利
用社會給予男性的種種權利,發揮自己的聰明才智,憑著才學在科舉中奪魁,藉著

武藝在沙場上揚名，一副巾幗不讓鬚眉的樣子。面對自己時，她是女子姜德華。她謹守禮教，當以男子面目與男性密切接觸時，儘管表現得意氣風發，但內心卻有無比的拘束與掙扎。她為了保護自己、維持貞操，盡可能地與男性親友同僚保持距離。當春溶觸及德華的肌膚後，德華斷臂之舉，更突顯出其保守傳統的一面。

> 此身乃係閨中女，雖作喬裝本豈忘。自古云：靜女守身如執玉，豈與他，弟兄入隊戲成行。（第回，頁 699。）

德華在文場、武場上，呼風喚雨、虎虎生風，私底下卻對憂心之事柔腸寸斷，她外顯的男性形象，與內在的女性形象，著實形成強烈的對比。

德華是個有思想、有主見，自立自強的女性。她在感情上是獨立自主的，她能自力更生，憑自己的實力獲得名利地位，因此她不願依附於男人，做男人的附庸。當少霞三番兩次地向德華表情意時，德華正色勸戒少霞應盡忠盡孝：

> 要曉得，男女生於天地間，但憑忠孝與貞賢。丈夫立世循忠孝，治國齊家志莫偏。父母劬勞當體貼，私房情愛勿纏綿。（第十七回，頁 937）

她不貪戀兒女私情，願做假兒子承歡膝下，願盡一己之力替國家效勞，就是不願返回女裝嫁做人婦。她表示：

> 雖然是，三生舊約姻緣分，怎奈吾，一旦更妝已占鰲。那還思，錦瑟調絃循婦道，惟只願，綵衣娛戲效兒曹。亦況乎，冠笄更易難爲地，更耽憂，紊亂陰陽恐禍招。（第十三回，頁 705）

因此當她的身分被識破後，滿腹激憤地說：

> 咳，好惱恨人也。老天既產我英才，爲什麼，不作男兒作女孩？這一向，費盡辛勤成事業，又誰知，依然富貴棄塵埃。枉枉的，才高北斗成何用？枉枉的，位列三臺被所排。……好好的，峨冠博帶易裙釵。便教仍作紅妝女，我卻也，懶去吹簫上鳳臺。（第二十二回，頁 1172）

德華不甘心自己滿腹經綸，才華洋溢，只因女子身分，就被迫放棄昔日努力的成就。然而她是認命的，儘管有所憤恨不平，仍屈服於男權社會，聽任父母之命，奉旨成婚重回閨房。德華無可奈何地說：

> 一向威風豈等閒，堂堂爵位統朝班。平空變作裙釵女，笑殺了，合殿朝臣文武官。面目何存深可愧，孩兒是，明朝斷不去朝天。事經敗壞無他議，一任爹爹自主專。（第二十二回，頁 1169）

她的壯志雄心已死，聽天由命地卸下姜小峰的形象，拋下率領將士的統帥身分，對於曾經擁有的成就地位，毫不眷戀地全然拋棄，做個循規蹈矩、相夫教子的賢內助。德華表示：

> 富貴功名今已矣，箕裘世業更何言。從今後，惟供綵戲堂前樂，從今後，
> 不以文章海內傳。（第二十二回，頁 1179）

婚後，德華善盡婦職，爲少霞分憂解勞，並周旋於娘家、婆家的是是非非，解決家庭糾紛，令所有人喜愛不已。她表示：「我既然，鸞鳳好合歸文氏，應使夫倡婦共隨。一爲文君償過失，二爲怨女做栽培。」（第二十三回，頁 1231）於是盡力調和少霞與純娘、沃良規的感情，且不顧少霞反對爲之納妾。一方面爲彌補惜惜、憐憐的感情，一方面期望盡到賢妻的本分。

少雯欲納蘭寶如爲妾，但不被雙親允許。德華爲此事竭心盡力，更爲此再次假扮男裝，以代替男人騙娶。

> 至時郡主除簪珥，又作當時假相公。冶冶仙姿行穩重，翩翩妙態步從容。
> 少霞見此難禁笑，不道今宵妻作兄。郡主笑云承照顧，這場交易是希逢。
> 少時迎到新娘子，躲去巫山十二峰。譬比偷兒遭騙子，何妨弄玉逐飛瓊。
> （第三十一回，頁 1647）

德華第一次假扮男裝，乃因美貌受到男人覷覦，因此易服避禍。初次易服雖出於被動，但也是對男權社會的抗爭，爲女子揚眉吐氣。第二次易服，雖出於自願，但卻是出賣女子以滿足男人的情慾。德華的形象是合理地矛盾的，她有獨立自主的思想，不滿男子對女子的壓抑，甚至不願嫁做人婦，但一旦身爲人妻卻又遵循禮教，爲男人納妾。兩次女扮男裝的意義大相逕庭，再次易服雖然只有短短幾個時辰，但卻透露出德華對現實社會的屈服，並突顯其首次易服，對女性爭取個人價值、男女平等的重要意義。

邱心如反對男尊女卑的傳統觀念，於是令德華允文允武、應試任官，建立令男子汗顏的豐功偉業。德華在假扮男裝的歷程中，不斷地證明自身價值，屢創奇功。她的形象展現了男女平等思想，體現了婦女渴望以獨立人格出現於社會的要求。如果說德華叱吒風雲帶給邱心如揚眉吐氣的舒暢，那麼德華重回女裝，一方面反映出邱心如感受到現實社會對女性的壓抑，因此無可奈何地屈從；一方面也反映出邱心如的思想個性，仍爲根深蒂固的傳統思想左右，無法突破傳統的男女定位，樹立眞實意義的男女平等觀。

二、寬厚賢德的女性

在中國古代以男性爲本的父權社會中，男性是女性的天，女性一生的心思都應投注在順從男性的理想與需求上。因此，女人若能幫助丈夫相夫教子、操持家務、成功立業、延續香火，甚至爲夫納妾，便能歸類於所謂寬厚賢德的女性。《筆生花》

中寬厚賢德的女性有樊氏、莫素貞、柳含煙、姜九華、姜玉華、步靜娥等。

書中樊氏是姜家大長輩，她為人慈善、和藹可親，雖重視傳宗接代，但不致因媳婦未得子便給以顏色。她寬厚地表示：「由來似我這樣人家，何愁多女。只要大小平安，便是家門之福。」（第一回，頁 14）面對楚元方篡國一事，樊氏叮囑兒孫應視死如歸，莫苟且偷生，以免遺臭萬年：

> 循禮節，慕賢良，若輩無須為我傷。得能夠，父子盡忠全大義，吾家百代
> 姓名香。做娘的，願如滂母成兒志，豈效那，舐犢無知喪五常。亦況我，
> 衰朽殘年何所惜，何如殉國一齊亡。況曾叨沐皇封過，豈謂閨中義便忘。
> （第十九回，頁 1006）

樊氏教導兒孫有方，堪稱賢德女性。近仁的正妻莫素貞為人「端重寡言，溫柔短識，一味賢良，十分懦軟。」（第一回，頁 4）她善盡婦職，因膝下無子便替丈夫納妾，獲賢德的美名。「莫氏夫人忠厚質，雖稱內主一無能。聽挾制，任欺凌，好歹聞之總不云。」（第三回，頁 123）莫氏個性過於寬厚懦弱，凡事以隨和為主，治家之法不嚴謹，致使悍妾花氏行為放肆，目中無上。樊氏因此勸戒莫氏「婦道賢良雖則好，而今後，還該略略放剛明。」（第五回，頁 257）莫氏仁厚的個性雖符合傳統婦女的美德，但卻過於軟弱無能，與女兒德華的精明幹練形成對比。

《筆生花》近仁之妾柳氏容貌可愛、性情柔順，「美貌溫柔人穩重，粗通文墨習閨儀。自從來到潭衙內，一味謙和肯服低。伺候堂前賢主母，克勤所職日相依。」（第一回，頁 5）面對花氏的欺壓，「含煙忍耐惟相讓，不去同她鬥是非。」（第一回，頁 6）對於丈夫糊塗過繼女兒，也是含悲順從，不敢忤逆。柳氏性格謙卑，即使日後女兒成為皇后，母以女貴，她仍自謙：「家禮尊卑分嫡庶，豈因女貴作同排。多年在此無生子，賤妾是，感荷深恩尚歉懷。」（第二十回，頁 1057）可堪為賢德女性。

玉華凡事以和為貴的個性與母親柳氏相似，面對逢吉夫婦的指罵嘲弄，「小姐醇良兼大度，亦只好，若無聞見不相爭。」（第四回，頁 192）玉華含恨隱忍度日，終於苦盡甘來，被立為皇后。婚後，玉華認為「已慚陋質侍楓宸，外戚何堪另錫恩。」（第二十回，頁 1042）擔憂外戚干政為人不悅，故諫止皇帝晉升外戚。滿朝文武對玉華一國母儀之作風深感欽佩，大讚其賢德。

姜九華「丰姿美麗平和性，不似糊塗生母形。曲直但從心上計，是非不向口中論。」（第一回，頁 23）她善盡孝道，屢屢規勸母親勿生妒念、以和為貴。在夫家，她受盡成氏欺凌，但為了避免母親擔憂、丈夫為難，便獨自隱忍。成氏命廚子給九華腥魚臭肉，瑞徵知情後，欲與之理論。九華阻止道：「妾身為婦在君門，吞咽糟糠

分所應。豈爲些須羹飯事，反鬧得，天翻地覆不安寧。」（第十回，頁540）表現出以家庭和樂爲重的溫柔敦厚女性形象。

步靜娥「丰姿清秀，性格溫柔。粗通書史，巧擅女工。」（第二回，頁87）性格溫和，凡事忍氣吞聲。靜娥十三歲失去父母後，在繼兄嫂的淫威下，過著寄人籬下的屈辱生活，僅管傷心欲絕，但仍對婚姻充滿憧憬，對人生尚懷希望，而隱忍度日。靜娥婚後雖然與少雯共度幾年歡愉的日子，但丈夫納春漪爲妾後，便被冷落，然而靜娥對此並不忌妒，陳明自己「輕世慾，慕貞良，療妒鴉羹不用嘗。」（第二十一回，頁1117）的心態，表現出賢德、識大體的一面。

這群寬厚賢德的女子，個性敦厚逆來順受，且遵從禮教、善盡婦職，以夫家和樂爲重，置個人幸福於度外，她們的品德是《筆生花》所稱許的。

三、守節貞烈的女性

《筆生花》守節貞烈的女性眾多，爲人津津樂道。作者塑造多位謹守貞節的節婦烈女，如姜九華、姜德華、文佩蘭、輕紅、慕容純娘、惜惜、憐憐、弓氏、楚貴妃、藍氏，以強調女子貞節的重要性。

書中姜九華遭柏存仁劫親。近仁感嘆：

> 一個柔弱女子被多人擁去，這一夜工夫，不消問矣。順時失節逆時亡，名與命，二字安能不兩傷。（第五回，頁275）

九華在名與命的衝突下，選擇犧牲性命保全名節。她以弱小女子之姿抵抗惡人，不僅發狂怒斥甚至拼命抵抗，咬去柏存仁一隻耳朵。她置生死於度外，不屈服於惡勢力，而以保全貞節爲重。

德華已訂婚約，應詔入宮後，自覺有愧操守，決心以死明志，「已定絲蘿難改約，斷不能，含羞忍恥侍宸居。」（第六回，頁321）姐妹們深明德華爲人，「素知他，惠妹端莊敦大體，斷無失節侍皇階。保清名，多應此去埋香玉。」（第八回，頁421）德華死意已決，所幸受胡月仙相救，保全了性命與名節。德華假扮男裝後，成日處於男人的生活圈中，但她並未因喬裝而不顧禮法，依舊守身如玉，與男子保持距離。當她受到春溶的觸碰後，更以斷臂之舉表明清白，謹守貞操的決心可見一斑。

文佩蘭遭楚廷輝劫親，怒斥：「若欲前途行強逼，可知我，佩蘭不是可欺人。安能遂你淫邪念，少不得，預備殘生命共拼。」（第八回，頁454）因此跳水殉節。佩蘭的婢女輕紅，也效法其精神跟著殉節自盡。純娘遭李夢周賣做妓女，老嫗慫恿純娘乖乖就範。純娘守節之心如金石，堅決表示：

> 忝出儒門不算低，詩書幼讀習閨儀。如執玉，那沾泥，豈逐桃花柳絮飛。

雖被梟情狼子棄，止無非，拼將一死命歸西。怎能夠，苟安於此忘廉恥，
萬古千秋把臭遺。不羨他，藪澤風流諸艷妓，願效彼，襟懷清潔古貞姬。
（第十三回，頁 688）

純娘滴水不沾，以死明志，之後被老嫗毒害爲啞吧賣至謝家。當純娘得知絮才欲將
其許配給小峰作妾後，自覺再嫁有虧操守，便寫血書表明「奴聽此，驚且慚，豈忘
初志。欲捐軀，求死路，表此清名。」（第十四回，頁 747）有懷著身孕跳湖自盡的
決心。

惜惜、憐憐一心等著受小峰寵愛，小峰爲了不耽誤兩人青春，表明欲與絮才共
求道，而不近女色的心思，命兩人自行決定去留。惜惜、憐憐說：

狀元呀，妾等雖然出下流，豈無廉恥不知羞。久從貴客承巾櫛，怎逐愚頑
詠好逑，學士既存如此念，至也是，奴們薄命復何求。延歲月，度春秋，
不願重婚願見留。（第十七回，頁 893）

兩人堅決表示不願重婚的守貞決心，此後面對小峰也不再有他念。

逢吉被船家殺害棄屍入江，船家欲留弓氏做妻。弓氏爲保清白，且不願辜負丈
夫，於是投江自盡。弓氏獲救後出家爲尼，表明昔日殉節心意：

誰料那惡賊並不殺害，因見小尼有些顏色，便要留做妻室。竊思小尼本官
家婦女，且素日閨房情篤，豈肯辜負丈夫。故誑彼回身，也便跳入長江，
拼其一死。（第二十九回，頁 1546）

上述女子爲了婚姻關係的情意或個人信念，以死保全貞節。楚貴妃、藍氏則爲
了國家、道義的信念，殉節明志。楚元方篡奪政權，建立新朝。楚貴妃悲痛父親悖
禮忘義：「弟踐兄基方正理，幾聞國丈坐龍床？眞悖理，好荒唐，落了個，篡賊污名
萬古揚。」（第十八回，頁 960）表明自己身爲亡國妃，不願接受公主封號，哀嘆道：

愧只愧，忘身未具當熊智，佐治難如卻輦良。願則願，歲歲歡娛恩不歇，
年年安阜壽無疆。又誰知，昇仙一旦拋臣妾，我父登時負聖皇。萬種悲哀
何處訴，千般情義幾時償。捐生就此從先帝，到不如，撒手懸崖見冥王。
休道是，不孝不忠無足取，也到底，拘牽少洗臭名揚。（第十八回，頁 960）

楚貴妃對於父親奪取丈夫政權深感憤恨，願以國家道義爲重，捐生從先帝，故撞死
在宮殿上，表明心志並藉此諷勸父親。楚夫人對於丈夫禍國殃民之舉，早已感到心
灰意冷，如今對丈夫謀權篡位之舉，更是深感不齒，於是懸樑自縊，留下遺書云：

書曰：一旦變生，膽摧心裂。豈謂閨中遂忘忠義，蒙羞含垢，不願生爲富
貴；撒手懸崖，何妨就死幽冥。既死之後，臭皮囊願以庶人薄葬，愼勿僭
諸典禮，使我含愧於九泉之下也。（第十八回，頁 963）

楚貴妃、楚夫人的殉節，不同於上述女子為保全肉體上的貞操，而是為維護心靈上的貞節。這群節烈女性形象表現出女子守節的頑強決心，她們守節或為禮教規範、社會環境使然，但行為背後多有對愛情、生命所堅持的信念、理想。她們視死如歸，以貞節為重，這種寧死不受辱的精神，正是作者所強調的節烈精神，而這群守貞節烈的女性類型，也是作者極力刻劃且讚揚的一群女子。

四、出世修道的女性

《筆生花》的女性形象眾多且多為美若天仙的名門閨秀。她們接受了良好的文學薰陶與藝術涵養，個個聰明靈秀、才華洋溢，不僅有美貌的外在，亦有美德與智慧兼具的內在。書中除此等寬厚賢德、守節貞烈的女子外，還有外貌體態、氣質談吐與智慧能力，皆在一般女性之上的修道女性。《筆生花》刻劃了半人半仙的修行狐仙胡月仙，及出世修道的謝絮才，另有改過自新求道的楚春漪、弓氏等，然而其他女性修道的決心與努力，皆遠不及自始至終棄絕紅塵、虔心求道的謝絮才。

謝絮才是《筆生花》極力刻劃的修道女性。她的外貌與性情皆超凡出世：

> 貌如秦女重臨世，才似班姬又復生。不獨姿容稱絕代，更兼性情亦殊倫。
> 雖然生做朱門女，名利由來看得輕。賦性清貞惟喜靜，襟懷瀟灑不知春。
> 聰明幼具超塵志，參透人間世俗情。（第四回，頁 204）

謝絮才棄絕俗念，不慕榮華富貴，不願沾染紅塵，只想勤於習仙術、學道經。她自陳：

> 奴亦人間年少女，看得這，榮華富貴淡於煙。倘能遂我平生志，除世欲，
> 一世空閨到萬全。（第四回，頁 207）

然而婚姻大事不得自主，絮才被迫聽任父母之命嫁與小峰。出嫁後，絮才向小峰表明不好男女私情，欲淨身求道的決心。所幸小峰為德華所扮，絮才欣喜得以掛個夫妻空名，以了卻超塵出世的心願。儘管兩人婚後相處融洽，小峰也功成名就，絮才仍無動於衷地表示：

> 休說這，喜帖泥金非我樂，便是那，花封紫誥也何干。自古來，繁華過眼
> 三更夢，又何必，名利勞心一線牽。……若還要遂平生願，除非是，共爾
> 修真去學仙。憶昔劉綱成大道，偕妻樊氏亦登天。逍遙更羨秦家女，跨鳳
> 成鸞結妙緣。（第九回，頁 502）

絮才始終不渝的求道意志可見一斑。當德華重返女身後，絮才強烈表達寧可捐身，也不願改嫁及欲修道成仙的決心。她的堅決與誠心，終於迫使雙親無奈應允，也終獲呂洞賓、胡月仙的指點。胡月仙見絮才「靈光透露根非淺，俗念消除意自如。」

（第十九回，頁 1000）故收絮才為徒，傳之法術，告知三年後再來度絮才出世。絮才此後求仙意志更加堅定，除定省外便在靜室焚香供奉胡月仙。絮才在與塵世隔絕虔心修道後，性格有了極大的轉變：

> 誰知那位小姐，近日光景更不同前。任你向之十分親熱，他也只一味的淡漠。謝夫人看那體度形容，自覺可憐可惜。看那舉止行為，卻有可嗔可惱。
> （第三十回，頁 1605）

絮才對母親異常冷漠的行為，顯示出她以修道求仙為重，決心棄絕塵世的決心。

皇天不負有心人，絮才求道多年，終於受胡月仙引上天界成仙：

> 每夜小姐帳內設一蒲團，打坐做工夫，這是慣常地規矩。不道今早婢等伺候多時，不聽小姐聲響。便去揭帳觀看，卻是小姐原是端端正正坐在其中，只不言語，宛如木偶一般。婢等奇異，便去相扶，那曉一扶，就不見了。
> 原來是一枝青竹，披上衣裳變化的小姐模樣。（第三十回，頁 1616）

絮才成仙後，留下詩句向雙親與德華道別。德華安慰謝夫人：

> 所遺詩句分明見，伊原是，借住朱門暫托胎。所以天生孤僻性，不同世俗眾裙釵。輕綺障，具仙才，故使修真恁意哉。本是仙胎權謫世，今日裏，自然仍去侍瑤臺。（第三十一回，頁 1623）

德華所言絮才天生孤僻的性格，乃其與眾不同之處。絮才是《筆生花》中特立獨行的女性，她被傳統禮教束縛著，不得已而遵從父母之命成婚，但她並不因此而屈服，始終對於求道成仙的心願，抱持不變的毅力與堅持。她的心念態度雖有違孝道，但忠於自我的精神，卻體現出女性思想獨立的一面。謝絮才是作者極力刻劃並讚揚的堅持理想、反抗傳統的女性形象，她的形象在《筆生花》中顯得格外獨特且耀眼。

五、妒淫凶悍的女性

「彈詞小說」女作家所創造的妻子多為識大體的正面形象，而妾往往被塑造為妒婦、悍婦的形象。《筆生花》寫了一系列妒婦、淫婦、凶悍女性，她們多是出身低微的小妾，其中楚春漪、沃良規出於名門，在小說中得到完整的處理。這些惡女形象彼此重疊、勾連，本論文將其劃分論述，只為突顯其主要形象，總的來說，她們實為一群不恪守傳統婦道的女子。

《筆生花》的妒婦有姜近仁妾花映玉、文少雯妾楚春漪、楚廷輝妻汪氏、沃公妾強氏。她們的心態與行為表現，就是把丈夫的妻妾視為敵人，不懷好意或以歹毒的語言、行為，諷刺、誣陷、虐待之。

書中花映玉「為人多忌猜，顏如桃李性如豺。入門見嫉欺同輩，行處工讒有賤

才。」（第一回，頁 5）花氏知夫人偏愛柳氏，因此心生妒念，常暗中欺侮、詛咒並
誣賴兩人。「映玉因而增妒忌，明中和睦暗中欺。常爲咒罵消私怨，每駕誣詞啓眾疑。」
（第一回，頁 6）花氏嫉妒心極重，對於姜公納燕氏爲妾一事十分煩惱，於是挑撥
近仁與其他妻妾的感情，巧言令色迷惑近仁。

> 尋事生非倒醋瓶。罵壁指墙多借影，挑言送語造無根。存私邀買通奴婢，
>
> 弄巧逢迎惑主君。（第三回，頁 123）

莫氏忠厚無能，聽任花氏的挾制，受其欺凌。花氏因此更加肆無忌憚，不把莫氏放
在眼裡，於是她未經莫氏允許便私自前往吳宅會女，更公然穿上早就暗自裁縫的正
室服飾。「要光輝，僭服公然欺正室，穿起了，朝裙繡補久私裁。」（第七回，頁 334）
花氏不尊禮法的行徑，及欲取而代之的心態表露無疑。近仁被押送入京，家人奴僕
無不憂心，「惟止花姨如沒事，照常歡喜有精神。」（第十回，頁 539）可見花氏欲
篡正室之位，並非對近仁有情意，而是爲圖謀家產。她趁著姜公入獄，莫氏、樊氏
雙雙病倒後，歡喜地收買奴僕，揮霍家產，並誣告莫氏侵奪家產，欲推倒莫氏以奪
權。事情敗露後，花氏被姜公拋棄，終生囚禁幽房，私逃被逮後羞憤自盡。

　　文少雯妾楚春漪，也是一位善妒的女子。她身爲皇姨，不願下嫁少雯作妾，更
不甘心與步靜娥共事一夫，於是以美貌擄獲丈夫的心。她不滿文夫人偏心少霞夫
妻，因此暗中將少霞入贅德華之事告知沃氏，欲利用沃氏將文家鬧得雞犬不寧，以
抱私仇。豈料靜娥告知雙親，反使沃氏被幽禁。楚春漪心懷怨恨，便向少雯污衊少
霞與靜娥有不倫私情：

> 話來且表春漪女，素性生成喜是非。雖與靜娥無口角，外邊和好內猜疑。
>
> 因其勤謹翁姑喜，欲待欺時未敢欺。更恨婆婆偏小叔，每懷不忿用心
>
> 機。……所謀不遂添將忿，便向夫前搬是非。道是每觀他叔嫂，全無半點
>
> 避嫌疑。……言悄悄，笑嬉嬉，小叔分明揆嫂衣。看見奴家方走散，恁般
>
> 舉止不相宜。步家姐姐人忠厚，可莫教，小叔風流把你欺。（第二十三回，
>
> 頁 1211）

楚春漪身爲皇族，自幼受寵。她誣陷少霞、靜娥，並與靜娥爭寵，乃是爲獲得舅姑
與丈夫的疼愛。春漪善妒之心情有可原，日後她洗盡鉛華皈依道教，得到善終。

　　楚廷輝妻汪氏爲豪族之女，「其人妒悍特甚，醜陋難堪。」（第八回，頁 432）
佩蘭的婢女暈碧，因懼怕權勢而隨楚廷輝返家做妾。汪氏醋勁大發，毒打暈碧，使
其一命嗚呼：

> 可憐暈碧戰兢兢，連日裏，嚇得三魂未攏身。當聽傳呼忙舉步，香茶取得
>
> 上前呈。偷覷惡面凶魔樣，更覺心驚小鹿能。過自矜持偏失手，將一盞，

熱茶傾潑燙夫人。夫人乘此狂威作，翻下臉，放出河東獅吼聲：「阿呀，
小賤人！這是什麼意思？莫是你安心的麼？」一壁言時站起身，揮拳便打
小裙釵。女環捧面連連退，步踉蹌，撞倒屏風響一聲。不道前冤今生遇，
銅釘剛碰太陽心。血流如注登時倒，一命嗚呼不返魂。（第九回，頁483）
汪氏因妒忌心作祟使小妾喪命，其酷妒、毒辣之心腸可見一斑。

沃公購買妓女強氏做妾，強氏「為人悍惡異常，侮嫡凌眾。」（第九回，頁497）
強氏因替沃公生一獨女，故恃寵而驕氣死正室：

沃公看似掌中珠，相待姨娘比眾殊。強氏更加來得志，欺正室，恃驕垢誶
日無虛。沃公罷軟安心受，諸妾無能側目覷。寒氏夫人忠厚質，常悒鬱，
氣成一病便嗚呼。妖嬈歡喜當家事，肆威福，刻待諸姨比女奴。遇下人，
重則鞭笞輕是罵，合家誰敢不相趨。卻不道，奸習過分難長壽，三九之年
命亦無。（第九回，頁498）

《筆生花》塑造一群妒婦，刻劃她們極端的妒嫉心理與爭寵行為。妒婦們害怕
失去丈夫的寵愛，因此以殘忍的手段打壓威脅自己幸福的女性。一妻多妾制度下的
傳統禮教認為女子能替丈夫生子、納妾，始合乎婦女美德。妒婦的行為違反傳統婦
女美德，因而悲哀地背負男權社會所賦予的罪名，但她們的行為何嘗不是禮教壓迫
下的怨憤與反彈。

《筆生花》女性之所以善妒，或是深愛丈夫為獨得專寵；或是覬覦夫家家產；
有的為情，有的為財。書中另有一群為情慾而不守婦道的女性，亦即淫婦。淫婦是
指在已婚的狀態下，對其他男人有逾矩的思想或行為者。《筆生花》的淫婦有吳公妾
成氏、少霞妾沃良規。

吳公妾成氏原為與吳公同居的婢女，為人相貌粗俗、狡猾能幹、潑悍奸詐：

為人狡猾多能幹，相貌粗粗不出群。善伺東君主母意，諸凡迎奉會慇勤。
家中各事爭先做，因而教，騙得夫人喜十分。倚作腹心家政助，此日下，
已經升作二夫人。（第五回，頁274）

吳公寵愛成氏，對其言聽計從。夫人過世後，成氏順理成章成為夫人。她挑逗吳瑞
徵不成，又見瑞徵待九華溫柔體貼，便心生怨恨，誣衊九華行為不檢點，強烈的妒
嫉心與報復心可見一斑。吳公病入膏肓後，成氏私通刁貴，與其訂定海誓山盟，欲
待吳公逝世後奪取家產。兩人的姦情被九華發現後，成氏便下毒手，毒害丈夫嫁禍
九華。

總得要，害將公子夫和婦，便沒人來做對頭。現在老爺身病重，諒無多日
世間留。待其一旦歸陰去，那時節，凡百皆堪我自由。與你雙雙明配合，

　　　朝歡暮樂度春秋。（第二十八回，頁 1459～1460）

成氏善妒、淫亂、歹毒之心，違背道德規範，構成了一個妒淫凶惡的女性形象。

　　少霞妾沃良規是作者花最多心思處理的反面女性人物，她潑辣、多疑、善妒、淫亂，身兼多重惡女形象。她容貌雖佳，但「喜怒無常驕且傲，些須拂忤發狂威。」（第九回，頁 498）因此惡名遠播，無人敢與其聯姻。好不容易因媒婆加以美言才嫁與少霞，卻在成婚當日，將凶悍個性顯露無遺：

　　　暗思新婿何緣故，如此悻悻不樂懷？自謂奴奴容不俗，有何不足那書獃？
　　　心輾轉，意推排，一挺珠冠把體抬。怒叱侍兒諸左右：「爲什麼，大家立
　　　此擠捱捱。這股汗酸氣味，可不熏殺了人。快快與我走開！」（第十六回，
　　　頁 863）

少霞在新婚時期，一味地忍耐謙讓，未即刻壓制沃氏的氣焰，致使沃氏日後更加暴戾、顛狂。沃良規多疑善妒，每每疑心少霞與女婢有私情，而大發雷霆：

　　　不離跬步相陪坐，僕婦梅香用意防。偶見夫君通一語，登時怒發變容光。
　　　嗔僕婦，打梅香，別借因頭鬧一場。（第十六回，頁 864）

一次，沃氏見女婢與少霞言語，便不分青紅皂白痛打之：

　　　廊簷悄立先窺聽，好似夫君共婢言。火起登時全不察，如飛搶步放金蓮。
　　　一頭撞入香房裏，看見雲翹倚帳邊，手執扇兒夫婿物。一見了，千金走到
　　　色茫然。良規更覺心疑惑，直氣得，紫脹桃腮變了顏。……良規此際怒沖
　　　霄。疑惑他，夫主梅香私狎交。搶步前來舒玉手，一拳打倒小雲翹。罵聲
　　　大膽妖淫賤，怎賣風騷暗戲調。……一壁言時回玉臂，鬢邊拔下鳳釵梢。
　　　向他嘴上連連戳，痛殺雲翹狂叫號。（第十六回，頁 865）

沃良規與少霞婚姻不睦，因此不僅猜測少霞與女子別有私情，更懷疑少霞與芹童有所曖昧：

　　　閨房相處情疏淡，覷我渾如陌路旁。常日不言亦不笑，如聾似啞面堆霜。
　　　未知卻是何緣故，莫非他，別有私情在那方？更猜疑，所侍芹童年正少，
　　　面龐俊俏性輕狂。這其間，多因狡兔分桃愛，這其間，必戀龍陽斷袖香。
　　　故使待奴情分薄，歸來常自坐書房。（第十七回，頁 895）

沃氏多疑善妒的個性，由上述事件得到印證。

　　沃良規不得丈夫的喜愛，因此向外尋求感情寄託。她先迷戀假扮男裝的德華，又被年輕俊美的蘭景如吸引，進而做出逾矩的行爲。沃氏見小峰「生得這，艷麗十分令我愛，風流百樣教人輸。自恨前生修不到，未能嫁此小英儒。」（第十七回，頁 924）於是請求與小峰結拜爲姐弟，並趁酒後引誘小峰：

聲聲賢弟多親熱，美酒杯杯只顧斟。仙客桃花生玉頰，佳人注目更銷魂。

言款款，笑盈盈，低問多才姜翰林：賢弟成婚今幾載？夫人定是一傾城。

應調琴瑟如膠漆，可有金釵眾小星？……豈比奴家多薄命，夫星不透苦伶

仃。雙親見背無兄弟，縱有愁煩何處云。與賢弟，今既認親如骨肉，望君

念我苦衷情。相親相近休相棄，莫學無知文蔚君。（第十七回，頁930）

沃氏悖禮之舉，雖受小峰正色告誡，但不久又因寂寞難耐、相思難解，而偷偷逕至小峰門房訴衷懷：

愚姐此來，不過欲與賢弟談談心曲，以遣悶懷。難道有甚別樣念頭不成？

休得多疑，快請起來，開了門戶，讓我進來。不可恁般癡懶。（第十八回，

頁945）

沃氏不守婦道之舉被少霞發覺後，雖驚慌羞慚，但竟也理直氣壯地反抗：

良規拚命狂威作，一個頭拳撞過來。御史不防兼地滑，只因新雨濕蒼苔。

橫身跌在塵埃地，一聲響，驚壞房中美俊才。（第十八回，頁946）

　　沃良規放蕩、凶悍的行為，遭夫家長久幽禁。沃氏遭幽禁後，因身懷有孕而暫時被釋放，此次若能幡然悔悟，或許能得到丈夫的疼愛。然而沃氏並無悔改之心，她見蘭景如年輕俊雅，甚為憐愛，便與其結為姊弟，又因對少霞待之無情無義懷恨在心，於是效法崔鶯鶯密會張生、卓文君私奔司馬相如故事，勾引景如以尋求自身的幸福：

狂徒無義棄妻房，奴卻何須更念郎。他既然，有意分殘真鳳侶，奴亦可，

存心另覓野鴛行。這個是，明中做去雖關礙，暗裏行來自不妨。早難道，

男子便該為另娶，婦人應合守空床？奴雖未讀書和史，常日間，每聽人言

在耳旁：有一個宰相千金崔氏女，鶯鶯名字美無雙。偷期密約諧鸞鳳，匹

配張生恩愛長。雖受娘親多責備，到後來，丈夫及第好風光。有一個，文

君卓氏青年寡，羨慕相如司馬郎。只為瑤琴彈一曲，私奔乘夜便成雙。（第

二十七回，頁1393）

沃氏忘廉喪恥地夜會景如，並以言語挑逗，因有失婦德之舉，而被終生囚禁。沃良規思春之情、淫慾之心如此強烈，乃因無法在婚姻生活中，獲得心理情感與生理慾望的滿足，因此造成精神狀態失衡，而一味地追求情慾的滿足。沃良規不守婦道、不安於室，最後難產而死，死後不得入夫家祖墳，不安於室的結果，便是永遠地無家可歸。沃良規悲慘的命運，雖是個性使然，但何嘗不是一妻多妾制度下的犧牲品，她是《筆生花》成功塑造的妒、淫、凶悍女子，令人感到不恥，卻也感到可悲。

　　《筆生花》妒婦、淫婦各個性情凶悍、潑辣，除上述女性之外，另有姜逢吉妻

弓氏。弓氏爲罪人之女，四德不備、性格乖張：

> 這娘子，家世微寒性卻狂，三分顏色七分妝。謔浪笑傲諸全擅，德貌言工
> 各未詳。每聽哮聲凌嫗婢，更多讒語惑夫郎。雙雙狡惡同相濟，煩惱翁姑
> 悶在腸。偶作一言稍訓誨，惹其性起更乖張。（第三回，頁 161）

弓氏常唆使丈夫忤逆雙親。逢吉在堂上發酒瘋，遭父親責罵畏懼回房後，弓氏斥罵
丈夫軟弱無能：

> 那一個，聲聲只罵無能的，你既然，做出如何又服低？下馬威兒拿不倒，
> 少不得，後來更好受人欺。（第四回，頁 187）

玉華過繼顯仁家，弓氏視之爲眼中釘，常對玉華指罵嘲弄並動粗：

> 大娘一見千金至，搶步爭先出語歪。怒罵小姑同扭結，一拳打落鳳頭釵。
> 聲言我處欣和順，父子夫妻少忌猜，「自從來了你這賤婢，便離間了吾家
> 骨肉。終日假挑撥是非，帶累我夫妻受氣。」大娘怒執女多姣，巴掌拳頭
> 著力敲。（第十五回，頁 790）

弓氏不僅時常虐待玉華，而後更因圖謀玉華的嫁妝，下藥迷昏玉華，將其置於木櫃
中，命奴僕埋藏於荒野。諸多惡行，構成弓氏凶悍、勢利、歹毒的惡妻形象。

　　邱心如雖鼓吹妻妾制，但由人物刻劃，卻顯示作者對於一妻多妾制度下，小妾
欺凌正妻的現象仍存有恐懼。作者透過對人物性格的描繪，暗示女子若有善妒、淫
亂、凶悍的性格，除天性如此外，乃禮教制度逼迫所致，因此在批評負面女性形象
的同時，亦給予她們極大的同情，以反映傳統制度帶給女性的困境。

第二節　人物命名的象徵意義

　　所謂「人如其名」，姓名往往能反映出人物的性格、命運：

> 人物的命名，是人物刻劃所不容忽視的。在人物的命名上用心，可增加作
> 品中人物姓名的美感，而且又可使讀者從中領悟其命名的含義，使得看到
> 人物的名字就能大概明瞭他的身分、性格、命運、際遇和結局。〔註 5〕

《筆生花》使用姓氏源流的隱喻、才女的典故及諧音、反諷等方式爲人物命名，反
映出人物的性格，也表現出作者刻劃人物的匠心獨具。

　　書中女主人公姜德華，以姜爲姓，乃作者別有用心。《中華姓氏大典》：

> 姜，姓從女生，上古八大姓：姜、姬、嫣、嬴、姞、姚、妘皆從女，這是

〔註 5〕陳碧月，《小說創作的方法與技巧》，臺北：秀威資訊科技股份有限公司，2003 年 5
　　　月再版，頁 40。

原始女系社會的象徵。〔註6〕

德華巾幗不讓鬚眉，爲女子揚眉吐氣。邱心如以姜姓作爲德華的姓氏，乃暗示女性在社會中的重要性。此外作者的邱姓源自姜姓，根據唐代《元和姓纂》記載：

齊太公封於營邱，支孫以地爲姓。〔註7〕

《中國姓氏辭典》記載：

據《通俗通義》所載：周代姜太公豐於齊國，建都營丘（今在山東省臨淄縣），其後有丘氏。……丘亦作邱，《說文通訓定聲》引東漢應劭《漢書·楚元王傳注》：邱，姓也，後世爲避孔子名諱，將丘加邑旁改寫爲邱字。

〔註8〕

姜德華的姓氏，透顯出邱心如巧妙的心思，她悄悄地將抱負寄託於姜德華身上，藉其女扮男裝建功立業，反映出自身恨不得爲男子的憾恨，及渴望施展長才的願望。以德華爲名，則反映人物有才德、有華容，才貌兼備的特質。

道光時期，浙江才女吳藻的崑曲《喬影》，講述謝絮才女扮男裝的故事。《筆生花》謝絮才爲出世得道的仙女，雖未女扮男裝，但也展現出不同於世俗女子的高超德行。作者以謝道韞「詠絮之才」的典故，將人物命名爲謝絮才，透顯其非凡的學識修養。兩部作品皆成於道光年間，女作家同以謝絮才爲人物命名，可謂英雌所見略同。

清代席佩蘭是隨園女弟子中的佼佼者，著有《長眞閣集》、《長眞閣詩餘》。邱心如或許因爲景仰席佩蘭的成就，因此將書中人物命名爲文佩蘭。文佩蘭爲名門閨秀，聰慧有才思，恰與席佩蘭的形象相呼應。

《筆生花》人物姓名多具深意，作者利用諧音、反諷的方式替反面人物命名。柏存仁「容顏醜陋，性格凶頑，諸惡齊作，一善不爲。目不識丁，胸無點墨，而專喜尋花問柳，以平康爲家室，頑笑作生涯。」（第五回，頁248）柏存仁的姓名，表現出此人薄存仁義的性格。吳德、吳良慫恿柏存仁劫親，最後受天理報應遭雷擊而亡。吳德、吳良的名字，有諧音無道德、無良心的涵義，表現出兩人邪惡的性格。貪官「翟耀前，最喜金銀得餽遺。」（第十回，頁530）只要與其重賄，便能周旋關說。耀前爲要錢的諧音，作者以此命名，表現出此人貪財愛錢的性格。書中惡女沃

〔註6〕 王聲惠，《中華姓氏大典》，河北：河北人民出版社，2002年6月初版，頁196。

〔註7〕 〔唐〕林寶撰，〔清〕孫星衍、〔清〕洪瑩校，《元和姓纂》〈卷五·十八尤〉清嘉慶年間金陵書局校刊本，收於《中華漢語工具書書庫》，合肥市：安徽教育出版發行，2002年，頁65（原書頁29）。

〔註8〕 陳明遠、汪宗虎編，《中國姓氏辭典》，北京：北京出版社，1995年11月初版，頁347。

良規之母強氏為人刁惡，沃夫人恐其學壞，故懷諷意名之為良規，欲令其恪守女則：

> 名是夫人當日取，姣娥乳字叫良規。乃因其母多刁惡，猶恐裙釵學所為。
>
> 故使命名懷諷意，欲令其，克遵女則嗣清徽。（第九回，頁498）

沃夫人以反諷方式為之取名並寄予期望，然而沃良規非但未謹遵教誨，培養良好規範，反而身兼妒、淫、凶悍等性格，一生行徑背離傳統婦女規範，其人與其名形成強烈對比。另有依傳統習俗命名者，如姜九華之名，「因其九日所生，俗謂恐女命多獨，於是太夫人便取名喚作九華，希其叫破之意。」（第一回，頁5）期望藉由名字扭轉九華的命運，以趨吉避凶。

　　作者將人物的性格、特質，表現在符合或相對的人名中，並藉姓氏的源流將理想寄託於人物身上。書中人物姓名的豐富性與隱喻性，表現出作者巧妙的心思及刻劃人物的細膩手法。

第三節　以譬喻描寫肖像情態

　　小說人物的外形描寫，是人物給我們的第一印象，也是我們認識人物的第一媒介，故在人物塑造中，外形刻劃非常重要。它對人物的服裝、體態、容貌、表情等外在特徵，作了具體的描繪，展現出人物的內心活動和性格特點，能使人物從紙上跳出，永存於讀者記憶中。外形描寫主要有「肖像描寫與情態描寫」〔註9〕。邱心如擅長以景物譬喻人物的體態、神情、心情、際遇，本節分兩部份論述之。

一、肖像描寫

　　「肖像描寫」直接刻劃人物的外貌特徵，以揭示人物的內在性格，亦即：

> 為展示人物的內心世界、性格特徵，對人物的容貌、姿態、風度、表情、
> 動作、服飾等方面的具體描寫。〔註10〕

《筆生花》描述佩蘭、靜娥、德華等女子美貌之五官與體態，表現諸女子婀娜多姿的丰采，如下：

> 頰暈輕霞紅淡淡，眉橫遠岫翠微微。恍飄瀟洒桃花雨，不逐沾濡柳絮泥。
> 就如那，出水芙蕖凝曉露。真好比，籠烟芍藥帶朝曦。含芳奪秀誠佳麗，
> 曳錦團珠倍整齊。舉止幽閒饒韻致，身材窈窕俏相宜。（第一回，頁39）

〔註9〕高瑞卿主編，《文學寫作概要》，高雄：麗文文化事業股份有限公司，1995年9月初版，頁214。

〔註10〕冉欲達，《文學描寫技巧》，北京：中國青年出版社，1988年10月一版，頁131。

面似梨花噴曉露，微嫌黃瘦頰痕消。眼含秋水雙星秀，眉筆春山八字高。
一點櫻桃樊氏口，三眠楊柳楚宮腰。（第二回，頁 94～95）

仙姿灼灼驚人目，妙態盈盈異眾材。端麗直教金比重，鮮明卻是玉無埃。
眉分遠岫山頭秀，腮若嬌花露下開。廣袖低垂飄翠帶，湘裙半拂露紅鞋。
（第三回，頁 131～132）

面若芙蕖噴曉露，眉如楊柳笑春風。盈盈秋水雙眸秀，小小櫻桃一點紅。
艷麗風流花斌媚，溫和沉默玉玲瓏。紅菱窄窄裙微露，素手纖纖秀半籠。
靜好一身無欠缺，衣妝華美擅精工。（第四回，頁 185）

國色天姿貌十全。灼灼光華明似玉，婷婷丰致美如仙。沉魚落雁非虛也，
閉月羞花信確然。臉擬芙蕖嬌帶雨，眉如楊柳細含烟。丹唇一點春櫻小，
俊眼雙凝秋水鮮。百種融合花減媚，十分清秀雪輸妍。低鬟歛霧垂珠串，
細髮推雲貫寶鈿。巧飾輝煌圍翠髻，宮妝流麗鞸香肩。鴉青彩袖金花切，
魚白羅衫墨菊填。不瘦不肥芳影俏，宜嗔宜喜粉窩圓。（第四回，頁 194
～195）

翠纖纖，眉似春初新綻柳。嬌滴滴，臉如雨後乍含葩。秀盈盈，雙灣綠鬢
雲迷岫。輕淡淡，兩片腮痕雪映霞。論身材，端麗直教金比重。評面貌，
鮮明卻似玉無瑕。（第四回，頁 213）

眉痕似綻三春柳，靨暈如開二月桃。玉裏金妝真富貴，珠圍翠繞倍妖嬈。
樊素口，小蠻腰，出色芳姿上畫描。纖手半揎雲碧袖。微微的，香風一陣
過蘭橈。（第五回，頁 248～249）

　　《筆生花》除了運用「譬喻」修辭表現人物外貌、性情外，並藉眾人之口描述
人物外形，使人物形象更為真實、凸顯。此種寫作技巧為「人物介紹法」，其特色在
於：

因為是周圍相關的人物在作介紹和評價，所以比敘述人直說更有情境性和
說服力。〔註11〕

《筆生花》楚廷輝形容文夫人：

面似芙蓉噴曉露，眉如楊柳鎖輕烟。（第二回，頁 71）

德華形容惜惜、憐憐：

面如二月桃含面，眉似三春柳帶烟。（第七回，頁 367）

文公描述玉華：

〔註11〕劉世劍，《小說概說》，高雄：麗文文化事業股份有限公司，1994 年 11 月初版，頁
94。

鳳眼如凝秋水碧，娥眉似畫遠山青。（第三回，頁 129）

文公描述德華：

面如傅粉溶溶白，腮若含花淡淡姣。翠黛雙分新柳葉，丹唇一點小櫻桃。

（第十八回，頁 981）

少霞描述純娘：

那姿容，梨花白面微嫌瘦，翠鬢雙分薄似雲。眉畫春山腰比柳，眼凝秋水
口含櫻。（第六回，頁 326）

是以芙蓉、桃花、梨花等紅嫩嬌美之花，譬喻女子甜美之面貌；以楊柳之細長、青
山之尖峰，譬喻女子纖細、尖長之眉毛；以秋水譬喻女子水汪汪之眼；以櫻桃譬喻
女子紅嫩、小巧之口。

《筆生花》對於容貌不美或心地邪惡的女子，則以石榴皮、桃花眼、橫眉豎目、
擴口黃牙等詞形容之。如形容醜女春花的容貌：

見其生得多粗笨，闊口黃牙醜陋顏。黑布裙兒青布掛，蓬鬆歪鬐亂花攢。
石榴皮上擦鉛粉，西抹東塗點點班。（第二回，頁 95）

春溶至莫府見芸芝、瑞芝兩姐妹，覺其：

生得那，細弱身材多穩重，大方舉止不輕盈。眉似月，鬢如雲，瓜子龐兒
闊嘴唇。各有微麻生兩頰，五官位置欠均勻。（第四回，頁 211）

少霞形容沃良規：

只見那，新人顏色醉仙桃，兩道蛾眉豎翠梢。面目含威如慍怒，身材過胖
欠苗條。樊素口，太真腰，窈窕娉婷沒半毫。（第十六回，頁 862）

小峰形容沃良規：

但見他，妝雖縞素韻偏妖，口露朱櫻鬢似膠。白面紅腮原細嫩，豎眉吊眼
稱咆哮。（第十七回，頁 925）

並且認為沃良規非良善之貌：

雖則風流貌出群，剋夫刑子相生成。桃花眼底兇光露，柳葉眉邊殺氣橫。

（第十七回，頁 925）

莫氏形容弓氏：

滿頭珠翠多華飾，遍體紗羅似錦妝。兩片薄唇脂冶冶，一雙媚眼水汪汪。
分明是個花蝴蝶，舉止輕佻體態狂。（第三回，頁 171）

由上述諸例可見，書中形容醜女、惡女之詞，與形容美女之詞大相逕庭。

《筆生花》形容男子面貌方面。德華描述少霞容貌：

柳葉舒春侵兩鬢，蓮花出水映雙腮。風吹巾帽輕飄帶，地拂衣袍半露鞋。

體度端凝誰可及，儀容秀整孰能偕。（第四回，頁 195）

春溶形容少霞：

> 凜凜英風眞出眾，翩翩秀氣恰如仙。欺美玉，賽新蓮，壓倒乾坤第一先。
>
> （第四回，頁 216）

姜夫人形容少霞：

> 面如傅粉溶溶白，腮若含花淡淡妍。眉比春山容似玉，目凝秋水貌如蓮。
>
> （第三回，頁 128）

水太守形容少霞：

> 身如玉樹臨風秀，貌似蓮花著雨鮮。（第二十九回，頁 1513）

是以玉樹臨風、出水蓮花譬喻少霞俊秀的外貌，以「文似錦，品如仙，若此人才世少瞻。」（第一回，頁 29）譬喻少霞文品卓越。近仁夫婦描述春溶：

> 一貌堂堂品格奇，面如滿月美丰儀。何郎傅粉差相似，荀令薰香可並題。
>
> （第四回，頁 213）

少霞認爲春溶：

> 目似流星容靄靄，面如滿月態翩翩。欺衛玠，勝潘安，俊雅風流品格端。
>
> （第四回，頁 216）

「貌似潘安逢再世，顏如宋玉又重生。」（第二十一回，頁 1096）則以滿月形容春溶豐潤的面貌，並以美男子譬喻春溶的俊美。由上述諸例，可見作者以「人物介紹法」、「譬喻」修辭刻劃人物形象的寫作技巧。

二、情態描寫

「情態描寫」是指「對特定環境下，人物心境外化情形的描寫，如醉態、哭態、嗔怨嬌羞之態，愁苦悲歡之態等等。」〔註 12〕。「肖像描寫」刻劃出人物獨特的外形面貌；「情態描寫」則以「抽象心緒的形象外化」〔註13〕，體現人物的心境。

《筆生花》擅長以景物譬喻人的心緒情態。如：

> 消殘兩頰桃花暈，深鎖雙眉柳葉痕。（第一回，頁 13）
>
> 玉華亦是多煩惱，深鎖春山兩道痕。（第三回，頁 169）
>
> 眉斂春山愁疊起，眼含秋水淚將拋。（第十三回，頁 700）
>
> 眉蹙春山容慘慘，眼含秋水淚汪汪。（第十三回，頁 711）
>
> 眉斂春山消翠黛，眼含秋水濕紅腮。」（第十三回，頁 721）

〔註12〕同注9，高瑞卿，《文學寫作技巧》，頁 216。
〔註13〕同注9，高瑞卿，《文學寫作技巧》，頁 216。

也不覺，秋水盈盈生眼角，春山脈脈蹙眉梢。（第十四回，頁 735）

秋水盈盈珠欲滴，春山脈脈翠含傷。（第二十一回，頁 1129）

以春山、秋水之形態，譬喻緊鎖之眉、含淚之眼，表現出人物愁苦的心境。

說得絮才低粉頸，早不覺，紅雲罩上玉芙蓉。（第十四回，頁 738）

怒色橫生青黛上，嗔霞飛到粉腮旁。（第十四回，頁 744）

意沉沉，蓮花兩頰愁紅冷，情脈脈，柳葉雙眉斂翠長。（第十八回，頁 947）

紅霞淺映蓮花面，翠黛低垂柳葉痕。（第二十二回，頁 1157）

則以雲霞、紅蓮譬喻人物羞怒愁煩時紅嫩的臉龐。另外有以動物的性格譬喻人物性情者，如「花氏為人多忌猜，顏如桃李性如豺。」（第一回，頁 5）便以豺的凶猛譬喻花氏的暴戾個性。

《筆生花》以「譬喻」手法，活靈活現地表現出人物的外貌、性情，並以景物描寫譬喻人物的心情、際遇。第五回，吳瑞徵與九華成親時，九華遭柏存仁劫走，吳瑞徵感嘆：

人到新房多喜氣，我完花燭出新文。就猶如，金丸打散雙棲鳥，又好似，寶劍平分連理春。（第五回，頁 273～274）

以遭金丸打散之雙棲鳥及被寶劍平分之連理枝，比喻其與九華的境遇。

第六回，九華遭毒打時，作者形容其境遇：

就猶如，一陣狂風和猛雨，加之初綻海棠春。紅香滿樹旋摧敗，葉落花飛應手傾。（第六回，頁 287）

以初綻放之海棠花形容九華的情態，以狂風暴雨形容惡人的歹毒行徑，並以花飛葉落之景，比喻九華禁不起折磨而香消玉殞。

第十二回，胡月仙假扮成德華與少霞成親，在洞房夜幻作清風遁去，令原本欣喜若狂的少霞頓時心情失落：

就猶如，冷水一盆澆脊背，卻好比，寒冰千塊塞胸懷。竟相同，名花欲折風吹落。真有似，華月剛圓雲又來。（第十二回，頁 637）

作者以冷水澆背、寒冰塞胸象徵少霞心灰意冷的心境，並以欲折眼前名花，結果花遭風吹落，及明月甫圓卻遭烏雲遮蔽，比喻少霞等待德華多時，本可一親芳澤卻又落空的境遇。

邱心如擅長以「譬喻」手法，藉由景物描述，活靈活現地比喻人物的外貌、體態、神情及際遇。在人物的外形描寫上，講求形神兼備、以形寫神，在寫形逼真的同時，並以景物描寫做為譬喻，傳達出人物的神情、氣質、心境和性格，使人物形象飽滿且活靈活現。

第四節　以獨白刻劃心理

「心理描寫」是通過揭示人物的內心世界，來刻劃人物情緒與性格的描寫手法。成功的心理描寫往往能把人物的內心活動及神態描寫得惟妙惟肖，「真正達到了敘述人像鑽進人物內心去說話的境地。」〔註14〕此方法有多種多樣：

> 或通過對話、獨白、行動、姿態和面部表情等直接地剖析，或採用夢境、幻想等間接地揭示，或借助景物描寫、氣氛渲染及周圍人物的反應等，側面地烘托。〔註15〕

其中內心獨白指人物自己與自己的對話，能表達人物最深層、私密的心情，將只靠外形、動作難以表現的內在情緒揭示出來，「以洞見其肺肝」〔註16〕，是最能突顯人物真實心情、感受的方法，令人感到真實且親切。《筆生花》運用內心獨白的寫作技巧，讓人物自言自語或在心中默默道出想法，將人物的心理活動與形象鮮明地揭示出來。

第四回，少霞私闖德華的書齋，擅自翻亂書案並回贈詩句，德華對此深感惱怒。作者對德華的心理有詳細的描述：

> 芳心暗惱文公子，作事無良欠正經。瓜李之嫌全不避，驀然潛入此書廳。真可笑，亦堪嗔，大料其人品行輕。……暗道此人輕薄甚，為什麼，無端寫污我詩篇？誠可笑，抑何愆，行止分明惡少年。幸是今朝吾自見，尚可以，泯其形跡免猜嫌。若教疏忽為人曉，豈不相傳作笑談。雖付紅絲聯伉儷，未諧花燭畢姻緣。何勞賜獎閨人筆？忒也荒唐作事顛。（第四回，頁201）

作者透過德華的獨白刻劃其遵從禮法，謹守男女分際的心理，並將德華對少霞舉止不端的憤怒心情表達出來，由此顯現德華莊重、矜持的性格特色。

書中德華得知少霞應考高中，思及身為女人不得施展長才，不禁暗自感嘆：

> 竊思自幼攻書史，脹殺胸中萬卷撐。若使身為乾道體，亦可以，揚眉吐氣展經綸。偏生是個紅妝女，枉此才華何處伸。（第四回，頁219）

此段內心獨白透露出德華有志難伸的委曲，及渴望施展才學的念頭。德華喬裝為男人後，謝公鼓勵其赴京應考，「姜小峰，輾轉遲疑多不決，今朝之事卻如何？此來改作衣冠客，不過是，暫避權豪風與波。」（第九回，頁492）德華本有所顧忌而不敢允諾，然而受絮才勸說後，決定藉此揚眉吐氣。作者將德華幾番考量，改變想法的

〔註14〕謝昭新，《老舍小說藝術心理研究》，北京：10月文藝出版社，1994年3月，頁225。
〔註15〕孫家富、張廣明等編，《文學詞典》，湖北：人民出版社，1984年8月，頁26。
〔註16〕同註1，老舍，〈略談人物描寫〉，頁448。

心路歷程，藉由內心獨白表示出來：

> 想吾雖則是蛾眉，自許才還可奪魁。七步成章無所懼，八叉得句不難爲。
> 這期間，倘能僥倖登金榜，便可偕妻衣錦歸。省得教，父母每興無子嘆，
> 那時節，萱堂面上也光輝。（第九回，頁493～494）

此段內心獨白表現出德華對自身才學滿懷信心，及欲以榮耀彰顯雙親的期許。

德華一舉成名後，憑著才學與武藝闖出一番名堂，面對少霞訴說衷情，絲毫不爲所動，但對其時時刻刻地猜忌則深感困擾。作者透過德華的內心獨白，呈現其最真實的想法：

> 但憑你，鑽榆取火還燒木，可奈吾，凍水成冰不起瀾。樂得這，假續箕裘
> 娛父母，那還思，重諧鸞鳳適夫男。這一生，償其心願誠無缺，便作是，
> 假託衣冠也不慚。喜榮華，裕後光前傳世業，還只怕，男兒未及我紅顏。
> 只惟有負文君約，看他那，切切相思刻未刪。這其中，元奧多應猜已透，
> 卻教我，容顏相對意何安。雖然他，幽情不敢分明道，每每的，不住偷晴
> 向我看。卻以何言爲解釋，免其疑惑始安全。（第二十一回，頁1127）

此段心理描寫非常精采，由德華當時的心理狀態可知，她鐵了心不願重返女裝嫁做人婦，決定終身以男兒身奉養雙親、建功立業。德華的內心獨白表達出她強烈的自信，對返回女身的排斥，及對少霞猜疑、試探的無奈與不安的情緒。

書中步靜娥常日苦受堂兄嫂的虐待，在得知與文家的婚約後，自怨自艾地思想：

> 世界上，薄命天生誰似我？爹娘相繼赴泉臺。真苦惱，實悲哀，六載迍邅
> 歷盡災。今日忽聞如此信，好教奴，追思父母更傷哉。若還有我雙親在，
> 也不知，怎樣操持爲女孩。一別慈顏何處所，撇下我，伶仃孤苦一裙釵。
> 憑人發付難相顧，只落得，渺渺音容想不來。亦非教，草賦于歸生怨憤，
> 怕只怕，人心勢利起嫌猜。我而今，母家已受煎熬極。可莫要，夫族因而
> 遇合乖。（第二回，頁91）

此段獨白透顯出靜娥對父母的思念，對自身命運的悲嘆。她感嘆雙親早逝，使其命運曲折多舛。此外，她對夫家存有的疑懼，則表現出新嫁娘緊張不安的情緒。

第六回，柏存仁脅迫九華與其成親，九華遭此危難，不由得膽顫心驚。九華痛哭無言，仔細思量：

> 今宵若與彼成親，算得人間甚樣人？名不正來言不順，被人唾罵辱家聲。
> 不惟父母難相認，更負儒生吳瑞徵。這光景，若不相從惟有死，好教我，
> 上天入地兩無門。細評量，人生百歲終歸盡，只索拼其一命傾。惡遭逢，

事已如斯無別法，也到底，芳名留與後人欽。（第六回，頁283）
此段內心獨白呈現出九華在生死關頭時的心路歷程，她痛恨惡人所爲，不願因貪生怕死而有失貞節、敗壞門風，於是決定以死殉節，流芳百世。作者先呈現九華的內心獨白，使讀者能夠了解九華拼死向惡人丟擲金杯，並咬去柏存仁耳朵等行爲的動機，並彰顯九華守貞節烈的性格特點。

第三十一回，藺寶如遭少雯騙婚後，又驚又怒地要求少雯說分明，否則以死示清白。少雯見寶如發怒，驚訝又慚愧地說明原由，並以姻緣注定安慰之：「漫道屈卿爲次室，這也教，姻緣註定在前生。要知自古紅顏女，有幾個，美滿良緣喜逐心？」（第三十一回，頁1651）寶如聞罷，含淚低頭思尋：

此人作事雖狂妄，所說之言卻正經。竊想奴家兄與母，生平忠厚最無能。因教家落難存活，故使投親到北京。邇者全虧賢舅德，及他第二表兄恩。十分照顧多提拔，方得個，兄長登科家道成。今日怎教因此事，與之計較共相爭？慢云兄母全無用，便作爭之又怎生？只好吞聲爲忍耐，算來也是命該應？奴還記得髫齡日，八字曾教術士評。道是不應爲正室，命宮註定二夫人。若行勉強終非吉，恐有刑傷種種情。（第三十一回，頁1651～1652）

寶如經過一番思索後，因感激文家救命之恩，且自認天生薄命，於是忍氣吞聲、順隨命運，不再叱責少雯，決心安分守己地做文家小妾。此段內心獨白透露出寶如知恩圖報、聽天由命的個性，使其行爲轉變有了可做爲解釋的依據。

《筆生花》把人物遭逢某種事件時的心理狀態描繪得極爲眞切，通過獨白呈現出人物內心最眞實的情感與想法，對於刻劃人物的內心世界發揮了很大的作用。

第五節　以語言與行爲刻劃性格

一、語言描寫

刻劃人物性格，最重要的環節就是語言描寫，亦即人物的對話。小說家老舍指出對話在刻劃人物上的重要性：

小說中人物對話很重要。對話是人物性格的索隱，也就是什麼樣的人說什麼樣的話。一個人物的性格掌握住了，再看他在什麼時間、什麼地點，就可以琢磨出他將會說什麼與怎麼說。寫對話的目的是爲了使人物性格更鮮明，而不只是爲了交代情節。《紅樓夢》的對話寫得很好，通過對話可以

使人看見活生生的人物。〔註17〕

「對話是人物性格的『聲音』，性格各殊，談吐亦異。」〔註18〕什麼人說什麼話，人物的對話有助於表現人物，表現人物的對話可分爲「性格對話」與「情緒對話」兩類。「性格對話」符合人物的身分、涵養，可顯現人物的性格特徵。「情緒對話」則是人物在特殊場合或受某種刺激後所發出的語言，顯現人物一時的情緒。

（一）性格對話

《筆生花》人物的性格對話，貼切地符合人物身分、個性，表現出人物心境與深層性格，使人物性格更加鮮明。作者透過人物對話，突顯人物性格的對比，如第四回近仁與少霞的對話，表現出兩人個性上的衝突。近仁勸戒少霞加倍用功，並聲聲叮囑：

> 目今歲試期將近，賢甥你，刻志應須倍用功。聽說今番提學道，爲文烘染
> 好鮮穠。其人古怪清如水，搜檢關防立法兇。隻字片箋攜不入，要憑學力
> 自家充。賢甥雖則才華美，負聰明，用筆縱橫太有峰。遇此迂儒爲主試，
> 還須要，留心琢句另研窮。莫云菜子功名小，這卻是，發穎之初宜奮庸。
> （第四回，頁199）

近仁言詞懇切，在言談中流露出長輩對晚輩的關愛，作者藉此塑造近仁的長者風範。少霞聽罷，毫不領情地回話說：

> 愚甥雖則才疏淺，十載潛心學業中。覷此微名猶拾芥，又何必，隨波逐流
> 效時風。今承母舅施明訓，藥石良言當勉從。（第四回，頁199）

少霞在言語中透顯出不願隨波逐流的堅持與強烈的自信，他的個性值得稱許，但將長輩的勸說無情地推翻，則顯出其無禮的一面。近仁聽罷怫然不悅，暗惱少霞狂妄無知、自負聰明，煩惱其名落孫山。此段對話呈現出兩人不同的性格，近仁沉穩老練、個性保守。少霞年輕氣盛、自負不凡，對理想有所堅持而不願追逐潮流。兩人的個性、觀念不同，言談中自然產生衝突。

第十三回也敘述了少霞與近仁的對話。德華女扮男裝後，少霞向近仁表明疑慮，猜想與其成婚之女爲狐仙所化，小峰則爲德華喬裝。他說：

> 似這等，移花接木世上多，似這等，桃僵李代信非訛。還只怕，新人未必
> 眞原配。還只怕，表弟喬裝即俊娥。想必他，途次逢仙更服式，因此上，
> 相投謝府締絲蘿。欣得所，喜登科，雌化爲雄脫網羅。……假使其情果這

〔註17〕老舍，〈人物、語言及其他〉，收於《老舍文集》第十六卷，北京：人民文學出版社，1995年10月第三版，頁58。

〔註18〕同註17，老舍，〈話劇的語言〉，頁66。

般，這個是，要求母舅作周全。此姻舊有三生約，豈可中分一段緣？慢慢籌商明隱事，少不得，樂昌破鏡要重完。亦況乎，大人膝下無兄弟，得一個，婿舞斑衣亦自鮮。似這等，水月鏡花空好看，徒然耽擱妹芳年。（第十三回，頁716）

少霞先咄咄逼人，後真誠懇切的口吻，反映出他對德華濃烈的相思之情，及對此婚事的嘔心瀝血。近仁聽罷，絲毫不為所動，並斥責少霞所言乃無稽之談：

好笑阿好笑，想必是我該應絕嗣，有了兒子都遭人猜忌，真也奇了。……唔，賢甥，愚舅勸你此後為人須放謹慎些方好，不可如此誑誕吓。……汝不告而婚，卻不關我事，姑置不論，這不別而行，覺得太沒有愚舅在眼了。（第十三回，頁716～717）

近仁語帶諷刺聲聲責難少霞，反映出他對少霞狂妄之舉深感不悅的心情。個性迥異的兩人，在對話中再次起了衝突。

《筆生花》對反面女性人物的語言描寫，寫得非常精彩，充分地體現出她們性格上的缺失與特點，本節以花氏、成氏、弓氏、沃氏為例說明。第七回敘述花氏母女的對談。花氏到吳家探望女兒，母女寒暄時，九華表示母親不須走此一趟：

娘可知，新親兩下無多日，兒偶染，小恙何消自至觀？此舉由來誠造次，須恐怕，伊家批點笑其愆。娘受謗，女何堪，今後還祈莫這般。（第七回，頁338）

九華所言合情合理，表現出識大體的器度。然而花氏聽聞九華抱怨，不禁惱怒：

做娘的因聽你病了，好意到來，看問看問。兒女至親，這又何礙？卻受你這許多抱怨數落，固是好孝順女兒，忒也不知好歹。既恐我帶累小姐，被人批點，有失光輝。往後憑你死在他家，再不來顧問便了。（第七回，頁338）

作者以語言描寫刻劃花氏直爽、不甘示弱的性格。花氏不懂禮教，說起話來不經思索，面對女兒也是一貫犀利無情的言語。接著，花氏對吳宅小妾成氏的長相無禮、無情地品評一番：

阿，小姐，你家那個姨娘，怎生那般醜怪？恁容貌世間委實希逢少有，真個如妖似鬼，忒也難看了。我一見面時，幾乎要笑出來，好容易方纔忍住。醜來要算婦中魁，佩服煞，你那公公與共幃。似這般，怪狀奇形稱愛寵，想必是，而今世上絕娥眉。誠不解，怎同陪，此理由來非易推。（第七回，頁338～339）

花氏所言逗得眾人齊聲大笑，言詞中雖語帶諷刺，不合乎禮，卻也略顯喜感，反映

出花氏爲人不拘禮法，口無遮攔的個性。

花氏嘲弄成氏的一番話，被躲在門外的成氏聽聞。成氏怒闖九華房，「睜白眼，啓黃牙，冷笑連聲把手叉。」（第七回，頁339）責罵花氏母女不應該：

> 阿唷，你娘兒兩個，說得熱鬧好聽呀。我這容貌是天生造成的，憑他美惡，
> 與別人何干？要你這般取笑！……休得自以爲美貌過人，便教取笑於我。
> 可知我醜陋人老老實實，到無可笑話。不比那些美流美貌之人，沾花惹草，
> 慣會弄出些風流事來，那纏是眞正笑話哩。（第七回，頁339）

作者以動作及語言描寫刻劃成氏潑辣的性格。由此段對話可見，成氏屬於敢怒敢言，若被欺壓必定還以顏色的潑辣女子。花氏礙著身爲親家且初次上門，於是含忍不語，倘若兩個性格暴戾的女子相互對罵，衝突想必一發不可收拾。

第十二回敘述花氏與文夫人言語上的衝突。花氏遭樊太夫人怒責後，甚爲惱怒，於是抓住莫氏打撞。「文太太，一時火氣透青雲。嗔細鳳，嗔流鶯，手指花姨喝住聲。」（第十二回，頁668）：

> 住了，你纏說甚話呀？敢是失心瘋了。休道你不過吾兄一妾，便作是位正
> 室夫人，似這般蕩覆祖產，敗壞家聲，不修帷簿，有侮尊親，玷辱門風，
> 貽羞里黨，種種罪名，亦犯七出之款。你到今朝莫這般，我偏要，強來做
> 個出頭椽。敢將主母相欺負，王法全無反了天。即此何妨爲棄逐，這個是，
> 有誰攔阻敢多言？快些還不鬆將手，那時節，家法行來尚可寬。（第十二
> 回，頁668）

文夫人「才貌雙全知禮法，治家處事頗賢能。」（第一回，頁3）爲善於操持家務、主持公道的女性，此番特地返回娘家處置花氏。花氏受文夫人訓責，甚爲惱怒，於是譏諷說：

> 道是我們家室事，何勞要你恁心偏？尋氣惱，討憎嫌，事事無干強出頭。
> 豈不知，嫁出女兒潑出水，怎麼把，兄弟諸務硬挑肩。阿呀，可笑呀可笑，
> 這道理我自曉得了。想爲你夫去領兵，恐防即做陣亡人。因而來到兄家裡，
> 要學文姜當日情。這其間，可曉你兄亦待死，我看來，徒勞也是瞎操心。
> （第十二回，頁668）

花氏言談狂妄無禮，語帶挑釁並做人身攻擊，反映出缺乏教養且潑辣無知的個性。

傳統婦女以溫順爲美德，然而書中惡妻弓氏卻斥罵丈夫軟弱無能，唆使丈夫使壞：

> 那一個，聲聲只罵無能的，你旣然，做出如何又服低？下馬威兒拿不倒，
> 少不得，後來更好受人欺。（第四回，頁187）

弓氏不僅對丈夫聲聲抱怨，對玉華更是毫不留情地指罵嘲弄並動粗：

> 大娘一見千金至，搶步爭先出語至。怒罵小姑同扭結，一拳打落鳳頭釵。
> 聲言我處欣和順，父子夫妻少忌猜，「自從來了你這賤婢，便離間了吾家
> 骨肉。終日假挑撥是非，帶累我夫妻受氣。」大娘怒執女多嬌，巴掌拳頭
> 著力敲。（第十五回，頁790）

作者以語言與動作描寫刻劃弓氏凶惡的性格。弓氏不顧長輩在場，以汙穢的言詞辱罵玉華，顯示其粗鄙且目中無人的性格。

沃良規是《筆生花》中集妒、淫、凶悍等個性於一身的惡女。她所說的話大多含醋勁、瘋癲無禮且粗鄙難堪。第十六回描述沃良規與少霞的爭吵，將其潑婦性格表露無遺。沃良規誤以為少霞與女婢有私情，於是毫不留情地辱罵之：

> 我今打死妖淫賤，羞殺狂徒品行佻。枉讀詩書居翰苑，丫環賤貨亦勾挑。
> 忘廉喪恥為人笑，帶累我，清白家風染臭臊。（第十六回，頁866）

沃良規話中帶刺，表面上是責罵奴婢，暗地裡卻是諷刺少霞風流成性。少霞聽罷不禁惱怒，斥罵沃良規：

> 沃良規呀，沃良規，休得胡言信口噴，醋瓶豈是這般傾。未曾舉意先打聽，
> 文少霞，不是庸夫懼內人。莫認日來多遜讓，止不過，恐傷情面礙新婚。
> 休得志，特橫行，無事生非把氣尋。（第十六回，頁866）

平日溫文儒雅的少霞，在氣煞之際忍無可忍地厲聲指責沃良規，此段「情緒對話」表現出少霞當時憤怒難耐的情緒。沃良規氣得發癲，嚎咷哭鬧：

> 奴奴自打丫環女，與你何干護賤人。包攬閑情真可笑，莫非婢即你娘親？
> 無良禽獸非人類，寵婢輕妻滅五倫。（第十六回，頁866）

沃良規言詞粗穢，且有不敬文夫人之嫌，罵丈夫為禽獸，更是有違婦道。

作者通過性格對話，將人物的性格特點揭示出來，令長者說長者的話，男人說男人的話，女人說女人的話，閨秀說氣質的話，悍婦說無禮的話，君子說文雅的話，小人說粗鄙的話，使語言描寫在刻劃人物上達到了絕妙的效果。

（二）情緒對話

《筆生花》透過人物的「情緒對話」，顯現人物在某些特殊情境中，受激怒而產生的情緒。「情緒對話」不同於人物平常的口吻，可表現出人物潛在的性格或一時的情緒。

第七回，德華應詔入宮後，為保清名而投海自盡。眾人慌忙救起德華，德華始甦醒。內官憤而警告德華不許再次輕生，否則將與姜公理論。德華對內官以父母作為威脅甚為憤怒：

> 所云有甚差池，仍與吾父理論，未免忒也欺人之甚。難道是我父母令女兒
> 尋死不成？我想爾等閹寺，與同姜氏既無夙怨，又非世仇，何必肆行威福，
> 作此冤家？（第七回，頁 371）

德華赴京途中始終悲傷無奈地聽從指示，此番官吏以父母性命相逼，令德華忍無可
忍而發怒，此段「情緒對話」突顯出德華輕生命、重孝道的一面。

第十一回則描述德華為盡孝道，不惜奉承奸臣的事件。德華欲請楚公撤銷姜公
冤獄，故討好、阿諛之：

> 其實當此聖道光明，君正臣賢之世，又有老公爺秉政立朝，權衡重務，推
> 誠寬恕，執法公平，諒無冤獄殺人之理。……若蒙俯允，則父子感恩無既，
> 晚生願效力門下，以圖犬馬之報焉。……向聽四方傳盛德，今知大度實寬
> 仁。分明天地包羅象，化育人間萬物春。（第十一回，頁 602～603）

德華假意奉承，使楚公聽得格外歡欣，允諾相助。德華為人重禮法、耿直，此番說
出這些虛情假意的話，純然「為家嚴，屈節權門作善圖。」（第十一回，頁 604）屬
於特殊情境中的「情緒對話」。

第十二回，花氏趁姜公入獄之際，侵占家產，敗壞門風。樊太夫人怒責花氏：

> 阿呀，賤人呀賤人！你來了麼？我且問你這一向做得好事呀！膽敢勾聯合
> 族中，惹出了，狐群狗黨一窩蜂。吞祖產，敗門風，所事般般理不通。誣
> 告舅爺傷至戚，公然繼子蓄頑童。欺凌嫡室乖倫理，你的這，罪款樁樁不
> 可容。言訖屬聲呼媳婦：由來須不是痴聾。這般潑賤難寬貸，便將他，立
> 斃還嫌家法鬆。（第十二回，頁 667）

樊氏乃慈祥和善的老夫人，對兒孫子媳皆關愛至深，說起話來也和藹可親，從未斥
責他人。樊氏此番受花氏激怒，說了平時不會說的粗話、重話，表現出樊氏當時氣
煞的情緒，對姜家祖業的重視及對花氏的厭惡。

第十七回，少霞與沃良規在爭吵時，遭沃氏偷襲而流血。少霞「登時吊起無明
火，怒喝良規力共支。」（第十七回，頁 933）他說：

> 阿呀，賤人呀賤人！你到心中想想來，是誰無禮是誰歪？你行為，吾因怕
> 恥猶無說，汝倒是，怨恨今生遇合乖。可也知，打死丈夫千重罪，少不得，
> 凌遲碎割赴泉臺。休撒潑，不成材，是我前生冤孽災。世上人人皆有室，
> 誰似我，遭逢如此怪裙釵。一些情理全無有，四德三從盡撇開。你欲分離
> 誠大妙，難道說，下官留戀要相諧。恁般惡婦誰希罕，也無妨，一紙休書
> 就此裁。（第十七回，頁 933～934）

平日風度翩翩、知書達禮的少霞，遇到不可理喻的沃良規，也一反常態發飆訓斥之，

此番對話表現出少霞憤恨難耐的激動情緒。

第二十一回敘述沃良規與佩蘭的手吵，沃良規前往謝府尋少霞，對佩蘭出言不遜。佩蘭一改昔日溫柔常態，與其對罵：

> 聽說狂夫藏你處，未知何故把他留？不容夫婦重完聚，姐弟同居亦可羞。
> 莫不其中藏不美，因而戀此兩情投？難道說，你家沒有男兒漢，為什麼，
> 要奪人家鸞鳳儔？快快將他來獻出，不然不得與干休。真可笑，好無由，
> 為甚同奴作對頭。（第二十一回，頁1122）

沃良規打翻醋桶，無理取鬧地誹謗佩蘭，善妒、凶悍的形象顯露無遺。佩蘭「登時裏，芙蓉面上紅雲起，頃刻間，楊柳眉邊怒色浮。」（第二十一回，頁1122）怒而訓斥之：

> 你這些，胡言亂語沒來由。休教含血為噴射，死去須防割舌頭。好個不賢
> 凶惡性，怪不得，少霞棄絕願離休。吾家世代名門族，不是鄉村小戶流。
> 娶婦不求才與貌，惟希賢德性溫柔。恁般潑悍曾無見，好個無知不識羞。
> （第二十一回，頁1122）

佩蘭怒氣沖沖地警告沃氏切勿再含血噴人，否則死後會落入割舌地獄，並譏笑沃氏因凶惡性格而失寵的悲悽命運，最後罵其狂妄無知不知羞恥。沃良規不甘示弱地再次誣賴、頂撞，佩蘭「芙蓉面上如白紙，立起來，也同喝罵震香喉。」（第二十一回，頁1123）加重語氣，責罵之：

> 阿呀，賤人，住口！休得如此任意欺人，隨口嚼蛆。須防惹出我話來，那
> 纔真不好聽。（第二十一回，頁1123）

佩蘭溫柔婉約、善解人意，此番受沃良規的誹謗，不禁失色發怒，不但說出平日不會說的惡言惡語，粗俗之詞亦脫口而出。作者使用「情緒對話」，反映佩蘭當時惱怒的情緒，並刻劃出佩蘭潛在的霸氣。

第三十一回，蘭寶如遭德華扮男裝騙婚，翌日清晨醒來發覺新郎竟為少雯，「羞更急，怒還驚，立刻披衣出繡衾。」（第三十一回，頁1650）向少霞詰問：

> 怎使表兄身在此？奴家夫婿那方行？明媒正娶成花燭，怎把妻兒讓與君？
> 未識此中何曲折，累奴白璧竟沾塵。快將其故分明說，拚此殘生一命傾。
> 恁新文，說亦可羞言更怒，那有個，一人身嫁兩夫君？早難道，李公吃酒
> 張公醉，鄭九生兒盛六疼。要曉那般奇幻事，由來情跡似娼門。奴須清白
> 名家女，任意胡為斷不能。休倚家門多勢力，官高職顯並朝臣。這個是，
> 大明律上存王法，豈有為官便不遵。（第三十一回，頁1650）

「小姐言時聲色厲，腮邊氣得淚紛紛。少雯見此家人怒，不免慚惶也吃驚。」（第三

十一回，頁 1650）寶如個性隨和，是個溫柔可人的女子，此番遭逢騙婚，情緒、言詞不由得激動、鋒利了起來，甚至警告少雯不要倚仗家門勢力，欺辱寒門女子。作者以此段「情緒對話」，突顯寶如糊裡糊塗喪失貞節的憤怒心態。

　　《筆生花》安排人物在適當情境，講出符合身分、性格的對話；並在特殊情境，說出有別於平日，且與個性相衝突的對話。這些對話有的情意真摯，有的粗鄙難堪，有的冷嘲熱諷，多樣化的人物對話，使小說更加生動，也使人物形象更加突顯。

二、行為描寫

　　小說中關於人物性格、情緒的刻劃，靜態的描述往往不及使人物在行動中自然地表現出來來得真實。《筆生花》塑造人物性格，除了有靜態的「外形描寫」、「心理描寫」外，並以「行為描寫」表現人物的感受、情緒或個性，使人物更為活潑生動。

> 描寫人物最難的地方是使人物能立得起來。我們須隨時的用動作表現出他來。每一個動作中清楚的有力的表現出他一點來，他便越來越活潑，越實在。〔註19〕

人物的外在行為受內在性格所支配，每個動作都能顯露出個性的一部份，因此由人物的具體行為、動作，更能真實、自然地體現人物性格，較靜態描寫更為生動、傳神得多，讓人覺得如見其人、如睹其風。

　　《筆生花》將惡女沃良規的行為、動作描寫得最為生動有趣。沃氏：

> 自幼天生多勇力，性好武，持刀弄杖在闈幃。學成棍法偏精妙，日常與，
> 侍妾諸人打一堆。喜怒無常驕且傲，些須拂忤發狂威。（第九回，頁 498）

書中有多處描述沃良規喜武好鬥，與人一言不和便大打出手的舉動，刻劃出她衝動暴戾、喜怒無常的性格。沃良規常仗勢欺人打罵奴僕，她因誤以為女婢與少霞有私情，便不分青紅皂白地痛打女婢。作者描寫沃良規凶狠的動作如下：

> 搶步前來舒玉手，一拳打倒小雲翱。……一邊揪住青絲髮，巴掌拳頭用力敲。……真可惡，怎容饒，不打如何就肯招。一壁言時回玉臂，鬢邊拔下鳳釵梢。向他嘴上連連戳，痛殺雲翱狂叫號。（第十六回，頁 865）

沃良規發瘋似地凌虐雲翱，其暴力傾向顯露無疑。她與少霞感情不睦，便打罵家中侍女出氣。

〔註19〕同注1，老舍，〈人物的描寫〉，頁 245〜246。

綉房有個年輕婢，老實無能睡不醒。每日抽鞭三四百，一朝打殺命歸陰。
（第十七回，頁899）

沃氏打死無辜女婢，卻全然不在意，這般瘋狂動粗的舉止，反映出她凶狠毒辣、毫無仁德的個性。她一旦發怒，不僅對下人如此，面對丈夫也絕不手下留情。第十七回描述沃氏與少霞為繡花鞋起爭執的場面：

少霞一語猶無畢，氣殺良規不可當。更不回言舒玉手，巴掌劈面打夫郎。
文君此際真難耐，用力推開也逞強。夫一拳來妻一掌，但聽那，良規手釧
響叮噹。（第十七回，頁896）

兩人相處全無夫妻之道，無法相互體貼、退讓，因而造成兩敗俱傷。

沃氏雪膚生紫色，文君玉頰帶青傷。這一個，紅袍扯縐烏紗落，那一個，
寶髻分披翠鬖長。（第十七回，頁897）

少霞本是溫文儒雅的君子，遇到無法溝通的潑婦沃氏，只好動粗以自保，然而沃氏在爭鬥方面，總是佔上風：

沃小姐，越說之時心越氣，案頭撈取一香匙。古銅鑄就多沉重，劈面來，
擲向文君不怠遲。御史不防遭一下，正當玉額血痕滋。（第十七回，頁
933）

沃良規學識遜於人，因此與人爭執時，只是一味地做人身攻擊而講不出道理，在吵不過人的情形下，便惱羞成怒、動手打人。如第二十一回：

文小姐，言言數落滔滔講，失笑堂前多少人。氣殺良規容失色，跳起來，
金蓮飛步撲千金。狂叫喊，放悲聲，高振喉嚨放潑形：阿呀呀，好一片虛
詞污衊。我也不值得與你分剖，只得與你拚了命罷！一壁言時不暫挨，一
頭撞去佩蘭懷。佳人回步飛忙讓，謝太太，急喚丫環快扯開。嚇壞鳳翾王
小姐，連呼姐姐這邊來。沃良規，撲空摜倒塵埃地，跌得個，散亂雲鬖落
寶釵。（第二十一回，頁1124）

佩蘭能言善道，沃氏受佩蘭訓斥後無力招架，便秉持一貫的消極處事態度，以暴力解決問題。作者將沃良規的行為舉止刻劃地十分生動，以其暴力、誇張的動作，反映其凶狠暴戾的個性。

第六回，九華遭柏存仁劫親，內心既惶恐又憤怒。她為保全貞潔，憤而反抗：

姜小姐，一邊怒罵舉鸞綃。取金杯，便向狂徒劈面拋。公子一時無躲避，
潑了個，淋漓滿面盡香醪。鼻樑打破流鮮血，痛得他，怒氣沖空喊得高……
喝聲拿住賤丫頭，小姐時間那暫留。怒銼銀牙睜鳳眼，亦同喊罵震香喉。
不管他，壺瓶碗盞拿將起，一件件，飛向狂徒面上丟。……磨玉齒，啟朱

唇，咬住奸徒右耳跟。（第六回，頁 284～285）

九華狂怒之舉，乃特殊情境下的激烈反應，顯示出九華在平日溫柔婉約的形象下，所潛藏的剛烈性格。《筆生花》中為保守貞潔而有衝動舉止的女子，還有德華。德華因手臂不小心被春溶碰觸而失色惱怒：

> 慚愧這，無瑕白璧玷清標。……姜小峰，越想越思心越惱，真個是，百憂可釋恨難銷。忽然間，娥眉一皺銀牙咬，立起來，案上尋將裁紙刀，望著那，玉藕一枝平斫去，登時裏，血流如注滿衣袍。（第十三回，頁 700）

德華憤而將手臂砍一刀之舉，顯示其強烈的貞節觀及果決剛烈的個性。

　　第二十四回，德華為解開純娘與少霞長年的誤會，於是安排兩人久別重逢。作者描述純娘乍見少霞的神情舉止：

> 此際純娘吃一嚇，怫然變色惱還嗔。忙出座，急抽身，飛步金蓮欲避行。惹得女侯多好笑，上前扯住繡羅襟。……梨花薄面姣含怒，柳葉雙眉恨鎖長。默默不言流下淚，呆呆嗔視遠相望。（第二十四回，頁 1243～1244）

純娘誤會少霞將她賣至妓院，對其恨之入骨，誓死不相見，此番乍見又愛又恨的丈夫，不由得大吃一驚轉身避開。作者以行為、動作的描寫，將純娘害羞、驚嚇的情緒，描寫得極為生動。

　　《筆生花》以「行為描寫」連同人物悲泣、抓狂等表情，將人物的氣、怒、悲、羞等神態，活靈活現地描繪出來，使人物生動活潑，對於刻劃人物形象發揮了絕佳的作用。

小　結

　　《筆生花》中的女性人物形象各有特色，分別呈現出不同的意義。假扮男裝的女主角姜德華，藉男性裝扮之便，得以施展長才，建功立業。作者將自身的理想寄託於德華身上，以德華的形象，表達巾幗不讓鬚眉的心聲。寬厚賢德與守節貞烈的女性人物，也是作者極力讚揚的。她們善良、敦厚，謹遵「三從四德」的規範，並有良好的道德操守，反映出傳統婦女的美德。即使姜德華改以男性裝扮立足於社會，參謀政治、奮勇殺敵，但其寬厚賢德、守節貞烈的本質，仍未被泯滅，可見作者對婦女遵從傳統美德的重視。相較之下，書中出世修道的謝絮才，顯得格外特立獨行。她在盡孝道與修道成仙之間，選擇背棄雙親，成就個人心願，雖有違道德規範，但也表現出女性獨立自主的精神。書中另有一群多疑、善妒、淫亂、凶悍的女性，她們多心腸歹毒、恣意而行，致使夫妻反目或家庭失和。作者雖給予此等反面女性人物形象悽慘的下場，但也對其寄予同情，透顯出她們因婚姻不自主，致使無法獲得

情感上的滿足，因而有違反婦德等變態行為。人物形象刻劃方面，作者善用巧思，以姓名的隱喻表現人物特質。並以「譬喻」修辭描寫人物的肖像與情態，以內心獨白刻劃人物心理，以「語言描寫」與「行為描寫」刻劃人物性格，善用靜態與動態的描寫手法，使人物形象各具特色，且生動、鮮明。

第五章 《筆生花》的寫作特點

第一節 自我呈現

女作家的興起，形成江南地區特殊的才女文化。關於明清的才女文化，鮑震培指出：

> 明清時代，有一個十分有意思的文化現象，那就是文人學士的『女性化』，
> 才女的『學士化』和『文人化』。〔註1〕

所謂文人學士的「女性化」，指明清改朝換代時，不願委身仕清的明朝遺民，將自身比喻爲守節的貞節烈女，或有才華卻早夭、早寡的婦女，故自然地在作品中展現「女性情結」。在此同時，女性作家們則趨於「學士化」、「文人化」。所謂「學士化」「指女性接受主流文化的傳承，涉獵群書，通經懂史，博學有見識。」〔註2〕當時才女以飽學的東漢女史官班昭，作爲女學的楷模；以東晉「詠絮之才」謝道韞作爲女才的榜樣，而自稱爲「女史」。邱心如便自稱爲「心如女史」，以表明其才學。所謂「文人化」「是一種生活藝術化的表現及對世俗的超越。」〔註3〕清代婦女們的生活不再只侷限於習女教、做女紅，而逐漸培養吟詩作對、琴棋書畫等文人般的生活情趣。生活視野的擴大，使得清代女作家的寫作題材由家庭瑣事擴及政治、社會、宗教等層面。「文人化」的結果，使女作家之間交友廣泛、友情日深，並使寫作不再只是孤

〔註1〕 鮑震培，〈從彈詞小説看清代女作家的寫作心態〉，《天津社會科學》第三期，2000年，頁89。

〔註2〕 同注1，鮑震培，〈從彈詞小説看清代女作家的寫作心態〉，頁89。

〔註3〕 〔美〕孫康宜，《走向男女雙性的理想》，見《性別詩學》，社會科學文獻出版社，1999年，頁5、十1）轉引自鮑震培，〈從彈詞小説看清代女作家的寫作心態〉，《天津社會科學》第三期，2000年，頁90。

芳自賞，而可覓尋女性知音。

「彈詞小說」女作家有此相互交流的期望，於是常將作品送給家中女眷或女性朋友，使作品廣泛流傳於閨閣之間，以相互欣賞、傳抄、改寫、指教，藉此自娛娛人、教學相長。明清時期，婦女的識字率雖較前代提高許多，然而有能力消化艱深句子的婦女仍在少數。女作家們所期望的女性知音，並非文采普通的女性，而是有能力理解文義，並能以文字表達觀點的菁英階級閨秀。「彈詞小說」篇幅大，僅有家中女眷或密友才有機會與作者直接交流，於是作者便藉著序文與其餘讀者對話。讀者若有所感觸，便以書寫新作品的方式對作者做出回應，這些回應可能是評論或模仿或續寫，如陳端生《再生緣》是佚名作者《玉釧緣》的續書；侯芝《再造天》是《再生緣》的續書；邱心如對《再生緣》感到不滿而作《筆生花》，可見「彈詞的寫作往往不僅是一個創作，也是對另一部作品的反應，於是兩部作品之間就隱然形成了一個對話狀況。」〔註4〕「彈詞小說」女作家與閨閣知音們就此展開文字對話。

許多「彈詞小說」女作家喜歡自我表白，在「彈詞小說」的每一卷、每一回的開頭或結尾，講述家世背景、生活瑣事。邱心如常以「閨閣」、「看官」、「閱者」及「看書人」稱呼讀者，在每回首尾不厭其煩地陳述身世背景、寫作過程、情緒心態等私密性的話題，是「彈詞小說」女作家中最善於利用自序呈現自我者。

沒有一個女作家曾像她那樣留下那麼多的自傳的材料給我們的。〔註5〕「自傳」一詞，《辭海》定義為「自述生平之著作也。」〔註6〕等同於「自敘」、「自序」、「自紀」、「自述」等。非單獨成篇而附於著作的「自序」亦稱為「自傳」。〔註7〕「自傳常常直接訴諸讀者，是明顯的言談狀態。」〔註8〕邱心如願意對讀者訴說私密的事，乃由於她認為讀者不僅關心小說內容，也關心其本人，是以希望透過作品與女性知音建立親密關係；讀者則藉此窺探其生活經歷與思想感情，可見「彈詞小說」自序具有某種程度的自傳性。邱心如的自序並非全然地描述過去的自己，以做回顧與反省，而是隨著創作的進行，記錄生活經歷與心情，故帶有日記、札記的性質。日記可視為「非

〔註4〕 胡曉真，《才女徹夜未眠——近代中國女性敘事文學的興起》，臺北：麥田出版，2003年10月，頁31。

〔註5〕 鄭振鐸，《中國俗文學史》（下冊），臺北，臺灣商務印書館，1965年6月，頁378。

〔註6〕 舒新城等編，《辭海》，上海：中華書局永寧印刷廠，1948年10月再版，頁1109。

〔註7〕 郭登峰將自傳分為八類：單篇獨立的自傳、附於著作的自序、自傳、自作墓誌銘、書牘體的自序、辭賦體與詩歌體的自敘、哀祭體雜記體及附於圖畫中的自敘、自狀自訟與自贊。見郭登峰，《歷代自敘傳文鈔》，臺北：文星書店，1965年1月十日初版。

〔註8〕 廖卓成，《自傳文研究》，指導教授：楊承祖、齊益壽，國立臺灣大學中國文學研究所博士論文，1992年6月，頁188。

正式自傳」或「準自傳」〔註9〕，且「自傳正文所透露的，不僅是事件發生的過去，也是敘述時的現在。」〔註10〕綜上所述，邱心如自述生平及心境的彈詞序文，可作為追溯其生平的重要資料，以從中體察其經歷與情感，實可視為自傳體裁。

邱心如自我呈現的心態與動機，可藉張瑞德定義的自傳類型以做說明。〔註11〕第一種是「告解型」自傳，即藉自傳消除罪惡感；第二種是「自我辯護型」自傳，即藉自傳替自己的某種行為辯護；第三種是「自剖型」自傳，即以自傳剖析自己的行為模式。此三種類型，誠如邱心如在自序中強調其對寫作的熱情與堅持，以降低其失母職的罪惡感，並解釋自己全心投入於寫作的動機與行為。第四種是「好為人師型」自傳，即將自傳給予後人作為借鏡或與他人分享；誠如邱心如期望透過自序讓女性知音了解自己，並進行對話以建立情感。邱心如在自序中所呈現的自我，深深影響讀者對她的認識。自傳文具有真實性與虛構性：

> 自傳在傳主與作者為同一人的情況下，作者的寫作並非只是『紀錄』，而是一種『創作』。……自傳作者之自我創造的要點，就是要將其希望或需要公眾來認知、承認的自我的版本，公開地呈現出來。〔註12〕

邱心如所呈現的自我，並非其真實生命的展現，而是經過一番抉擇後的自我塑造，亦即真實我、現實我與理想我的交錯呈現，其中必透露邱心如對自我的期許與認同。

邱心如以對自我的認知與期許，塑造要讓知音認識的多重形象，諸如：「娛情聊爾樂慈闈」（第七回，頁333）娛母的孝女；「痛的是，寡妹無家苦志堅。」（第二十回，頁1039）、「孤姪勞勞奔白道，次兄戚戚困青氈。」（第三十二回，頁1680）關愛手足的姊妹；「自賦于歸廿一年，毫無善狀遇迍邅。備嘗世上艱辛味，時聽堂前垢誶言。」（第二十回，頁1039）刻苦耐勞的媳婦；「奉親愧乏蓮花鮓，教子慚同柳絮禪。」（第三十二回，頁1680）些許失責的母親及「常日間，習靜拈針惟默默。常日間，偷閒弄筆頗欣欣。」（第八回，頁407）以寫作為生活重心的作家。邱心如是否真的忙於生計而無暇創作，是否真的忙裡偷閒、焚膏繼晷地寫作，讀者無法得知，只能說作者有意將自己定位為恪守家庭義務的婦女、孜孜不倦於創作的才女。她不厭其煩地描述貧困、愁煩的婚姻生活，及對夫家的百般容忍、竭盡心力，試圖塑造

〔註9〕「和自傳形式相關的文體，稱之為『非正式自傳』或『準自傳』，如日記、信函、回憶錄。」見張瑞德，〈自傳與歷史——代序〉，張玉法、張瑞德主編，《中國現代自傳叢書》第一輯，臺北：龍文出版社股份有限公司，1989年6月15日初版，（無頁碼）。

〔註10〕同注8，廖卓成，《自傳文研究》，頁77。

〔註11〕關於張瑞德對自傳的分類，參見同注9，張瑞德，〈自傳與歷史——代序〉，（無頁碼）。

〔註12〕同注4，胡曉真，《才女徹夜未眠——近代中國女性敘事文學的興起》，頁96。

一個悲情刻苦的賢妻形象；並一再強調創作動機及對寫作的熱情與堅持，刻畫一個正面、積極的才女形象。前者是傳統社會的標準女性形象，後者是反傳統的女性角色，兩種形象皆是作者所欲呈現的自我。邱心如以盡孝爲寫作動機，作爲自己因沉迷於創作而疏忽女職的藉口，企圖將創作解釋成家庭職務的一部份，以維持傳統婦女的美好形象，並在婦女應具備的形象之外，爲自己增添傳統女性絕少扮演的作家身分，並以此作爲主要呈現的形象，可見其在自述中呈現自我的心態、目的，及對自我定位的主要認知。

第二節　情節安排

小說是敘事文學，情節在小說的構成中格外重要。情節與人物緊密聯繫，不但體現出小說的思想深度，也具有自身的豐富性和生動性，藉以表現人物性格、主題思想。中國小說情節的美學傳統，一般講究情節的生動曲折，本節將《筆生花》情節安排的特點，分爲敘事結構、巧合、意外、誤會、伏筆、懸疑、情節重述加以論述。

一、敘事觀點與結構

《筆生花》以第三人稱「全知視角」敘事，並以「輪敘法」〔註13〕依事件的時空順序輪流發展情節。《筆生花》人物眾多、背景寬廣，採用情節交錯的結構形式，以文、姜兩大家庭的悲、歡、離、合爲主線，及文、姜兩家與謝、吳、杜、王、莫、步、沃、楚、藺等府的姻親關係、仇敵關係爲副線，多條線索縱橫交錯、齊頭並進，形成波瀾壯闊的小說結構。方祖燊說：

> 一篇小說人物的活動，情節的發展，都是有組織的、相關聯的、前後不可
> 分的。亞里斯多德說：『所謂完整，乃指有開始，中間和結束。』〔註14〕

《筆生花》全書情節以眾男女的婚姻訂定爲發端，隨著人物的生活及政治、社會的變化開展情節，接著男子與女子、善者與惡者、忠臣與奸臣有了情感上、道德上的糾葛與衝突。女子因此被逼婚、騙婚、搶婚，男子則被誣陷受害。女子爲了守貞節而殉節自盡，但因善舉獲救，故隱姓埋名、改扮男裝，情節至此達於高潮。女子扮

〔註13〕「輪敘，就是說完這一頭，再說另一頭；說完另一頭，又說這一頭。也就是甲事件與乙事件輪流敘述。」賈文昭、徐召勛，《中國古典小說藝術欣賞》，臺北：里仁書局，1984 年 8 月，頁 37。

〔註14〕方祖燊，《小說結構》，臺北：東大圖書股份有限公司，1995 年 10 月，頁 255。

男裝或失蹤後，引起眾人的猜疑，女子非但不露破綻，反而女扮男裝金榜題名、建功立業，使情節陷入懸疑中。然而陰陽無法顛倒失序，女子喬裝之事終被識破，不得已而改回女裝，使情節大幅逆轉。此後，情節趨於緩和，正面人物終於苦盡甘來，反面人物則獲惡報，並有完美、圓滿之大團圓結局。

二、巧　合

　　邱心如使用「巧合」筆法，替情節安排合理的轉折，以解除危機，改變人物的命運。第六回，九華遭劫親後，因守節寧死不屈，慘遭柏存仁杖斃，幸賴蒼天有眼，令九華還魂，為吳家乳母申媽所救。申家與吳家乃主僕關係，九華由天庭墜入申家井中，為一「巧合」。「巧合」的安排，使九華守節操之事，因有熟人作證而令眾人信服，並免去姜吳兩家尋覓九華的繁複情節，使其得以順利地為瑞徵接回吳家。作者安排「巧合」的情節，合理地化解危機。

　　第七回，少霞負氣離開姜家後，在雨中借宿，屋舍主人恰巧為遠親文姓老婦。少霞告知遠房姑母避走至此之緣由，文氏見少霞一表人才，便將純娘許配少霞。少霞酒醉欠思量，故含糊答應，與其匆促成婚。作者安排少霞在茫茫人海中巧遇親戚，並與純娘成親，純屬「巧合」。第十三回，少霞應試後，純娘遭李夢周賣做妓女。老嫗知謝家欲擇女婢，便毒害純娘成為啞吧，再賣至謝家。絮才擇美貌女婢，是為了替小峰尋找佳麗作為妾室，於是不分尊卑地善待純娘。「巧合」的買賣，使情節有了轉折，解除了純娘成為妓女的危機。絮才為德華之妻，純娘為少霞之妻，德華為少霞之未婚妻，作者以「巧合」筆法，安排絮才買下純娘，並做為德華之妻，使相關人物順理成章地聚集一堂，並為日後純娘與少霞重逢的情節埋下「伏筆」。

　　第十四回，德華在舟上巧逢佩蘭的婢女輕紅，輕紅告知眾人佩蘭被騙婚的緣由。德華認為輕紅乃可敬可嘉的義婢，請父親報答其一片忠心。姜公於是建議將輕紅許配春溶，春溶表明不願辜負佩蘭殉節的情義，待他年再議此事，必定不耽誤輕紅。作者以「巧合」手法安排輕紅與德華等人相逢的情節，使其善有善報，並為日後春溶納輕紅為妾的情節埋下「伏筆」。第二十回，佩蘭殉節後，謝夫人命春溶與王鳳嬛成親。佩蘭隱姓埋名於王家，得知春溶與鳳嬛的婚事後，暗自悲嘆，於是抵達京城後，便即刻返家告知家人事情始末，以挽回婚姻。皇上知情後，降旨命佩蘭與鳳嬛無分偏正，一同嫁與春溶。作者以「巧合」筆法安排佩蘭借住王家，與鳳嬛成為手帕交，並安排春溶與鳳嬛成親，使佩蘭有機會隨同王家回到京城並與春溶重逢。一連串「巧合」的情節，扭轉了佩蘭忍辱負重寄人籬下的窘境，使其得以重歸雙親與

丈夫的懷抱。

第二十五回，楚春漪聽聞德華染風寒，便趁其體弱不備之時，持劍殺之，以替父報仇。德華恐春漪傷及父親，故持寶劍與其相鬥。德華爲春漪的殺父仇人，兩人卻因妯娌關係而同處一室，此般「巧合」致使衝突產生，令人不勝唏噓。

作者巧妙地運用具有因果關係的「巧合」以扭轉情節，使情節由歡轉憂，或由悲轉喜。這些偶然的「巧合」建立在現實生活的基礎上，前因後果自然合情合理，並有一定的必然性，令人感到平凡眞實，而不致誇張怪異，也因此增加了閱讀的樂趣，令讀者如痴如醉，欲罷不能。

三、意　外

意外是指在情節發展過程中，出現了令人意料不到的轉折，它可以增加作品的生動性和曲折性。〔註15〕

《筆生花》設計的「意外」皆合乎情理，使情節產生急速變化，形成「糾葛」、「高潮」的情節，引人入勝。

第三回，顯仁痛失愛女後，因喜愛姜家三女，故向近仁懇求過繼一女。近仁酒醉糊塗答應過繼玉華，令顯仁大爲歡喜。姜家女眷得知此事後，對此突如其來的約定甚爲震驚，無奈一諾千金已難毀約。作者安排此段情節，出乎讀者意料之外，使情節有了轉折，玉華原本安樂的生活，自此逐漸起了波瀾。

第五回，柏存仁至西湖遊玩，驚艷於九華之美貌，得知九華已與吳家有婚約後，十分氣惱，於是聽從吳氏兄弟的計謀，在九華出嫁當日強行劫親。柏存仁與九華相遇的孽緣，及其搶親的舉動，乃作者設計的「意外」情節，出乎意料的搶親與殉節，使讀者對九華的境遇感到同情。

第十回，近仁因酒醉而毫無忌憚地高聲斥罵柏固修欺君誤國。柏固修以毀謗朝廷，目無君上的罪名，憤而將近仁押解入獄。第十七回，正德皇沉迷於酒色，重用逆臣。楚元方集眾結黨，伺機舉發篡龍位。少霞上諫言，令皇上震怒而入獄。作者安排兩人禍從口出而身陷囹圄的情節，出乎讀者意外之外，使讀者對兩人的境遇感到擔憂。

第十四回，純娘向小峰呈上血書，表明身世背景與境遇。小峰憐惜純娘，便向其表明自身爲姜德華的秘密，純娘又驚又喜，與之結爲金蘭姊妹。德華突如其來地將女扮男裝的秘密告知純娘，乃作者設計的「意外」情節，令純娘與小峰的相處模

〔註15〕高瑞卿主編，《文學寫作概要》，高雄：麗文文化事業股份有限公司，1995 年 9 月初版，頁 239。

式有了轉折，兩人開始相互保守秘密並掩護身分，使情節順利進展。由上述諸例可見邱心如能掌握全局，將「意外」安排得極爲自然，雖然出乎讀者意料之外，卻也合情合理，引人入勝。

四、誤　會

小說中的「誤會」對於情節的發展往往有決定性的影響，「不從誤處生情，情便不深，文便不曲矣。」〔註16〕《筆生花》以德華女扮男裝的故事爲主線，因此有諸多因德華性別、身分曖昧不明而引起的「誤會」。第十二回，小峰解救近仁無罪釋放後，姜家認定小峰爲姜公的親生骨肉，欣喜今後有香煙光耀門庭。樊氏見到小峰妻妾成群，更欣喜家門興旺。第十六回，少霞自始至終懷疑小峰爲德華，故請母親暗中觀察。純娘懷有少霞之子後，才嫁與小峰。文夫人見小峰妾室身懷六甲，更對小峰的身分深信不疑，少霞則陷入更深的謎團中。第十七回，德華扮男裝的俊俏外貌，令沃良規爲之著迷，不僅與其結拜爲姐弟，更多番引誘之。諸段因德華隱瞞身份而引起的「誤會」情節，及掩飾誤會的「巧合」情節，令讀者對其他人物的不明究理發出會心一笑。

《筆生花》尚有多處情節描述因性別曖昧不明，或身份模糊不清等「誤會」而造成的婚姻大事。第七回，德華假扮男兒後，更名爲姜小峰留宿謝家，因受謝公與夫人的喜愛而陰錯陽差地與絮才成親。此段「誤會」情節，令讀者擔憂小峰的女性身份是否會被識破。所幸絮才只願修行，不欲沾染紅塵，故與喬妝的小峰情投意合，使緊張的情節趨於緩和。後來，小峰爲了避免絮才因修道而時時防範，故告之喬裝實情，此段「誤會」情節至此告終。

第十一回，楚公見小峰有才貌，必定富有智術，故將小峰招爲己黨，並託媒將春漪許配之。小峰擔憂違逆楚公將惹禍上身，故以已有家室爲由婉拒之。楚公知情仍強行威脅逼迫之，小峰不敢違逆，只得權宜答應婚事。此亦爲德華隱瞞性別而引起的「誤會」情節，令讀者再次擔憂德華女扮男裝的婚姻，是否會被識破而遭來禍害。第二十二回，皇上將假德華胡月仙遣送歸家，並賜婚少霞。少霞欣喜若狂，殊不知此人爲胡月仙所假扮，並非德華本人。此段「誤會」情節，令讀者對德華喬裝一事是否會被少霞識破，及胡月仙將如何反應感到期待。

第八回，楚廷輝知悉佩蘭與春溶的婚事後，冒名爲春溶，搶先迎娶佩蘭。文夫人懷疑此人假冒而來，但仍誤信奴僕，糊塗嫁女。第三十一回，少雯欲娶蘭寶如，

〔註16〕 同注13，賈文昭、徐召勛，《中國古典小說藝術欣賞》，頁185。

文公夫婦不允此婚。德華夫婦於是商量計謀，由德華假扮男人向蘭家提親。婚禮上，德華喬裝爲新郎與寶如拜堂，洞房中再潛逃，並掩護少雯入洞房。寶如知曉實情後，只得認命。作者設計因身分不明而引起的「誤會」情節，使文夫人與寶如陷於迷團中，也使讀者爲兩人是否受騙而擔憂，使情節達於高潮。

第三十一回，文夫人不顧文公反對，納芳芸爲偏房，暗中命芳芸於夜裡服侍文公。九華因久不懷孕，因此也隱瞞瑞徵，暗中派紫萱在夜裡伺候瑞徵。作者設計此等「誤會」，令兩個男人糊裡糊塗地就範，使讀者對計謀是否被看穿感到緊張。待兩男得知兩女懷孕後，「誤會」才真相大白，高潮的情節始趨於緩和。

《筆生花》另有幾處因不明對方心意，經不正確地自我猜測而引起的「誤會」情節。第六回，德華爲遵守孝道而入宮，少霞誤以爲德華貪圖富貴，忘舊約、棄前盟，於是意志消沉，私自潛離姜家。少霞失當的舉動，被文姜兩家長輩苛責許久，並被文夫人懲罰阻止歸家，其下場乃緣於對德華產生的誤會而起。第十回，小峰得知少霞娶純娘爲妻後，心灰意冷決心做一世男兒，並與絮才一同修道，殊不知，少霞仍對其念念不忘。第十三回，李夢周冒名少霞，託人接純娘入京。純娘雖有疑慮，仍被來人說服入京，直至山東後始知被賣入妓院。純娘誤以爲遭少霞出賣，故對少霞的無情無義懷恨不已。以上皆爲人物不明緣由、自以爲是，而產生「誤會」的情節。德華與少霞的誤會，隨著情節的發展逐漸明朗化。少霞與純娘的心結，也經由德華居中牽線而解開，此等「誤會」情節至此告終。第二十七回，沃良規對蘭景如的俊雅甚爲憐愛，故不遵禮法屢番色誘之。景如爲人端正，對良規的行爲感到不齒，但少霞卻誤以爲兩人有私情，與景如鬧得不可開交，並險些取其性命。少霞不分青紅皂白而產生的「誤會」，令讀者對景如的處境感到憂心，使情節達到高潮。直至景如緊急地表明清白後，此段陰錯陽差的「誤會」情節，始真相大白、和平落幕。

「誤會」的作用，增加了小說的真實感與趣味性，吸引讀者高度的關注，直到「誤會」被解開，事件分曉後，讀者緊繃的心情才得以鬆弛，達到引人入勝的目的。

五、伏　筆

「伏筆」通常隱藏在字裡行間，似隱若現，若有還無。李喬《小說入門》〈伏筆的研究〉說：

> 所謂「伏筆」，在小說而言：爲未來情節發展，預示其因素、形跡之技法。
> 也就是說：在情節進行中（現在），對於未來的可能發展──由其常理之外，或不易被人接受的傾向事件，處處留下因素，俾使其可信度提高，能夠被

人接受。〔註17〕

《中國通俗小說理論綱要》一書說：

> 有了伏筆，才能使各情節羅絡鉤連，前後映帶，有機地組合成一個藝術整
> 體。〔註18〕

所謂「前有伏，後有應。」〔註19〕小說前後人物與前後事件相互呼應，當情節出現
意料之外的結果，或震撼性的高潮時，回頭思考「伏筆」，便能對於其中合理的因果
關係了然於心，因此「前伏後應」的寫作方法，又以前面的「伏筆」較為重要。「伏
筆」分為「明伏」與「暗伏」，「明伏，即前邊明確點出與後文有關的事物，交代出
與後文有關的情節；暗伏則是對與後文有關的事物僅僅加以暗示。」〔註20〕因此不
露痕跡的「暗伏」更為精妙。

> 汪堯峰《與陳靄公論文書》說：伏筆苟使人知，亦不稱妙；無意閱讀，當
> 是閒筆，經點眼，才知是有用者。〔註21〕

《筆生花》關於「伏筆」的應用，如下：

　　第五回，德華在玩月亭驚見容貌與其相同的修行女胡月仙，胡月仙提醒、勸戒
德華近日將有災禍，及如何逢凶化吉。胡月仙的預言，暗示了德華日後會遭不測的
情節；兩人相同的容貌，也為日後胡月仙將代替德華入宮的情節埋下「伏筆」。第五
回，柏固修假借築堤塘名義，勒索民財以自肥，並要近仁捐助。近仁毫不畏懼觸怒
柏公可能遭受陷害，毅然決然地回絕。柏公得知後，怒而揚言要嚴懲姜公。近仁得
罪柏公一事，為日後姜家受柏家陷害的情節埋下「伏筆」。第六回，柏存仁因得不到
九華，於是狀告父親，姜家有一傾國傾城的德華可獻給皇上。柏固修霸道不講理，
威脅姜公以強行帶走德華。德華深明大義，自願入宮以救父。此段情節與胡月仙的
預言及柏公的威脅兩段「伏筆」相互呼應。

　　第十五回，逢吉夫婦夫婦迷昏玉華，將其置於木櫃中，並謊稱此為書櫃，命奴
僕搬至荒野埋藏。奴僕對逢吉夫婦積怨已久，便將書櫃棄於荒野而不埋藏。蔣太妃
得姻緣夢兆後，命厚熄親訪樹林尋找玉華。厚熄尋獲玉華，便為其報仇並迎娶之。
姜家奴僕不聽命令，使九華不致被掩埋，乃作者安排九華日後得以獲救，轉禍為福
的「伏筆」。

〔註17〕李喬，《小說入門》，臺北：大安出版社，2002年9月第1版第三刷，頁176。
〔註18〕周啓志、羊列容、謝昕合，《中國通俗小說理論綱要》，臺北：文津出版公司，1992
年3月，頁101。
〔註19〕張稔穰，《中國古代小說藝術教程》，山東：山東教育出版社，1998年10月，頁529。
〔註20〕同注19，張稔穰，《中國古代小說藝術教程》，頁531。
〔註21〕同注19，張稔穰，《中國古代小說藝術教程》，頁531。

第十六回，小峰在夢中經由胡月仙的指引參謁孫夫人。孫夫人授與小峰兵法，並賜小峰芙蓉寶劍，命其用心習練，以於日後輔佐皇上立大業。小峰醒後果見一寶劍，日後便勤讀兵書，勤練武藝。作者安排此段情節，爲後來德華奮勇抗敵、建功立業的英勇事蹟埋下「伏筆」。

第十九回，絮才潛心道術多年，可惜無眞人指引，一日向姜家庭園之狐仙膜拜後，便於夜裡夢見胡月仙並拜之爲師。胡月仙授之法術，告知三年後再來度其出世，絮才的求仙意志因此更加堅定。作者安排胡月仙與絮才相遇的情節，及胡月仙的預告，爲後來絮才修道成仙的情節埋下「伏筆」。

第九回，佩蘭捐軀落水後，因貞烈精神可敬，故爲瀟湘仙子相救。神妃命佩蘭埋名匿跡，身充下役三年，日後便能闔家團圓。作者以神妃之語，爲佩蘭得以轉危爲安的情節埋下「伏筆」。佩蘭出瑤宮後，果然爲王家所救，並聽從神諭託名爲姜佩蘭，無奈地屈居於王家。第二十七回，佩蘭爲挽回婚姻，未逮三年便表明身分，果然因違背仙家諭旨，難產昏厥險有不測，所幸爲絮才所救，始重現生機。作者以佩蘭未遵從神諭的情節，爲其日後險遭不測的情節埋下「伏筆」，兩段情節與神仙的警言相互呼應。

作者在有意無意間，巧妙地安排與後面某段情節有關的暗示，以方便後面的情節發展、前後照應，使情節合理而不致突兀，可見留下「伏筆」是《筆生花》情節安排的特色之一，只要細讀品味，自然能發覺其中奧秘。

六、懸　疑

小說的「懸疑」技巧，可將讀者的心念懸住，並緊緊勾住讀者的情緒，使讀者非看下去直到它被解開爲止，是小說的寫作技巧之一。

> 所謂懸疑，就是把作品後面將要表現的內容，先在前面作個提示或暗示，
> 但又不馬上解答，故意在讀者或觀眾心中留下個疑團。〔註22〕

《筆生花》對於「懸疑」技巧的應用如下：

第九回，小峰應試得第一，姜家收得報人通知小峰上榜的消息甚感訝異，對於小峰的來歷亦頗多疑惑。姜公反覆觀看小峰的信，覺得其字跡極似德華，於是託春溶代爲觀察。姜公的猜疑及喬裝的小峰將與家人有接觸的情節，乃作者設計的「懸疑」手法，使讀者對於眾人是否會猜出實情、德華是否會露出破綻感到好奇。第十二回，少霞與胡月仙化成的德華成婚，洞房夜時胡月仙化成清風遁去，留下繡花鞋

〔註22〕同注13，賈文昭、徐召勛，《中國古典小說藝術欣賞》，頁151。

及兩首詩。少霞看出詩中口氣並非德華，猜想此人爲神仙降世，而小峰則爲德華，於是開始思索許多可疑之處，並不斷試探小峰是否爲德華。第十三回，少霞經由小峰斷臂的舉動，認定此人必爲德華，於是向近仁表明疑慮。然而，近仁卻反嘲此乃無稽之談，並責備少霞狂妄無知，警告其不可再胡言亂語。少霞於是陷入更深的疑惑中。當小峰武藝精進，奮勇抗敵，屢建奇功後，少霞不禁對其是男是女更加懷疑。作者製造「懸疑」的筆法，安排少霞對小峰的身分，反覆懷疑、相信的情節，使讀者對於小峰的身分是否會被少霞識破感到好奇與緊張，情節也因此逐漸引人入勝。第二十二回，文夫人與佩蘭向莫氏表明心意並曉以大義，莫氏無奈地將德華喬裝一事據實以告，諸多「懸疑」的情節，終於在此劃下句點。

　　書中少霞對小峰身分的猜疑，由第九回開始至第二十二回告終，長達十四回，試探眞相、洩密、陳明眞相的過程，構成了跌宕起伏的情節，緊緊抓住了讀者的心。女性讀者對於女主人公的易裝行爲與經歷，感到好奇又羨慕，她們既擔心易裝女性露出破綻，又喜歡看女主人公憑藉聰穎、機智出奇制勝、化解危機。讀者雖早已明瞭德華的眞實身分，但又不免抱著一種先知者的態度，看待少霞等人如何費盡九牛二虎之力去揭開德華的神秘面紗。

　　第二十九回，少霞與雲樓至水仙祠致祭開光時，發現有位道姑貌似弓氏。作者製造「懸疑」，並不立即點出此人身分，令讀者對此人是否爲弓氏感到好奇，待兩人再次前往水仙祠時，作者才安排弓氏表明身分以解開「懸疑」。

　　作者使用「懸疑」的筆法，使情節波瀾起伏、曲折跌宕。每卷結尾處所云：

> 看官要曉如何事，二卷書中再表明。（第一回，頁 59）
>
> 且將書史權收拾，待從容，三卷之中再細談。（第二回，頁 109）
>
> 忙裡偷閒完--集，要知那，如何接女下文題。（第三回，頁 173）
>
> 寄言閨閣知音者，欲聽餘文索耐心。（第八回，頁 464）

將謎底留在下文解開，也是埋下「懸疑」的手法。此種寫作技巧「製造神秘離奇的氣氛激起讀者的好奇，抓住讀者的情感，使讀者開卷後非一口氣讀下去不可。」〔註23〕不僅滿足了讀者的好奇心，也達到賣關子，引人入勝的目的。

七、情節重述

　　《筆生花》運用「情節重述」的筆法，藉由當事者之口重新訴說自己過去的經歷。第十四回，純娘遭老鴇陷害，成爲啞女賣入謝家後，將生平事寫於紙上告知德華：

〔註23〕羅盤，《小說創作論》，臺北：東大圖書有限公司，1980 年 2 月初版，頁 116。

薄命女，慕容純，哀詞遺筆。敬留奉，諸君看，表此哀忱。奴本籍，是杭
州，生於舊族。……雖自苦，奉母歡，光陰強度。似這般，多歲月，歷盡
艱辛。卻不道去年春，冤家路窄。夜三更，來了個，美貌書生。……原來
是，文姓人，母之族姪。伊為那，原聘婦，姜氏千金。違舊約，慕容華，
欣承聖詔。因此上，懷忿恨，不別而行。母聞斯，亦嗟惜，懇勤留款。……
竟以女，面訂婚，一言說定。……到今春，夫應試，遂往神京。剛送行，
痛萱悼，又遭病歿。……那一天，忽聽得，半夜敲門。……說道是，傳喜
報，小主登瀛。特奉命，接夫人，行裝速整。……忽一日，泊舟船，聲言
已到。……方曉得，為夫棄，賺我娼門。……求自盡，失孤貞，遂為絕食。
那虔婆，防人命，轉鬻千金。飲瘖藥，不能言，任其播弄。……又誰知，
賢小姐，近多諷語。欲將我，充綠衣，媵彼良人。……奴聽此，驚且慚，
豈忘初志。欲捐軀，求死路，表此清名。……留片箋，遺苦節，乞代伸明。……
佑狀元，官極品，福壽駢臻。（第十四回，頁 745～747）

作者將純娘的母族，嫁與少霞的緣由，以及如何遭人所騙賣妓院，而後為守貞而成
為啞女，又被賣入謝家的境遇清楚地重現。

第二十九回，成氏誤以為命喪黃泉，亦嚇得將生平諸事一一陳述：

小僕婦，身姓成，生於江北。為年荒，遂賣與，吳宅為奴。……不辭勞，
供操作，曲意承趨。博得個，主心歡，便將收納。作偏房，承家事，主意
糊塗。欺幼主，壓正妻，是非播弄。……有一日，共情夫，正當歡會。不
料他，小主婦，走到芸居。為撞破，恁私情，不勝羞憤。一時間，萌歹念，
設計相圖。……實相望，害他人，自家免禍。挾私囊，歸習姓，終世……
歡娛。……再不道，人可欺，神明難昧。……憑發去，畜生道，為犬為豬。

（第二十九回，頁 1529～1530）

作者將成氏出生，賣與吳家為奴，獻殷勤討吳公歡心，搬弄是非，欺凌瑞徵夫妻，
毒害吳公，嫁禍九華等生平諸事，在此重新完整地敘述。此兩段重述的往事，在前
文中部份曾經提及，部份未曾說明，其作用在於提醒讀者先前的情節，使讀者不致
因篇幅浩瀚而無法連貫，是《筆生花》情節安排的特色之一。

《筆生花》情節富變化，表現出各式各樣的形態，主線與副線盤根錯節，呈現
出環環相扣的鏈狀情節。作者對於暫時結束某一事件，而轉述另一事件，使用下述
詞語相連接，如：

不題天上輪迴事，再把人間詳細言。（第一回，頁 8）

表明根底當初話，仍說而今目下情。（第一回，頁 17）

表過不題談後事，一年始去一年臨。（第一回，頁 23）

姜府中，近事表明權按下，話文別處另開場。（第一回，頁 25）

言莫絮，話休煩，且説清晨這一天。（第四回，頁 193）

揭去閑文歸正傳，要題起，上回落難女裙釵。（第六回，頁 280）

且將按表杭州事，題起了，前次潛行文蔚君。（第七回，頁 351）

使情節得以自然地銜接，并然有序而無斷層或刻意銜接的缺點。全書情節結構雖略嫌老套，但情節安排合理，且高潮迭起、前後呼應，人物際遇亦有始有終，無矛盾之處。書中除德華女扮男裝，在嚴禁的科舉制度下應試並得狀元，且歷時三年未被旁人識破女子身分，稍嫌不合理之外，其他情節皆無破綻。儘管此書篇幅浩瀚，作者仍有條理地將龐雜的人物與事件系統化，並運用「巧合」、「意外」、「誤會」、「伏筆」、「懸疑」等手法連貫情節，使情節波瀾起伏、曲折多變，引人入勝，實有其獨特及成功之處，為女性「彈詞小說」的傑作。

第三節　語言修辭

一、句型特點

　　《筆生花》屬「彈詞小說」，其說詞部份為散文，唱詞部份為韻文，為韻文、散文結合的敘事體裁。《筆生花》的韻文句型豐富多變，歸納有「三、七」〔註24〕、「七、七」〔註25〕、「三、三、七」〔註26〕、「三、七、七」〔註27〕、「七、三、七」〔註28〕、「七、七、七」〔註29〕、「三、七、三、七」〔註30〕、「三、三、三、七」〔註31〕，八種以七言韻文為主的句型。

　　韻文部份早期多為七言，元明詞話開始增加由「三、三、四」十字句組成的唱詞，亦即「攢十字」。「彈詞」之唱詞句式承襲了「詞話」的七言及「攢十字」。《筆生花》除有上述八種以七言韻文為主的句型外，亦使用說唱文學中特殊的「三、三、四」「攢十字」句型。書中純娘遭老鴇陷害，成為啞女賣入謝家後，將生平事以「三、

〔註24〕如第一回，頁 3「這文家，其人年少即登瀛。」

〔註25〕如第一回，頁 22「日已昏時偏要讀，書逢難解定求詳。」

〔註26〕如第十四回，頁 749「充子職，奉高堂，決意今生不改妝。」

〔註27〕如第一回，頁 5「母子們，大家失望雖煩惱，只為多年沒小孩。」

〔註28〕如第二十回，頁 1064「況已請封旌節烈，這也就，算為報答女嬋娟。」

〔註29〕如第一回，頁 3「連捷三元點翰林，官諱上林號杏圃，現今供職在燕京。」

〔註30〕如第七回，頁 344「吾本為，男兒暗遁何妨礙，須不比，女子私逃惹忌猜。」

〔註31〕如第二十回，頁 1058「休苦切，勿嗟呀，只當是，媳婦當先未養他。」

三、四」句型寫於紙上告知德華：

> 薄命女，慕容純，哀詞遺筆。敬留奉，諸君看，表此哀忱。奴本藉，是杭
> 州，生於舊族。……雖自苦，奉母歡，光陰強度。似這般，多歲月，歷盡
> 艱辛。卻不道去年春，冤家路窄。夜三更，來了個，美貌書生。……原來
> 是，文姓人，母之族姪。伊爲那，原聘婦，姜氏千金。違舊約，慕容華，
> 欣承聖詔。因此上，懷忿恨，不別而行。母聞斯，亦嗟惜，慇勤留款。……
> 竟以女，面訂婚，一言說定。……到今春，夫應試，遂往神京。剛送行，
> 痛萱幃，又遭病歿。……那一天，忽聽得，半夜敲門。……說道是，傳喜
> 報，小主登瀛。特奉命，接夫人，行裝速整。……忽一日，泊舟船，聲言
> 已到。……方曉得，爲夫棄，鬻我娼門。……求自盡，失孤貞，遂爲絕食。
> 那虔婆，防人命，轉鬻千金。飲瘖藥，不能言，任其播弄。……又誰知，
> 賢小姐，近多諷語。欲將我，充綠衣，媵彼良人。……奴聽此，驚且慚，
> 豈忘初志。欲捐軀，求死路，表此清名。……留片箋，遺苦節，乞代伸明。……
> 佑狀元，官極品，福壽駢臻。（第十四回，頁 745～747）

作者將純娘之境遇及心情思想以「三、三、四」句型清楚地陳述。成氏誤以爲命喪
黃泉，嚇得將生平諸事一一陳述，亦使用「攢十字」句型。「要曉妖嬈供甚語，攢成
十字表沈冤」（第二十九回，頁 1528）：

> 小僕婦，身姓成，生於江北。爲年荒，遂賣與，吳宅爲奴。……不辭勞，
> 供操作，曲意承趨。博得個，主心歡，便將收納。作偏房，承家事，主意
> 糊塗。欺幼主，壓正妻，是非播弄。……有一日，共情夫，正當歡會。不
> 料他，小主婦，走到芸居。爲撞破，恁私情，不勝羞憤。一時間，萌歹念，
> 設計相圖。……實相望，害他人，自家免禍。挾私囊，歸習姓，終世歡娛。……
> 再不道，人可欺，神明難昧。……憑發去，畜生道，爲犬爲豬。（第二十
> 九回，頁 1529～1530）

全書使用兩次「三、三、四」句型，藉以清楚且流暢地敘述純娘與成氏的生平，是
全書精彩處之一。韻散夾雜爲《筆生花》的藝術特點，九種靈活多變的韻文句型，
不僅增加閱讀、朗誦時的韻律感，亦使敘事更加生動流暢，令人讀之琅琅上口，是
其藝術特色之一。

二、詩作探析

　　《筆生花》善用詩作，每一回目下皆有概括全回主旨之四句詩，文中則藉人物
之口吟詠詩作，藉由詩作發展情節、塑造人物形象、描寫人物心境，並達到文學的

勸世作用。

（一）回目詩

《筆生花》每回回目下之四句詩，皆爲對聯式的回目詩。邱心如運用「對偶」修辭筆法創作回目詩，如：

> 警芳心詫逢妖魅　驚艷色恰遇豺狼　無意中得婚美婦　驀地裡劫去新娘
> （第五回）
>
> 吐幽情雙雙遂願　成美眷兩兩和諧　酸醋甕齊齊翻倒　悶葫蘆刻刻相猜
> （第二十一回）
>
> 小郎君調戲義姐　老命婦怒責痴兒　授仙符重生紫玉　慕雅教預付紅絲
> （第二十七回）
>
> 巧言詞旁敲表叔　喬面目立剖妖姬　明往跡情寬女道　慶重逢喜慰皇姨
> （第二十九回）

此等回目詩整齊美觀、音節悅耳，且易於朗讀和記憶。

作者以「對偶」的回目詩表達相近、相關的情節，或相對、相反的情節，突顯兩個人物情緒、性格或兩段情節的呼應與對比。如第十八回：

> 殉大難母女雙亡　罄孤忠弟兄併力（第十八回）

楚元方篡國稱帝，楚夫人母女對其行爲感到不齒，故殉義自盡；小峰、少霞見國家遭逢危難，故合力抗敵，四人之義行義舉相互呼應。又第二十五回：

> 沃良規依然作惡　楚春漪忽爾行凶　孝女兒奮身救父　賢妹子正色箴兄
> （第二十五回）

沃良規使壞打傷少霞，楚春漪爲報父仇而向德華行兇，兩人皆爲將文家鬧得雞犬不寧的頑劣女子。德華聽聞春漪險傷及父親，故與之相鬥。佩蘭見少雯爲了楚春漪，而與雙親失和，故正色勸戒之，兩人皆爲重忠孝節義的女子。第三十二回：

> 靖邊塵國恩隆重　得晚嗣家慶綿延（第三十二回）

國家國運昌隆、國泰民安，姜府等家庭子孫滿堂、家慶綿延，國與家之安和樂利相互呼應，呈現天下太平之景象。

《筆生花》回目詩相互對比方面，如第六回：

> 明大義佳人應詔　重私情才子貽書（第六回）

深明大義而應詔之德華，與貪戀兒女私情之少霞呈現強烈對比。第七回：

> 薄倖郎草堂合巹　貞烈女旅館投繯（第七回）

薄倖無情另娶妻之少霞，與謹守貞節而自縊之德華呈現強烈對比。第十七回：

義俠人爲郎策劃　風流女款客殷勤（第十七回）

俠義人指德華，風流女指沃良規。德華策劃良謀解救少霞，沃良規卻不守婦道勾引小峰，兩女之性情與作風呈現強烈對比。第二十三回：

續前盟才郎遂願　懷往事淑女寒心（第二十三回）

才郎指少霞，淑女指德華。德華著回女裝後，少霞因如願以償而欣喜，德華則因懷念叱吒風雲、建功立業之往事而感到心寒，兩人的心境形成強烈對比。第九回：

南北闈雙雙得意　東西隔各各牽腸（第九回）

金榜題名之歡喜得意，與牽腸掛肚之思親情懷呈現對比。第十一回：

重綱常匿藏嬌女　施雨露賜出佳人（第十一回）

近仁礙於綱常藏匿小峰之事，與皇上施恩澤賜婚假德華（胡月仙）與少霞之事呈現對比。第三十回：

送麟來益增歡樂　乘鶴去不免悲哀（第三十回）

德華弄璋後舉家之歡樂，與絮才成仙後雙親之不捨呈現對比。

　　《筆生花》對聯式之回目詩，清楚地呈現該回主旨，使讀者一目了然。對偶及押韻之對聯詩，更增添「彈詞小說」之音韻感，反映出邱心如的文學造詣與寫作技巧。

（二）文中詩詞

　　《筆生花》藉詩作塑造人物形象，表現出人物的學識、身分。第三回，文家三兄妹至揚州平山堂賞景時，少雯、少霞各做兩首七絕：

收什乾坤到眼中，心胸摩盪欲凌空。而今領略烟波趣，何用垂綸學釣翁。
（第三回，頁119）

隔窗景色望依稀，詩境天開暑氣微。人坐落花風定後，吟情遙共白雲飛。
（第三回，頁119）

六朝煙景勝年年，自上江亭思淡然。慢道此生應借看，好山好水買金錢。
（第三回，頁119）

疑是蓬萊仙宅中，絕勝幽趣眼浮空。春花秋月誰人管，十里繁華弄晚風。
（第三回，頁119）

前兩詩，少雯見眼前如詩如畫的美景，體會到在煙波江上垂釣的老翁，悠閒自得的心境。後兩詩，少霞以蓬萊仙境形容平山堂的美景，認爲人生在世應珍惜欣賞美景的機會，勿汲汲於名利。兩人之詩呈現不同層次的意境，透顯出兩兄弟才情之別。

　　《筆生花》藉詩詞描寫人物心境。第四回，少霞私窺德華之詩，並於其詩旁回

兩絕句，詩云：

絕妙風流曠世才，清新麗藻似花裁。鉛華脂粉俱銷盡，一片文心天外來。

（第四回，頁201）

堂堂筆陣氣凌虛，吐鳳雕龍思有餘。漫道文章儒者事，而今應遜女相如。

（第四回，頁201）

前詩，少霞稱讚德華爲曠世奇女，且詩作雋永清新，毫無閨秀之氣。後詩，少霞讚揚德華之詩，筆鋒銳利且文思並重，即使儒者讀罷也會自嘆弗如。作者藉此兩詩表現出少霞對德華的愛慕之情。

第七回，德華深明大義，爲救父親而應詔入宮。少霞不明此理，誤以爲德華爲求富貴而屈節，故怒而離開姜家，並留下一首七律表明心境，詩云：

寶釵分股嘆無緣，鶴去重霄魚在淵。得意紫鸞休舞鏡，斷蹤青鳥罷啣箋。

金盆已覆難收水，玉軫拋殘怎續絃。此恨未知何日盡，不禁搔首問蒼天。

（第七回，頁346）

此詩乃作者改寫唐代劉禹錫及劉損的詩作。劉禹錫〈懷妓〉（劉損詩題作憤惋）詩云：

玉釵重合兩無緣，魚在深潭鶴在天。得意紫鸞休（一作辭）舞鏡，能言青鳥罷（一作斷）啣箋。金盆已覆難收水，玉軫長拋不續弦。若向靡蕪山下過，遙（一作空）將紅（一作狂）淚灑窮泉。〔註32〕

劉損〈憤惋詩三首〉（一作劉禹錫詩提，題作懷妓）詩云：

寶釵分股合無緣，魚在深淵日在天。得意紫鸞休舞鏡，斷蹤青鳥罷啣箋。

金杯倒覆難收水，玉軫傾敧嬾續弦。從此靡蕪山下過，只應將淚比黃泉。

〔註33〕

釵由兩股合成，爲婦女別在髮髻上的飾物。少霞將其與德華之境遇比喻爲分股之寶釵，感嘆兩人無緣而分離。作者將唐詩之「兩」、「合」改爲「嘆」，突顯出少霞悲痛惋惜的心情。第二句，少霞將德華喻爲鶴，將自身喻爲魚，感嘆鶴飛天後便與淵中之魚永隔。作者將劉損詩之水中魚與天上日，改爲皆屬凡間生物的鶴與魚，突顯出兩人本處同一空間，卻因外力而分隔之無奈。少霞藉此詩表示兩人緣分已盡，如覆水難收，傳達出失去佳人後，悲嘆、無奈、憤恨的心情。

〔註32〕〔清〕《康熙御定全唐詩》（上），卷三六一，劉禹錫〈懷妓〉，北京：國際文化出版社，1994年12月初版，頁1177。

〔註33〕〔清〕《康熙御定全唐詩》（下），卷597，劉損〈憤惋詩三首〉，北京：國際文化出版社，1994年12月初版，頁1986。

德華應詔入京時，「沿途茅舍炊烟起，一陣陣，鳥雀爭棲噪樹間。見此不禁添慘切，口占一絕解愁煩。」（第七回，頁 373）因對兩旁景色心有所感，故作一首七絕，詩云：

> 遠樹遙看鎖落暉，何堪逆旅見春歸。傷心不及雙雛燕，猶向斜陽傍母飛。

（第七回，頁 374）

詩句流露出德華孤單落寞的情緒，作者以「遠」、「遙」點出德華與家人的距離，反映其形單影隻的落寞。德華深知入宮後，勢必無法歸家，故見到眼前成雙成對的雛燕依傍著母親飛翔後，更加感到孤寂。

第十五回，厚熜王爺救出玉華後，欲順應母親的夢兆與其成親。玉華表示婚姻大事須告知父母，於是寫一首七律將過繼後的境遇稟明雙親。「陳始末，表離思，兩紙書中千萬詞。抱羞慚，不露婚姻為轉折，呈苦楚，唯祈父母好攜持。」（第十五回，頁 812）詩云：

> 自別高堂日繫思，故園杳杳夢難期。苦逢雁序傷兄劣，猶幸萱幃賴母慈。
>
> 無可語人惟自泣，不如意事更誰知？年年歷盡辛酸味，一紙書成淚滿滋。

（第十五回，頁 812）

玉華過繼與伯父後，日夜忍受對家人的思念，並承受逢吉夫妻之惡劣相待，此般苦日子之所以能夠安然撐過，全賴於慈母夏氏溫柔善待。此詩表達出玉華離家後對高堂的思念，及孤單寂寞無人了解的心酸。此外德華、玉華所作之詩，不僅反映出兩人的心境，亦塑造出兩人的才女形象，暗示兩人並非凡俗女子，使讀者對情節的發展更為好奇。

第十六回，沃公之女沃良規性情暴戾，與少霞感情不睦，沃公對此極為憂煩，一時氣壞昏厥。沃公臨死前有口難言，故寫一詩向少霞表明心境，詩云：

> 生涯已盡思何窮，過眼繁華一夢中。韓愈有才遺蠹簡，鄧攸無子續清風。
>
> 文章擲地隨流水，簪綬埋塵逐草蟲。珍重韋郎休忿懣，好收朽骨葬高蓬。

（第十六回，頁 876）

此詩表示功名文章等成就，生不帶來死不帶去，即便如唐宋八大家之首韓愈，其文稿亦會被書蟲啃食。沃公之詩透露出繁華人生虛空如夢的心態，勸戒少霞凡事皆將成為過眼雲煙，世事無可爭，期盼其與女兒合好，勿與之嘔氣，並表達出沃公無子嗣之遺憾。

第三十回，絮才了卻塵緣、得道成仙，留兩詩與雙親及德華。絮才向雙親拜別之詩云：

> 借住朱門二十年，一塵不染此心田。惟知雲水煙霞樂，未結風花雪月緣。

　　　無是無非難立世，能求能解自登仙。而今跨鶴歸仙去，珍重高堂莫惘然。

　　　（第三十回，頁 1618）

此詩透顯出絮才在凡間二十年，潛心求道而不願沾染紅塵俗事的決心，及得道成仙後的喜悅，期盼父母了解其心意，勿感悲傷。絮才留與德華之詩云：

　　　三年契合願同償，料得君知一段腸。經苦求如王妙想，風流豈效杜蘭香。

　　　恭承玉詔從茲杳，寄語金閨莫感傷。他日仙旌來接引，白雲深處任雙翔。

　　　（第三十回，頁 1618）

傳說王妙想爲括蒼山女道士，修行精誠，得道成仙。杜蘭香爲傳說中的女仙，因有過而謫世，化爲三歲女，被湘江漁父收養，十餘年後升天而去。絮才將自身比擬爲兩仙女，表示對於得以升天成仙、遠離紅塵，任意翱翔於天地間深感歡心，盼望知己德華莫感悲傷。

　　《筆生花》藉詩詞反映人物心境，並爲故事製造懸念、埋下伏筆，藉以發展情節。第二十一回，少霞猜疑小峰爲德華，卻遭近仁責罵，「賴得清清還白白，反責人，平空石上把桑栽。」（第二十一回，頁 1112）少霞對此婚事久不成，有感而發作一首五律，詩云：

　　　未遂三生願，難抛一段愁。含情羞跨鳳，得意誤牽牛。懶顧花前影，誰堪

　　月下儔？清光如有識，共照玉人頭。（第二十一回，頁 1112）

此詩表達出少霞對姻緣不成，難以釋懷之憾恨。第十二回，胡月仙在與少霞的洞房花燭夜時，化作清風遁去，留下一雙鞋底繡著「包你和諧」的繡花鞋及兩首七絕。詩云：

　　　一笑傾城絕代姿，東風吹改舊花枝。個中消息無人曉，惟有英娘自得知。

　　　（第十二回，頁 639）

　　　爲惜穠芳委路塵，瑤天戲降步虛聲。玉郎珍重休相顧，長伴吹簫另有人。

　　　（第十二回，頁 639～640）

前詩，胡月仙以「東風吹改舊花枝」暗示眼前絕代姿容之德華，並非昔日之德華，但此因爲何，僅有姜惠英本人自知。後詩，胡月仙表示因疼惜德華悽涼之境遇，故從天而降助佑之，並就消失一事，盼望少霞珍重勿感悲痛，因與之共度終生者並無消逝，而是另有其人。少霞讀罷，深覺詩之口吻並非德華語氣，認爲此事甚有蹊蹺，心想：「故謂云，不必玉郎勞眷戀，爲止有，英娘自悉其中機。細猜詳，此人大約神仙降，明看出，惠妹多應不是伊。」（第十二回，頁 640）於是猜測小峰即爲德華，並對此良緣重新抱懷希望。作者藉此兩詩製造少霞反覆猜疑之懸念，並埋下少霞與德華日後會結爲連理之伏筆，達到發展情節之作用。

第二十七回，沃良規勾引蘭景如，景如作詩勸戒良規須謹守男女分際，詩云：

> 珍重蘭閨好自持，可憐本不解相思。難教濁水侵蓮葉，敢以鋼鋒斷藕絲。
>
> 休倚翠樓驚柳色，慢歌金縷惜花枝。春光任使成惆悵，止恐神明天地知。
>
> （第二十七回，頁 1408）

景如以詩勸誡沃良規須遵循婦德、謹守婦道，若任性風流放蕩，只恐天地神明難容；並表明若沃良規仍一味地不知檢點，自己將不再顧及姊弟情份，而與其決絕之強烈決心。沃良規讀罷此詩，無法洞悉其中旨趣，竟以為景如亦有私通之心。作者在沃良規閱讀此詩時，並未陳明此詩，而是在少霞誤以為兩人有私情，景如以此詩表明清白時才陳述出來。此為作者特意的安排，不僅反映出沃良規文學素養的低劣，並藉此詩作為情節發展的懸疑與伏筆。

《筆生花》藉詩詞發展情節、烘托人物，並達到警世效果。第十四回，德華等人於途中遇神仙呂洞賓所幻化的賣藥道士。呂洞賓賜與絮才、純娘丹藥與兩詩後，便隨風消失。其一五絕云：

> 遊戲下瑤天，遺丹不貧錢。雅言知感意，後勿侮神仙。（第十四回，頁 755）

其二古詩云：

> 陽春時候天地和，萬物芳盛人如何？暮秋時候天地肅，千花萬木皆衰促。
>
> 有同世人當少時，為名為利寸心馳。一旦形枯又髮禿，人亡花落兩無知。
>
> 警爾謝娘解此意，人生原是身如寄。莫戀紅塵富貴春，潛心認取壺中義。
>
> （第十四回，頁 755）

前詩是呂洞賓警喻純娘之詩，表示神仙助佑世人不求報償，藉此警示世人敬重仙佛。後詩是呂洞賓警悟絮才，勉勵其潛心修道之詩。此詩表示天地萬地皆有衰亡之日，人生在世如滄海之一粟，應視功名富貴如浮雲，勿貪戀紅塵、汲汲於名利。

古典詩詞在傳統小說中，有一定之作用與重要性。《筆生花》穿插的詩詞，不僅突顯出邱心如的詩詞造詣，並達到描述景色、抒發情感的作用，對於反映人物心境，塑造人物形象及貫串、發展情節皆發揮了推波助瀾的功用，為《筆生花》添加了美感，並使此書成為一部韻散夾雜的佳作。

三、善用典故

《筆生花》善用典故，諸如《詩經》、《楚辭》、《莊子》、《戰國策》、《漢書》、《列女傳》、《淮南子》、《晉書》、《南史》、《世說新語》、《新唐書》、《會真記》等，不論詩、詞或史實、小說，邱心如皆能精準地引用，藉以引發故事之開端與情節發展、加強描寫人物心境、塑造人物形象、展現才學，或嘲諷、勸戒世人。

（一）引發故事開端、發展情節

　　《筆生花》藉典故引發故事開端並發展情節。書中姜夫人懷德華時，夢到仙女將文錦與生花彩筆寄放於姜家。

　　　　左手高擎一綵管，光芒四射豔生花。右邊挾匹迴文錦。（第一回，頁 10）

作者引用《南史》〈江淹傳〉江淹夢筆及張協授其錦繡，使其才思泉湧的典故；及《晉書》卷九十六〈列傳第六十六・列女・竇滔妻蘇氏〉所載前秦苻堅時，才女蘇若蘭為情巧作迴文詩，並織在錦繡上以寄丈夫之典故。〔註34〕以引發故事開端，暗示將出生之德華為一文思敏捷、才智過人的才女，並以此吉祥夢兆暗示德華日後必有非凡成就。

　　《筆生花》姜家屢屢得女不得子，樊太夫表示：

　　　　且喜屢經翠雞叶兆，豈患玉燕無徵。（第一回，頁 14）

相信不須憂愁，日後必能得子。《開元天寶遺事》卷上〈開元・夢玉鷰投懷〉：

　　　　張說母夢有一玉鷰自東南飛來，投入懷中而有孕。生說果為宰相，至貴之
　　　　祥也。〔註35〕

此典故以玉燕比喻生男。莫家祝賀姜家得此女，亦表示：

　　　　可須知，既經化鶚祥徵矣，豈患飛熊夢絕耶？（第一回，頁 16）

傳說周文王夢飛熊而遇呂尚，後世以此喻帝王得賢臣的徵兆，又轉為生子吉兆。作者以得子典故暗示情節發展，日後姜家果然得一子。

　　第二十五回，少霞得到與德華相配之寶劍，佩蘭云：

　　　　此亦神仙為湊趣，因教寶劍現雄雌。自古來，人情物理應相類，想羨你，
　　　　一旦栽成連理枝。故此驀然尋到此，莫非孤嘯感離思？（第二十五回，頁
　　　　1309）

傳說莫邪為楚王鑄雙劍，鑄成後，獻雌劍留雄劍。雄劍在匣中常發出悲鳴。鮑照〈結蘭〉詩云：「雙劍將離別，先在匣中鳴。」〔註36〕此以雄雌兩劍同歸一處，表示少

〔註34〕「竇滔妻蘇氏，始平人也，名蕙，字若蘭。善屬文。滔，苻堅時為秦州刺史，被徙流沙，蘇氏思之，織錦為迴文旋圖詩以贈滔。宛轉循環以讀之，詞甚悽惋，凡八百四十字，文多不錄。」見〔唐〕唐太宗文皇帝御，《晉書》卷九十六〈列傳第六十六・烈女・竇滔妻蘇氏〉，中華書局據武英殿本校刊，臺北：臺灣中華書局，1966 年 3 月臺一版，頁十。亦記載於：〔清〕笠翁先生原本，鐵華山人重輯，《繡像合錦回文傳》，合肥市：黃山書社，1991 年初版，頁 1。

〔註35〕〔五代〕王仁裕，《開元天寶遺事》卷上〈開元・夢玉鷰投懷〉，陽山顏氏文房，收於嚴一萍選輯，原刻景印，《百部叢書集成》，臺北縣：藝文印書館印行，1967 年，頁 8。

〔註36〕〔南朝宋〕鮑照《贈故人馬子喬六首》之六〈結蘭〉：「雙劍將離別，先在匣中鳴。

霞與德華歷經千辛，終於結爲連理永不分離。

（二）描寫人物心境

《筆生花》藉典故描述人物的心境、想法。書中姜公感嘆香烟斷絕，欲替德華擇一佳婿，日後將家業交與女婿。姜公云：

> 不問他，伯道無兒終絕後，姑效那，中郎有女望收成。（第一回，頁25）
>
> 近來姬妾皆無孕，做了個，伯道無兒亦可傷。（第三回，頁126）

永嘉之亂時，晉人鄧攸（字伯道），於逃難途中棄親子而留姑姪，後終無子。中郎即蔡邕，其女蔡文姬爲一才女，爲父整理遺作。姜公以此二人爲例，表示自己雖無子，但有才德兼備之女，將可安享晚年，表現出對無子一事，雖略覺可惜但仍欣慰的心態。

書中絮才只願修道不願沾染紅塵，云：

> 旣欲長生修不老，秦樓何用鳳雙翔。（第四回，頁209）

據杜光庭《墉城集仙錄》卷六〈弄玉〉記載：

> 弄玉者，秦謬（原文即作謬）公之女也，好吹簫。時有蕭史者，善吹簫。公以弄玉妻之，築臺以居焉。弄玉吹簫十餘年，能作鳳鳴，鳳來止其臺上。夫婦居臺上數年不下，一旦隨鳳飛去。於是秦公於雍宮作鳳女祠，時有簫聲焉。〔註37〕

絮才表示自己只願獨自修道成仙，不願如弄玉那般與丈夫吹簫引鳳，乘鳳成仙而去。此外作者以此典故，描述少霞「擇配方當求淑女，秦臺未築鳳吹簫。」（第一回，頁32）指出其尚未婚配，並期望婚姻如弄玉、蕭史般和睦的心願。

第六回，德華將應詔入宮，少霞託德華女婢轉交信箋與之。德華責備女婢擅自將書函遞入，敗壞閨風，並暗惱少霞做事輕浮：

> 這行爲，待效會眞無行事，怎奈我，閨門清肅豈雙文？（第六回，頁326）

德華藉唐代元稹《會眞記》張生與崔鶯鶯相戀之典故，表示少霞之行徑如同兩人私會般悖禮，而自己謹守禮教，絕對不會像崔鶯鶯那般輕浮。並表示「這姻緣，拆倒秦臺今世已，推翻梁案再生言。」（第六回，頁326）「秦臺」指前文所言秦王將女

煙雨交將夕，從此忽分形。雌沉吳江裏，雄飛入楚城。吳江深無底，楚關有崇扃。一爲天地別，豈直限幽明。神物終不隔，千祀儻還并。」收於〔南朝宋〕鮑照《鮑參軍集》，中華書局據宋刻本校刊，臺北：臺灣中華書局，1966年3月臺一版，頁8。

〔註37〕 〔前蜀〕杜光庭，《墉城集仙錄》卷六〈弄玉〉，北京圖書館藏明抄本，收於《四庫叢書存目叢書・子部二八五》，臺南縣：莊嚴文化事業有限公司，1995年9月初版一刷，頁377。

兒許配簫史，並為兩人築鳳台的故事。「梁案」，指《東觀漢記》卷一八〈梁鴻列傳〉
所載東漢賢士梁鴻、孟光舉案齊眉的故事。〔註38〕德華憐惜少霞之深情，藉夫妻恩
愛、相敬如賓的典故，感嘆兩人緣分淺薄，無法成為夫妻。

　　第九回，姜公夫婦收到小峰之信，甚覺怪異。莫氏認為姜公若有妾在外，大可
使之歸家，云：「要曉得，妾雖不德非蘇氏，相公也，忍情切莫笑張楊。」（第九回，
頁509）「蘇氏」指前文所言前秦時才女蘇若蘭。李漁《繡像合錦回文傳》提及蘇若
蘭因夫竇滔有寵妾，故心懷妒意，凌虐其妾並與之反目。〔註39〕莫氏藉此典故表示
自身以傳宗接代為重，而不會爭風吃醋的心態。靜娥面對少雯寵愛楚春漪之事，表
示：

　　　　輕世態，慕貞良，療妒鶵羹不用嘗。（第二十一回，頁1117）

「療妒鶵羹」引用唐代朱揆《釵小志》〈鶴鶵止妒〉的典故：

　　　　梁武平齊，盡有其內。獲侍兒十餘。輦忌於郗后，左右進言曰：『以鶴鶵
　　　　為膳，可以止妒。』」〔註40〕

梁武帝之郗皇后酷妒，患病時，臣下獻療妒羹與之，靜娥藉此表示不會與楚春漪爭
寵的心意。

　　第十一回，德華奉旨入京後，少霞感慨與德華空有婚約，如今卻深宮永隔：

　　　　紅葉難逢思渺渺，白蘋已散信沉沉。（第十一回，頁581）

「紅葉」，引用《流紅記》紅葉題詩之典故。〔註41〕唐僖宗時，于佑於宮外拾一題
有詩句之紅葉，于佑回贈詩句，宮女韓氏拾之。後來，皇帝放宮女三千人賜與各官，
于佑因而與韓氏結為連理，兩人始知紅葉之詩為對方所題。少霞藉此感慨德華入宮
後，兩人不能如于佑與韓氏般相逢。作者除藉此表達少霞之心思，並暗示少霞與德
華亦為天定良緣，終會成為眷屬。

　　第十三回，純娘被李夢周謊稱為少霞賣至妓院，遭老鴇弄成啞吧後，又被賣至
謝家。純娘感慨：

〔註38〕〔漢〕劉珍等，《東觀漢記》卷第一八〈列傳十三・梁鴻〉，中華書局據掃葉山房本
　　　　校刊，臺北：臺灣中華書局，1966年3月臺一版，頁9。

〔註39〕〔清〕笠翁先生原本，鐵華山人重輯，《繡像合錦回文傳》「璇璣圖叙」，合肥市：黃
　　　　山書社，1991年初版，頁1。

〔註40〕〔唐〕朱揆，《釵小志》，收於《叢書集成續編》第二一二冊，臺北：新文豐出版公
　　　　司，1985年，頁306。

〔註41〕魏陵張實子京，〈流紅記・紅葉題詩娶韓氏〉，收於〔宋〕劉斧，《青瑣高議》卷五，
　　　　南京圖書館藏清紅藥山房鈔本，收於《四庫叢書存目叢書・子部二八五》，臺南縣：
　　　　莊嚴文化事業有限公司，1995年9月初版一刷，頁29～30。

痛的是，父母遺骸猶未葬。恨的是，兒夫薄倖義全捐。奴同霍女還難比，

彼較秋胡更勝焉。（第十三回，頁 694）

「霍女」引用唐傳奇《霍小玉傳》霍小玉與李益相愛，後被遺棄，怨憤而死的故事。

「秋胡」引用《列女傳》卷五〈節義傳·魯秋潔婦〉之典故。〔註42〕秋胡妻因對丈

夫不孝且好色之舉感到羞愧，於是投水自盡。純娘藉此比喻少霞始亂終棄、見色忘

義之舉，嘆息自身遭遇較霍小玉更為悲悽，心灰意冷地欲仿效秋胡之妻殉大義。

第十四回，絮才為安心修道，故替小峰納純娘為妾。小峰為此煩惱，表明：

卿可知，八仙之內一韓湘，他卻也，室有姣妻道未忘。下官是，立心可擬

韓湘子，何礙你，修仙樂道杜蘭香。（第十四回，頁 744）

《四遊記》之《東遊記》第三十回〈湘子造酒開花〉記載韓湘子：

生有仙骨，素性不凡，厭繁華濃麗，喜恬淡清幽，佳人美女，不能動其心，

旨酒甘餚，不能溺其志。惟刻意修煉之法，潛心黃白之術。〔註43〕

小峰藉此表示自身如韓湘子喜好恬靜，不好女色，絕對不會干擾絮才修道成仙。並

將絮才比喻為謫世仙女杜蘭香〔註44〕，藉典故強化絮才求仙樂道之形象。

第十六回，純娘遭人出賣，少霞卻誤以為純娘見異思遷，對純娘離去之舉感到

悲嘆：

顛狂願作沾泥絮，鄭重難從誓水篇。（第十六回，頁 870）

「顛狂願作沾泥絮」乃改寫杜甫詩句「顛狂柳絮隨風舞，輕薄桃花逐水流。」〔註45〕

「誓水篇」，指《詩經》卷二〈邶風·柏舟〉首句「汎彼柏舟，亦汎其流。」〔註46〕

舊說以為衛宣夫人自誓不嫁之誓詞。少霞藉典故表示認定純娘乃輕薄、放蕩之女，

離別未久竟不告而別，對純娘之不滿，溢於言表。

第十七回，德華不忍見惜惜、憐憐獨守空閨，於是向其表明女子身分：

下官卻，分香豈效曹瞞拙，遺愛當如白傅賢。（第十七回，頁 892）

「分香」引用曹操臨死前所云：「餘香可分與諸夫人。」〔註47〕之典故。「白傅」為

〔註42〕〔西漢〕劉向，錢塘梁端無非校注，《列女傳》卷五〈節義傳·魯秋潔婦〉，臺北：
廣文書局有限公司，1979 年 5 月初版，頁 103～104。

〔註43〕〔明〕吳元泰等，《東遊記》，臺南市：文國書局，1981 年 12 月初版，頁 39。

〔註44〕同註 27，〔前蜀〕杜光庭，《墉城集仙錄》卷五〈杜蘭香〉，頁 372～373。

〔註45〕〔唐〕杜甫，〈絕句漫興九首〉之五：「腸斷春江欲盡頭，杖藜徐步立芳洲。顛狂柳
絮隨風去，輕薄桃花逐水流。」收於《杜工部集》卷十二，中華書局據玉鉤草堂本
校刊，臺北：臺灣中華書局，1966 年 3 月臺一版，頁 11。

〔註46〕〔宋〕朱熹集註，《詩經集註》卷二〈邶風·柏舟〉，臺北：萬卷樓圖書股份有限公
司，2004 年 9 月初版五刷，頁 13。

〔註47〕〔梁〕昭明太子，〔唐〕李善注，《昭明文選》第六十卷〈弔文·陸士衡弔魏武帝文

白居易，此指白居易年老時，所愛歌姬樊素、小蠻正值艷麗，於是將之遣出別嫁的典故。小峰藉此表明決心不返歸女身，且無法對惜惜、憐憐有情感上之交代，欲替二人擇良匹遣嫁之心意。

第十七回，沃良規感嘆父親選錯東床，致使今日閨房冷清，於是猜疑：

這其間，多因狡兔分桃愛，這其間，必戀龍陽斷袖香。（第十七回，頁 895）

「狡兔」為變童代稱。「龍陽」，指《戰國策》〈魏策四〉所載戰國時代魏君之男寵龍陽。〔註48〕沃良規不僅猜測少霞別有私情，並懷疑少霞與僮僕采芹有曖昧。少霞面對沃良規悍妒無知之個性，欲休之以除後患，表明：「古者聖人猶棄婦，難道說，烝梨事過此愆尤。」（第十七回，頁 939）以孔子休妻，及曾參因妻子藜烝不熟而出之的典故〔註49〕，表明休妻決心。

第二十七回，德華期望純娘與少霞重修舊好，純娘表示對少霞已無心：

一片的，假意虛情翻慈氣，何須插柳引羊車？（第二十七回，頁 1416～1417）

「插柳引羊車」引用《晉書》卷三十一〈列傳第一・后妃上・胡貴嬪〉：

時帝多內寵，平吳之後，復納孫皓宮人數千，自此掖庭宮殆將萬人，而並寵者甚重。帝莫知所適，常乘牛車，恣其所之至便宴寢。宮人乃取竹葉插戶，以鹽汁灑地而引帝車。〔註50〕

純娘藉此表示面對少霞之虛情假意，不願主動向其示好，且對愛情已心如止水。

第二十九回，水公不嫌蘭景如家世清寒，認為人才優秀便可做女婿，表示：

昔者韋皋、蒙正皆從貧困中來，迨後並居顯貴。……自古狀元和宰相，幾人出自鄧通家？（第二十九回，頁 1542）

根據王實甫《呂蒙正風雪破窯記》記載，呂蒙正出身寒微，經過幾番努力終於金榜題名，成為宋代宰相。《史記》卷一百二十五〈佞幸列傳第六十五〉記載漢文帝寵臣鄧通，擁有銀山並自鑄「鄧氏錢」，富甲天下。〔註51〕作者藉歷史人物之境遇，表

一首〉，臺北：文化圖書公司，1995 年 3 月 5 日再版，頁 835。

〔註48〕 〔漢〕高誘注，《戰國策》〈魏策四〉第二十五，上海書局據士禮居黃氏覆剡川姚氏本校刊，1936 年上海書局珍仿宋版印，頁 7。

〔註49〕 〔魏〕王肅注，《孔子家語》卷之九〈七十二・弟子解第三十八〉，中華書局據汲古閣本校刊，臺北：臺灣中華書局，1984 年 5 月臺六版，頁 1。

〔註50〕 同注24，〔唐〕唐太宗文皇帝御，《晉書》卷三十一〈列傳第一・后妃上・胡貴嬪〉，頁 9。

〔註51〕 〔漢〕司馬遷，〔宋〕裴駰集解，〔唐〕司馬貞索隱，〔唐〕張守節正義，《史記》卷一百二十五〈佞幸列傳第六十五〉，臺北：藝文印書館據清乾隆武英殿本景印，頁 1306。

明水公不在意蘭景如的家世背景，相信為人只要努力，必有一番成就的想法。

（三）塑造人物形象

　　《筆生花》善於藉典故塑造、強化人物形象。如以相貌俊美、聰穎多才的歷史人物塑造男子形象。作者形容女扮男裝之德華：

　　　　壓倒了，潘安宋玉難同論，壓倒了，張緒王恭莫可驕。（第十八回，頁981）

以「妙有姿容，好神情」〔註52〕的潘安，及俊美的宋玉形容小峰之俊俏。並以談吐風流的南齊張緒〔註53〕、姿態美妙的東晉王恭〔註54〕，形容小峰言談之風雅俊逸及俊美之儀態。

　　作者除同樣以潘安、宋玉形容少霞之俊秀外，並以辭賦大家曹植、司馬相如，形容少霞出口成章、下筆成文的文學才華：

　　　　生得貌勝潘安、宋玉，才如子建、相如。下筆成文，一如宿搆，溫氏手叉，

　　　　王家腹稿，彼較之不少遜也。（第一回，頁28）

「溫氏手叉」、「王家腹稿」引用唐代溫庭筠、王勃之典故。溫庭筠才思敏捷，應試時每一叉手而一韻成，故有「溫八叉」之名。〔註55〕王勃每撰文，便以被覆面而臥，不久躍起揮筆成文，稱為腹稿。〔註56〕作者藉溫、王二人塑造少霞才高思速，揮筆立就之形象。

　　《筆生花》在女性人物的描寫方面，亦善於利用歷史人物描述其外貌、性情。《戰國策》〈魏策〉第二十三記載：

　　　　晉文公得南之威，三日不聽朝。〔註57〕

〔註52〕「潘岳妙有姿容，好神情。」〔南朝宋〕劉義慶，劉孝標注，《世說新語》卷五〈容止第十四〉，臺北：臺灣商務印書館，1935年3月初版，頁152。

〔註53〕「緒吐納風流，聽者皆忘飢疲，見者肅然如在宗廟。雖終日與居，莫能測焉。劉悛之為益州，獻蜀柳數株，枝條甚長，狀若絲縷。時舊宮芳林苑始成，武帝以植於太昌靈和殿前，常賞玩咨嗟曰：『此楊柳風流可愛，似張緒當年時。』其見賞愛如此。」〔唐〕李延壽，《南史》卷三十一〈列傳第二十一・張緒〉，1936年上海中華書局聚珍仿宋版印，頁4。

〔註54〕「恭美姿儀，人多愛悅，或目之云：『濯濯如春月柳。』嘗被鶴氅裘，涉雪而行。孟昶窺見之，歎曰：『此真神仙中人也！』」同注24，〔唐〕唐太宗文皇帝御，《晉書》卷八十四〈列傳第五十四・王恭列傳〉，頁3。

〔註55〕〔清〕陸靜安，《冷廬雜識》卷一〈溫八吟〉，上海：進步書局石印本，1921年出版，頁14～15。

〔註56〕「王勃每為碑頌，先墨磨數升，引被覆面而臥，忽起一筆書之，初不竄點，時人謂之腹藁（稿）。」〔唐〕段成式，《酉陽雜俎》卷十二〈語資〉，臺北：商務印書館，1941年7月初版，頁92。

〔註57〕同注48，〔漢〕高誘注，《戰國策》〈魏策四〉第二十三，頁8。

《筆生花》以春秋美女南威，比喻楚貴妃之貌美：

　　　　每聽人言楚貴妃，傾城傾國比南威。（第一回，頁41）

　　　　一點櫻桃樊氏口，三眠楊柳楚宮腰。（第二回，頁95）

「樊氏」為白居易之歌姬樊素，「樊氏口」指櫻桃小口，形容女子唇形之美。「楚宮腰」引用《韓非子集解》卷二〈二柄第七〉：「楚靈王好細腰，而國中多餓人。」〔註58〕小說藉此形容靜娥之櫻桃小口與纖細柳腰。

　　作者引用謝道韞、阿谷處女、劉臻妻陳氏的典故，形容姜家三女之聰慧：

　　　　詠絮多才徒作戲，辨絃有智狂爭誇。（第一回，頁19）

　　　　多應不費先生力，到他年，詠絮吟椒定擅長。（第一回，頁22）

「詠絮」出自《晉書》〈列傳第六十六・烈女・王凝之妻謝氏〉東晉才女謝道韞以柳絮喻雪，聰明才智的典故。〔註59〕「辨絃」出自《列女傳》卷六〈辯通傳・阿谷處女〉孔子南遊，遇阿谷處女，將琴去軫，請其辨音，以試其才智，此女辯才無礙、通達情理之典故。〔註60〕《晉書》〈列傳第六十六・烈女・劉臻妻陳氏〉記載晉劉臻妻陳氏擅詩詞，作《椒花頌》傳世。〔註61〕作者以「詠絮」、「吟椒」及「辨絃」之典故，塑造姜家三女天生聰慧、擅長吟詠、才智過人的形象。

　　第六回，柏固修挾持近仁，欲威脅德華入宮。德華見父親遇難，挺身而出云：

　　　　昔者楊香搤虎，知有父而不知有身，誠何謂也？況今日之事，禍由我起。

　　　　豈能坐視嚴親遇害？為人大義要分明，怎不容吾去救父？四德三從堪自

　　　　許，斷無失志玷清門。（第六回，頁316）

「楊香搤虎」，引用晉時人楊香救父之典故。楊香十四歲隨父親於田間勞作，父親險些被虎吞噬，楊香以手搤虎頸，終打退老虎，使父親獲救。德華以此典故，表示即使面對惡如猛虎的柏固修，亦要如楊香般挺身救父。作者藉此表現出德華因孝心所激發的強大力量，刻劃其大義分明的孝女形象，並引用「孔融讓梨」的典故，形容德華「分瓜已解推梨棗，侍膳旋如遜酒茶。」（第一回，頁16）表現其禮讓、謙虛及友愛手足的個性。

〔註58〕〔清〕王先慎集解，《韓非子集解》卷二〈二柄第七〉，光緒丙申年12月刊，臺北；藝文印書館，1983年6月三版，頁86。

〔註59〕同注24，〔唐〕唐太宗文皇帝御，《晉書》卷九十六〈列傳第六十六・烈女・王凝之妻謝氏〉，頁6。

〔註60〕同注42，〔西漢〕劉向，錢塘梁端無非校注，《列女傳》卷六〈辯通傳・阿谷處女〉，頁119～121。

〔註61〕同注24，〔唐〕唐太宗文皇帝御，《晉書》卷九十六〈列傳第六十六・烈女・劉臻妻陳氏〉，頁6～7。

第十三回，少霞面對德華扮成男裝後，不露口風且堅決的態度，猜想其勢必想一輩子喬裝成男兒：

> 古往今來千萬年，從未見，誰家以女改成男。惟聞蜀郡黃崇嘏，更有唐時
> 花木蘭。除此二人無別個，想必他，嬌娃仿古欲爲三。（第十三回，頁 704）

五代蜀國黃崇嘏女扮男裝在周庠節度使帳下任職，能力超群深爲周庠稱讚。〔註62〕花木蘭女扮男裝代父從軍，累建功蹟。《筆生花》引用黃崇嘏與花木蘭之典故，強化德華女扮男裝的形象，藉此暗示德華的才能不亞於黃、花二女。

第十七回，少霞形容沃良規的性情：

> 眞個是，露井龍飛難及此，還覺道，河東獅吼較其賢。（第十七回，頁 922）

「露井龍飛」引用《南史》卷十二〈列傳第二・后妃下・武德郗皇后〉：

> 后酷妒忌，及終，化爲龍入于後宮井，通夢於帝。或見形，光彩照灼。帝
> 體將不安，龍輒激水騰涌於露井上爲殿，衣服委積，常置銀鹿盧金瓶灌百
> 味以祀之。故帝卒不置后。〔註63〕

郗皇后爲人酷妒，死後化爲毒龍入於井中。「河東獅吼」則引用蘇東坡友人陳季常之妻凶悍的典故。〔註64〕《筆生花》以此二女形容沃良規，塑造其善妒忌、凶狠暴戾的惡女形象。並引用唐代駱賓王〈代李敬業討武氏檄〉：

> 入門見嫉，蛾眉不肯讓人；掩袖工讒，狐媚偏能惑主。〔註65〕

描述花氏「入門見嫉欺同輩，行處工讒有賤才。」（第一回，頁 5）塑造出花氏善妒忌、詭計多端、欺侮他人之惡婦形象。花氏趁姜公入獄時作亂，文夫人返娘家訓斥花氏，花氏怒而誹謗之：

> 想爲你夫去領兵，恐防即做陣亡人。因而來到兄家裡，要學文姜當日情。
> （第十二回，頁 668）

「文姜」指《史記》卷三十二〈齊太公世家第二〉記載魯桓公與夫人文姜至齊國，齊襄公與胞妹文姜通姦，並殺死魯桓公之事。〔註66〕花氏以此典故污衊文夫人與胞兄姜公有私情，突顯出花氏善欺侮、誹謗他人的惡婦形象。

（四）嘲諷勸戒世人

〔註62〕〔明〕楊愼，《升庵詩話四卷》，卷四，明嘉靖間刊本，頁 8。
〔註63〕同注53，〔唐〕李延壽，《南史》卷十二〈列傳第二・后妃下・武德郗皇后〉，頁 2。
〔註64〕〔宋〕洪邁，《容齋三筆》卷三〈陳季常〉，收於《叢書集成三編》第七十一冊，臺北：新文豐出版公司，1996 年，頁 130。
〔註65〕〔唐〕駱賓王，〈代李敬業討武氏檄〉，收於《初唐四傑文集》卷二十一〈駱賓王三〉，中華書局據通行本校刊，臺北：臺灣中華書局，1966 年 3 月臺一版，頁 1。
〔註66〕同注51，〔漢〕司馬遷，《史記》卷三十二〈齊太公世家第二〉，頁 585。

《筆生花》引用歷史典故，勸戒或諷刺書中人物，以達教化作用。書中柏固修因與近仁有嫌隙，故請託楚元方誣陷近仁。楚元方認為妹丈為有才之人，故允諾之。楚夫人不以為然，認為柏固修毫無才智，為一善於諂媚的貪酷鄙夫，勸戒丈夫：

> 百凡執法要公平，休學那，羅織無辜來俊臣。彼乃無知稱酷吏，君宜修德效明君。（第十一回，頁 573）

來俊臣為唐武則天時之酷吏，楚夫人藉此譏諷柏固修為殘害忠良、詭譎奸詐之徒，勸戒丈夫應修德自律，並效法明君任用賢人。

第五回，楚貴妃承受母親藍氏之訓誨，頗知禮法，屢屢勸誡父親楚元方：

> 既受國恩，當圖報效，俾使立身無愧方佳。要知楊氏冰山，郭家金穴，皆不足久恃耳。（第五回，頁 226）

「楊氏冰山」、「郭家金穴」兩句，引用外戚若貪圖權勢，名利地位皆無法長久穩固的典故。《開元天寶遺事》卷上〈開元・依冰山〉載：

> 楊國忠權傾天下，四方之士爭詣其門。進士張彖者陝州人也，力學有大名，志氣高大，未嘗低折於人。人有勸彖令脩謁楊國忠可圖顯榮，彖曰：『汝輩以謂楊公之勢倚靠如泰山，以吾所見，乃冰山也，或皎日大明之際，則此山當誤人爾。』後果如其言，時人美張生見機。〔註67〕

唐明皇時，外戚楊國忠權傾天下，張彖認為楊家勢力如冰山般無法長久。《後漢書》卷十上〈后紀第十上・郭皇后紀〉記載，後漢郭皇后之弟郭況蒙賞賜，富有資材，人稱「金穴」。〔註68〕後人以「郭家金穴」比喻豪富之家。《筆生花》楚貴妃藉外戚篡政，名利富貴不會長久之典故，勸戒父親應以國家為念，勿擅權誤政。

第十八回，正德皇沉迷於酒色，重用逆臣。楚元方集眾結黨，伺機舉發，篡龍位。太后形容其：

> 莽、操、楊堅、蕭衍輩，那奸臣，蓄心大是一般皆。（第十八回，頁 956）

以外戚王莽篡漢；曹操挾天子以令諸侯；楊堅奪取北周政權，創建隋國；蕭衍篡位而自立為梁國等典故，比喻楚元方欲篡帝位之野心即如歷史上的奸臣。小峰見朝廷紛亂，欲奮起扶國難、沮奸雄。謝公云：

> 賓王榜樣應須曉，事未成時命已空。（第十七回，頁 916）

〔註67〕同注 25，〔五代〕王仁裕，《開元天寶遺事》卷上〈開元・依冰山〉，頁 12～13。

〔註68〕「況遷大鴻臚，帝數幸其第，會公卿諸侯親家飲燕，賞賜金錢縑帛，豐盛莫比，京師號況家為金穴。」〔宋〕范曄，〔梁〕劉昭補志，〔唐〕章懷太子賢注，《後漢書》卷十上〈后紀第十上・郭皇后紀〉，中華書局據武英殿本校刊，臺北：臺灣中華書局，1966 年 3 月臺一版，頁 5。

唐代詩人駱賓王寫《為李敬業討武曌檄》一文，與李敬業一同起兵反抗武則天，兵敗後不知所終。謝公藉此奉勸小峰雖要盡忠報國，但須三思而行，以免匡救國家不成，反而惹禍上身。

第十八回，正德皇駕崩後，楚元方在逆臣賊子的護擁下僭位，改元通順，國號後金。楚貴妃身穿喪服，悲啼抱怨父親此舉悖理、荒唐，並感嘆：

愧只愧，忘身未具當熊智，佐治難如卻輦良。（第十八回，頁 960）

「當熊」「卻輦」皆引用《前漢書》卷九十七下〈外戚列傳第六十七下〉所載馮倢伃之典故。漢元帝時，馮倢伃奮不顧身為皇上擋熊：

上問：『人情驚懼，何故前當熊？』倢伃對曰：『猛獸得人而止，妾恐熊至御坐，故以身當之。』〔註69〕

楚貴妃將父親比喻為猛獸，感嘆自己沒有馮倢伃的勇氣，未能忘身護駕，致使帝位遭奸臣所篡。又記載：

成帝遊於後庭，嘗欲與倢伃同輦載，倢伃辭曰：『觀古圖畫，賢聖之君皆有名臣在側，三代末主迺有嬖女，今欲同輦，得無近似之乎？』上善其言而止。太后聞之喜曰：『古有樊姬，今有班倢伃。』〔註70〕

後世以此作為后妃賢德的典故。楚貴妃感嘆未能效法馮倢伃之賢德輔佐皇上，以致皇上任用姦小、荒廢國政，終使朝政落入外戚之手，於是慚愧地撞死於殿上以從先帝。

書中少霞與沃良規失和，前來投靠小峰，並以言語試探之。小峰引用《春秋經傳集解》〈隱公第一〉記載穎考叔之孝親典故〔註71〕，藉此正色勸戒少霞應以孝道為重，勿執著於男女私情：

父母劬勞當體貼，私房情愛勿纏綿。古人食肉猶思母，穎叔考，乞賜君羹萬古傳。……不蒙俯納終如此，小弟也，割席何妨效古賢。（第十七回，頁 937～938）

並以「管寧割席」〔註72〕的典故義正嚴詞地警戒之。少霞聽教說：

從今而後，當如蘧伯玉行年五十而知四十九之非也。（第十七回，頁 938）

引用《淮南子》卷一〈原道訓〉記載春秋時衛國大夫「蘧伯玉年五十而有四十九年

〔註69〕〔漢〕班固，〔唐〕顏師古注，《前漢書》卷九十七下〈外戚列傳第六十七下〉，中華書局據武英殿本校刊，臺北：臺灣中華書局，1966 年 3 月臺一版，頁 19。
〔註70〕同註 69，〔漢〕班固，《前漢書》卷九十七下〈外戚列傳第六十七下〉，頁 7。
〔註71〕〔晉〕杜預注，《春秋經傳集解》〈隱公第一〉，相臺岳氏本，頁 43。
〔註72〕同註 52，〔南朝宋〕劉義慶，《世說新語》卷一〈德行第一〉，頁 3。

非。」〔註73〕的典故，表示當謹遵教誨，效法聖賢知錯能改。少霞表示對德華念念不忘，小峰安慰少霞切莫悲哀：

> 要曉得，潘郎悼婦悲何益？要曉得，奉倩傷神貌枉癯。（第二十一回，頁
> 1128）

「潘郎悼婦」指晉詩人潘岳妻喪，作《悼亡》三首，情義深摯。「奉倩傷神」指三國荀粲字奉倩，與妻恩愛情深，妻死，不哭而傷神，年餘亦亡。小峰表示此二人用情摯深雖好，然而如此悲痛亦無意義，勸戒少霞勿將精神放在男女私情上，應多關照家國大事。

　　第二十五回，楚春漪取出兩柄純鋼劍揚言要替父報仇，德華聽聞春漪險傷及父親，乃持寶劍衝向廳堂，因勸說無效，遂與之相鬥。少雯見狀，勸德華息干戈：

> 可也知，鍾郝閨儀多美譽，休恃這，身居貴顯便欺渠。（第二十五回，頁
> 1319）

「鍾郝閨儀」出自《世說新語》〈賢媛第十九〉：

> 王司徒婦，鍾氏女，太傅曾孫，亦有俊才女德。鍾、郝爲娣姒，雅相親重。
> 鍾不以貴陵郝，郝亦不以賤下鍾。東海家內，則郝夫人法，京陵家內，範
> 鍾夫人之禮。〔註74〕

少雯以鍾氏、郝氏兩姒娌相互尊重之例，勸兩人應效法前人之美德和睦共處，並譏諷德華身居顯貴，卻仗勢欺人，是爲失德。

　　第二十五回，佩蘭見少雯爲了楚春漪鬧得家庭失和，故規勸之：

> 有一個，宋弘義重糟糠婦，不慕榮華貴易妻。豈獨教，令德當時天子重，
> 還落得，賢名傳與古今題。有一個，孟光敬獻梁鴻案，生得那，醜貌奇容
> 世上稀。假使伯鸞惟重色，那有這，一朝賢士美名遺。（第二十五回，頁
> 1332）

《後漢書》卷五十六〈列傳第十六・宋弘傳〉記載東漢宋弘爲官清廉，深得光武帝的信賴。光武帝欲將姐姐許配之，宋弘表示：「貧賤之知不可忘，糟糠之妻不下堂。」〔註75〕婉拒皇上之厚待，其不慕榮華富貴之態度，深得眾人欽佩。梁鴻之妻孟光「容貌醜而有節操。」〔註76〕梁鴻不嫌棄妻子容貌，反而對妻子有德，甚爲欣喜。「鴻

〔註73〕〔漢〕劉安，〔漢〕高誘註，《淮南子箋釋》卷一〈原道訓〉，清嘉慶甲子姑蘇聚文
　　　　堂重刊莊逵吉本，收於《中國子學名著集成・珍本初編・雜家子部》臺北縣：中國
　　　　子學名著集成編印基金會，1978年，頁33。
〔註74〕同注52，〔南朝宋〕劉義慶，《世說新語》卷五〈賢媛第十九〉，頁169。
〔註75〕同注68，〔宋〕范曄，《後漢書》卷五十六〈列傳第十六・宋弘傳〉，頁8。
〔註76〕同注28，〔漢〕劉珍等撰，《東觀漢記》卷第一八〈列傳十三・梁鴻〉，頁9。

大喜，曰：『此眞梁鴻妻也，能奉我矣。』」〔註77〕也因此得到賢士的美名。佩蘭以宋弘重糟糠妻、梁鴻不重美色之例，正色勸戒少雯。少雯聽罷胞妹的金玉良言，始茅塞頓開，決心改過自新。德華欲替少霞納妾，少霞亦以梁鴻、孟光之例表示：

> 古者梁鴻與孟光，可算得，賢夫賢婦姓名揚。未聽他，閨閫有甚姬和妾，
> 布列金釵十二行。……而今後，願卿須學梁鴻婦，莫把夫妻理義忘。（第
> 二十六回，頁1376）

少霞藉此典故勸勉德華效法孟光，敬重夫婿並舉案齊眉、相互敬愛，勿納妾而背棄夫妻道義。

第二十九回，少霞見胡月仙之神像，思及昔日成親情景，正沉吟時，忽覺得背上被人敲打，見四下無人，便了然於心：

> 一時早已心明白，大似那，癢倩麻姑背上搔。故使蔡經爲警悟，想必這，
> 神知心動話非謠。（第二十九回，頁1544）

杜光庭《墉城集仙錄》卷四〈麻姑〉記載：

> 又麻姑爪如鳥爪，蔡經見之，心中所念言背大癢時，得此爪以爬背當佳否。
> 方平已知經心中所念，即使人牽經鞭之。謂曰：『麻神仙也，汝何姑忽謂
> 爪可爬背耶？』但見鞭著經背，亦不見有人持鞭者。方平告經曰：『吾鞭
> 不可妄得也。』〔註78〕

後漢蔡經對神仙麻姑不敬，故遭修道之王方平懲戒。《筆生花》以此典故勸戒世人敬重神佛。

第三十回，王氏兄弟認爲莫家兩女不美，對此姻緣心生懊惱。杜氏雙嫂勸戒兩人：

> 娶妻娶德從來説，怎把妍媸仔細評？叔等知書明大義，可莫教，效他許允
> 失賢名。（第三十回，頁1615）

《世說新語》〈賢媛第十九〉記載許允好美色，因妻子貌醜，便認定其四德不備，卻不知妻子不僅機智且具婦德，後來終爲自己好色而失德之舉感到羞愧。〔註79〕杜氏姊妹以許允好色不好德的典故，諷刺王氏兄弟重女色，而不重女子德行，是失德之舉，並傳達「娶妻娶德」的重要性。

（五）展現作者才學

《筆生花》中有些典故，與情節發展或人物刻畫並無關聯，純粹用以表現作者

〔註77〕同注28，〔漢〕劉珍等撰，《東觀漢記》卷第一八〈列傳十三・梁鴻〉，頁9。

〔註78〕同注27，〔前蜀〕杜光庭，《墉城集仙錄》卷四〈麻姑〉，頁361。

〔註79〕同注52，〔南朝宋〕劉義慶，《世說新語》卷五〈賢媛第十九〉，頁166。

才學，並增加小說的文學價值，如作者在第一回中描述姻緣、婚事方面，引用諸多典故。如例一，吳瑞徵請託媒人向姜府提親：

> 央媒説合來姜府，欲執紅絲第一根。（第一回，頁 23）

「紅絲」為婚姻代稱。《開元天寶遺事》卷上〈開元·牽紅絲娶婦〉記載張嘉正欲招郭元振為婿，使五女各持一絲於幔後，郭元振牽一紅絲，得第三女之典故。〔註80〕例二，作者以「未有才郎射雀屏。」（第一回，頁 24）表示玉華尚未訂婚。「射雀屏」指女方擇婿而獲中選者。《新唐書》卷七十六〈列傳第一·后妃上·太穆竇皇后〉記載隋末竇毅擇婿，於屏上畫兩孔雀，使求婚者射之。唐高祖李淵射中雀目，得娶竇氏女。〔註81〕小說藉典故表示姻緣乃由天注定。例三，藍章向楚公夫婦稱許少霞與春漪乃天造地設之一對：

> 女貌郎才誠美匹，這乘龍，勝他鸛雀碧衣佳。（第一回，頁 30）

唐鄭處誨《明皇雜錄》卷上〈韋詵選婿〉記載韋詵擇婿裴寬，「寬衣碧衫，疎瘦而長，入門，其家大噱，呼為鸛鵲。」〔註82〕《筆生花》藉「鸛雀碧衣」形容少雯乃一佳婿。

例四，藍章代楚家向文家提親時云：

> 只因昨得希奇夢，冰上言交冰下人。故此教，恭執斧柯登貴府。（第一回，頁 31）

書中以「冰人」指媒人，以「冰上言交冰下人」比喻媒介〔註83〕，以「執斧柯」指作媒。〔註84〕藍章作媒不成，夫人戲嘲：

> 想必蹇修言未妥，為人深惜美乘龍。（第一回，頁 35）

此「蹇修」指媒人藍章。〔註85〕此外《筆生花》以「玉鏡珍藏未委禽。」（第一回，頁 32）比喻少霞尚未婚配。古代婚俗以雁為聘禮〔註86〕；《世說新語》〈假譎第二十

〔註80〕 同注 25，〔五代〕王仁裕，《開元天寶遺事》卷上〈開元·牽紅絲娶婦〉，頁 5。

〔註81〕 〔宋〕歐陽修，《新唐書》卷七十六〈列傳第一·后妃上·太穆竇皇后〉，中華書局據武英殿本校刊，臺北：臺灣中華書局，1966 年 3 月臺一版，頁 2。

〔註82〕 〔唐〕鄭處誨，《明皇雜錄》卷上〈韋詵選婿〉，北京：中華書局出版，1997 年 12 月湖北第二次印刷，頁 15。

〔註83〕 「在冰上與冰下人語，為陽語陰媒介事也。」同注 24，〔唐〕唐太宗文皇帝御，《晉書》卷九十五〈列傳第六十五·索統傳〉，頁 16。

〔註84〕 「伐柯何如？匪斧不克。娶妻何如？匪媒不得。」同注 46，〔宋〕朱熹集註，《詩經集註》卷三〈豳風·伐柯〉，頁 75。

〔註85〕 「解佩纕以結言兮，吾令蹇修以為理。」〔漢〕劉向編集，王逸章句，《楚辭》卷一〈離騷〉，臺北：臺灣商務印書館，1939 年 9 月初版，頁 13。

〔註86〕 「惟納徵無鴈，以有幣故，其餘皆用鴈。」〔清〕孫希旦，《禮記集解》，文史哲出版社，1965 年，頁 1417。

七〉記溫嶠以玉鏡台爲聘禮，娶姑母女兒的故事〔註87〕，故本文以「玉鏡」「委禽」比喻下聘。《筆生花》引用諸多關於姻緣、婚禮的典故作爲描述，不僅展現了自身的文學才華，亦提高了作品的藝術價值。

　　《筆生花》以適當的用典引起讀者共鳴，達到小說勸世的作用。對作品而言，不僅有助於發展情節，在描寫人物心境、塑造人物形象上也發揮了極大的作用，使《筆生花》成爲一部優秀的彈詞小說。

四、疊字與類句的運用

　　「彈詞小說」的「三、七」句型，多以「類疊」技巧陳述情節，使文章具節奏、音樂感。《筆生花》使用大量的「類疊」技巧，以「類疊」的中「疊字」與「類句」描寫景色或心理活動，使景物描寫有層次感、立體感，並藉以加強人物的心理描寫。

（一）疊　字

　　「疊字」指「字詞連接的類疊。」〔註88〕《筆生花》多以「疊字」技巧描述環境，藉以表現熱鬧、沉靜等氣氛，並加深環境對人物心理活動的烘托作用。書中描述姜家花園的景色：

　　　　碧沉沉，綠陰深處黃鸝轉。青鬱鬱，芳草池邊白鶴眠。紅豔豔，桃李無言含曉露。翠青青，垂楊裊娜鎖晴烟。輕拂拂，雙雙綵蝶穿花舞。鬧盈盈，對對嬌鶯隱樹喧。（第一回，頁12）

此段連用「沉沉」、「鬱鬱」、「豔豔」、「青青」、「拂拂」、「盈盈」六個疊字。黃鸝在碧綠的樹蔭深處歌唱，白鶴在青鬱的芳草池邊休憩。園中有紅豔的桃李、青翠的楊柳，還有彩蝶在花叢中飛舞，有黃鶯在樹林中鳴叫。作者運用視覺、聽覺摹寫，以綠、黃、紅、白等顏色呈現園中的繽紛色彩，並藉黃鸝、黃鶯的鳴叫聲，表現姜家花園熱鬧非凡的景象。第三回描述：

　　　　紅艷艷，池蓮遍放香初襲。碧澄澄，曲水迴環浪不搖。光皎皎，月浸芳筵明似畫。細輕輕，風生薄袂暑全消。（第三回，頁140）

此段連用「艷艷」、「澄澄」、「皎皎」、「輕輕」四個疊字。池中紅豔的蓮花散發出淡淡的清香，清澄碧綠的池水流動著，配上皎潔的月光與微微的輕風，呈現出園中清幽寂靜的氣氛。第五回描述：

　　　　粉溶溶，露浥夭桃初放蕊。烟裊裊，日烘弱柳早抽芽。影翩翩，穿林蝶舞

〔註87〕同注52，〔南朝宋〕劉義慶，《世說新語》卷六〈假譎第二十七〉，頁212～213。
〔註88〕黃慶萱，《修辭學》，臺北：三民書局出版，1992年9月增訂六版，頁413。

　　　　爭朝市。聲細細，繞樹蜂歌鬧午衙。一枝枝，秀竹凝珠因雨後。幾點點，

　　　　殘梅墜粉趁風斜。嫩萋萋，閑庭茂長王孫草。嬌冶冶，滿壁叢開姐妹花。

　　　　鬥芬芳，眾卉並呈春五色。欣爛熳，群芳徐踏路三叉。（第五回，頁 230）

此段連用「溶溶」、「裊裊」、「翩翩」、「細細」、「枝枝」、「點點」、「萋萋」、「冶冶」

八個疊字。初開的桃花、初生的竹柳、隨風吹落的梅花，以及穿梭林中的蝴蝶、蜜

蜂，呈現出園中百花齊放、花飛蝶舞熱鬧繽紛的美景。《筆生花》以動靜交錯的景物

描述姜家花園的美景，並藉此烘托人物於園中吟詩漫步時，悠閒自在、輕鬆喜樂的

心情。

　　《筆生花》藉「疊字」刻畫人物的心理活動。第十回，小峰悄悄潛入絮才房中，

欲捉弄之，此時絮才正靜坐於案前讀書：

　　　　熱騰騰，一盞香茶存玉案。輕拂拂，幾絲煙篆出金爐。聲寂寂，意徐徐，

　　　　此際多才悄步趨。（第十回，頁 519）

熱騰騰的香茶及餘煙裊裊，呈現出房中的清幽寂靜，並反映出絮才專心沉靜的心情

態度；「寂寂」、「徐徐」的輕柔語調，則表現出小峰躡手躡腳的舉動及小心翼翼的態

度。第四回，玉華過繼給顯仁，柳氏不得以與女兒分別，因此心境悽涼：

　　　　忽忽宛如心已失，呆呆好似病來添。（第四回，頁 182）

「忽忽」、「呆呆」表現出柳氏恍惚無定、精神呆滯的情緒。第二十一回，少雯未赴

約，楚春漪獨坐房中，深覺孤單氣惱：

　　　　獨擁香衾情默默，孤憑繡枕意懨懨。（第二十一回，頁 1118）

「默默」、「懨懨」表現出春漪沉靜不語、意興闌珊的情緒態度。第十五回，逢吉夫

婦將玉華拋棄於荒野中，夏氏悲痛不已：

　　　　冷清清，萬種傷懷空抑鬱，孤另另，千重愁緒獨悲摧。（第十五回，頁 801）

「清清」、「另另」表現出夏氏悽涼哀怨、孤單惆悵的情緒。上述「忽忽」、「呆呆」、

「默默」、「懨懨」、「清清」、「另另」的輕柔語調，皆符合人物惆悵的心情。

（二）類　句

　　《筆生花》的「三、七」句型，多使用「類句」技巧。「類句」指「語句隔離的

類疊。」﹝註89﹞是以句子的隔離反覆加強敘述效果。

1. 描寫庭園景色

　　作者以「類句」描寫庭園景致，使景色顯得格外生動：

　　　　果然是，綠水青山換眼窺。見幾處，夾岸榴花翻錦浪。見幾處，隔溪楊柳

────────────

﹝註89﹞同注88，黃慶萱，《修辭學》，頁 413。

瑣清暉。見幾處，平波戲水鴛鴦浴。見幾處，古木爭棲燕雀圍。（第三回，頁110）

見幾處，牧子荷犁耕綠野，見幾處，山童抱甕出芳叢。（第七回，頁352）

「見幾處」的「類句」運用，使景物呈現出層次感與立體感，庭園一處有青山綠水，一處有夾岸榴花；小溪中有戲水鴛鴦，隔著小溪有楊柳；另一處還有燕子、麻雀圍繞著古木。一處有牧童荷犁耕作，一處有山童採完蜂蜜抱著甕，靜態景物與動態景物的交織，呈現出如詩如畫的美景。

1. 強化人物情緒

《筆生花》除了以「類句」描寫景物外，並以此連續文字的重覆使用，強化人物的情緒，如內心的依依不捨、傷心欲絕、相思愁煩、苦苦相勸、悲痛憤恨、懊悔自責、幸福歡娛、驚艷讚嘆等情緒。

（1）離愁別恨

《筆生花》第四回玉華將過繼於顯仁家，離別時與姊妹離情依依，悲嘆道：

從今後，遇當懊惱誰堪訴？從今後，事到疑難那討論。從今後，不復聯床聽夜雨。從今後，無從共硯趁朝曛。從今後，挑針綺閣難三個。從今後，弄筆清閨祇一人。（第四回，頁181）

作者連用六次「從今後」突顯玉華之別恨離愁，表現出玉華對於與姊妹分離，從今以後煩惱、疑難將獨自承受、解決，且不能再共枕眠聽夜雨，不能再一同習書畫、繡針線所感到的悲苦。玉華離去後，德華心情低落不暢懷：

有時候，繡到金銀絲失辨。有時候，詩成珠玉韻忘諧。（第五回，頁228）

作者連用兩次「有時候」，表現出德華在姐姐離去後，孤單落寞、心神不寧的心境。

第五回，九華出嫁前，良言勸戒母親花氏云：

從今後，諸凡保重休悲怨。從今後，言語之間耐幾分。（第五回，頁262）

希望母親日後不要頂撞他人，並注意言行舉止，防口舌之爭。作者連用兩次「從今後」，表現出九華對母親的擔憂，及兩人之離情依依。

第六回，德華深明大義，為救父親而入宮，莫氏傷心欲絕地哭啼：

從今後，不復娘兒情共敘。從今後，那能父女句同聯。從今後，誰人是我知心侶？從今後，若個如伊繞膝歡？（第六回，頁329）

莫氏感嘆德華入宮後，將無貼心之女陪侍於左右。作者連用四次「從今後」突顯莫氏失去女兒的離愁別恨，表現出其對女兒強烈的不捨之情。

第十六回，玉華在與興獻王成親前，向母親柳氏道別，母女倆離情依依：

一個說，惟盼玉閨添玉樹。一個說，但祈萱室茂萱花。一個說，恭承眉案

言宜慎。一個說，善事親闈禮莫差。一個說，孝敬姑嫜休忽略。一個說，
睦連骨肉勿咨嗟。一個說，祝娘無事年年健。一個說，願你賢名個個誇。
一個說，逐日加餐安寢食。一個說，沿途阻險慎風沙。（第十六回，頁 855）

柳氏祝福女兒早生貴子，並叮囑女兒謹遵禮教，服侍丈夫、孝敬舅姑。玉華祝福母親身體健康、注意飲食睡眠，小心沿途險阻。作者連用十次「一個說」呈現母女兩人一言一語，急著道出心裡話的情景，並突顯兩人互相關愛之親情，及依依不捨之離情。

（2）苦心勸戒

《筆生花》第六回，德華入宮前，請託兩位姨娘照顧雙親，並表明以死明志的決心。姨娘勸戒之：

勸千金，凡事三思細忖量。勸千金，殉節捐生行不得。勸千金，尊榮安富
且從常。勸千金，須圖實際今生樂。勸千金，莫博虛名後世揚。（第六回，
頁 322）

作者連用五次「勸千金」表現出柳氏、燕氏得知德華欲殉節時內心之焦急，及強烈地欲勸阻德華殉節之心情。第九回，近仁酒醉後，勸導少霞：

可也知，物如易得終非美。可也知，事到難圖必有由。可也知，修謹老成
隨處好。可也知，風流放誕更何求。勸賢甥，且尋道義文章樂。勸賢甥，
莫惹風花雪月愁。要曉得，鯉躍龍門多變化。要曉得，鵲填銀漢志須酬。
（第十九回，頁 1028）

近仁暗示少霞對於其與德華的婚事，之所以一波三折乃事出有因，勸戒其謹慎修身，致力於道義文章中求取功名，莫自尋風花雪月的煩惱。作者連用四次「可也知」、兩次「勸賢甥」「要曉得」，表達近仁對少霞相勸、關愛的苦心。第二十一回，小峰則勸勉少霞順隨良緣，與沃良規和睦共處，勿沉緬於對德華的相思中，云：

要曉得，潘郎悼婦悲何益？要曉得，奉倩傷神貌枉癯。（第二十一回，頁
1128）

作者連用兩次「要曉得」表示德華希望少霞忘卻自身之規勸心態。
第二十回，姜府舉家入京，九華因嫁與吳府不得同行。莫氏與九華道別云：

從今後，強飯加衣須保重，從今後，尋些歡樂解愁圍。（第二十回，頁 1060）

樊太夫人云：

從今後，嬌痴勿在夫家使，從今後，謹慎休貽母氏憂。（第二十回，頁 1063）

作者各連用兩次「從今後」表達長輩對兒女的諄諄教誨與關愛、不捨之情。第二十二回，沃良規勾引藺景如，景如正色勸戒之，云：

　　敢勸你，女子行爲休縱肆，敢勸你，閨人舉動勿糊塗。（第二十二回，頁
　　1136）

作者連用兩次「敢勸你」表達景如對沃良規的反感，及欲勸阻並改正其思想行爲的
心意。

（3）相思愁煩

《筆生花》第十二回德華入宮後，少霞對其音訊全無，表達出相思之苦：

　　好教我，百念全灰神已失，好教我，寸腸疊結夜忘眠。（第十二回，頁632）

連用兩次「好教我」表達當時萬念俱灰、肝腸寸斷的相思之情。胡月仙遁去後，少
霞猜想小峰實乃德華：

　　常日間，思將撒下終難撒，常日間，欲待研求不敢研。只落得，憶切秦娥
　　時在念，只落得，忌存謝子刻防嚴。（第十二回，頁652）

　　只落得，月冷風淒楊柳岸，只落得，夢迷路絕雨雲峰。（第二十二回，頁
　　1147）

作者連用兩次「常日間」、「只落得」表示少霞終日猜想試探，欲言又止的掙扎心態
及相思之苦。少霞經多方推敲，推測小峰乃德華喬裝假扮：

　　這其間，移花接木非無據，這其間，李代桃僵事可推。這其間，表弟眞身
　　原女子，這其間，狐仙借體代蛾眉。（第二十回，頁1072）

作者連用四次「這其間」表示少霞這段期間內之煩惱與猜疑。少霞在確認小峰爲德
華所扮，且天下太平之後，便向姜夫人道出其疑心，並表示拖延至今，乃因：

　　爲的是，舅父威嚴難觸犯。爲的是，國朝多事怕招災。（第二十二回，頁
　　1152）

作者連用兩次「爲的是」表示少霞深思熟慮，及等待時機的苦心，透顯出少霞長久
忍耐的相思之苦。

（4）悲痛憤恨

《筆生花》第七回，德華離家後，終日廢寢忘食，哭得肝腸寸斷，悲嘆道：

　　眞個是，千行痛淚朝朝滴，眞個是，萬種愁思刻刻牽。（第七回，頁366）

作者連用兩次「眞個是」表現出德華對於奸臣迫使骨肉離散一事，內心眞切的悲痛
與憤恨。

　　第二十七回，春溶代少霞傳達對德華喬裝一事的猜疑，惹得近仁發怒斥責少霞：

　　一怪你，私行不別輕娘舅。二怪你，途次成婚背父爲。三怪你，姻眷既諧
　　旋又撒。四怪你，忽忽復娶沃裙釵。五怪你，易離易合無行止。六怪你，
　　薄悻無情少忖裁。（第二十一回，頁1112）

作者連用六次「怪你」列舉少霞之惡行惡狀，傳達出近仁對少霞之責難與不滿。

第二十一回，少雯未赴楚春漪之約，楚春漪苦苦等候：

> 直等得，寶鼎香消烟已冷，直等得，珠燈燭盡影將殘。直等得，怨色沉沉
> 青黛鎖，直等得，嗔霞疊疊玉腮寒。（第二十一回，頁1118）

作者連用四次「直等得」表示春漪苦苦守候，直到香烟、燭火燃盡，仍不見少雯歸來，因受冷落而感到悽涼、悲憤之心情。

第二十一回，沃良規對於與少霞夫妻不睦甚為感慨：

> 罵的那，老父糊塗婚誤配。罵的那，丈夫薄倖兩開交。（第二十一回，頁
> 1109）

作者連用兩次「罵的那」表現沃良規對父親誤許婚，及丈夫薄情之不滿與憤恨。

第十三回，春溶邀小峰賞春景，小峰心想雖喬裝為男子，仍不便與之同行，於是推託身體不適轉身而走。春溶抓其手臂，小峰失色發怒，思及自身遭遇，不由得憤恨柏故修興風作浪，使其陷於禍害中：

> 害得吾，疊遇迢遭奇又幻。害得吾，無端易服作英豪。（第十三回，頁700）

作者連用兩次「害得吾」表達小峰對萬惡奸臣的憤恨。

（5）懊悔感慨

《筆生花》德華投水殉節後，作者連用四次「只可惜」，表達對紅顏才女薄命的萬分感慨：

> 只可惜，吟椒詠絮才無匹。只可惜，賽玉羞花貌絕雙。只可惜，多智多能
> 賢女子。只可惜，全貞全孝好紅妝。（第七回，頁369）

德華喬裝之事敗露後，悽涼感慨：

> 從今後，惟供絲戲堂前樂，從今後，不以文章海內傳。（第二十二回，頁
> 1179）

對於返回女身後，只能恪守婦職，不能再建功立業深感遺憾。作者連用兩次「從今後」突顯德華對此事的愁煩與惋惜。

第八回，楚廷輝探得佩蘭與春溶之婚事後，冒名為春溶搶先迎娶佩蘭。文夫人懷疑此人假冒而來，但仍誤信奴僕之語，一時失察糊塗嫁女，待得知受騙後，懊悔不已：

> 枉了我，劬勞撫育三年乳。枉了我，苦歷艱辛十年胎。害得你，隔斷家鄉
> 離骨肉。害得你，漂流異地逐狼豺。不得知，今生可得重相見？不得知，
> 是在人間是夜臺？（第八回，頁461）

作者各連用兩次「枉了我」、「害得你」、「不得知」，呈現文夫人對於糊塗錯嫁女兒的

懊悔、自責與徬徨的心情。

（6）歡愉喜樂

《筆生花》第七回，少霞與純娘甫成婚：

> 有時節，彩筆分題成小句。有時節，焦桐共理試清音。有時節，燈前遣興
> 棋雙奕。有時節，月下開懷酒一樽。（第七回，頁362）

作者連用四次「有時節」，表現出兩人新婚期間，時而吟詩作對、琴瑟和鳴，時而奕棋遣興、飲酒作樂的情境，突顯兩人新婚燕爾，幸福歡娛之心情。

第二十回，小峰與少霞建功立事，樊太夫人樂得眉開眼笑，云：

> 一個個，全忠報國英名遠，一個個，拜相封侯盛譽佳。真個是，蓋世功名
> 垂竹帛，真個是，一生富貴仗才華。（第二十回，頁1065）

作者連用兩次「一個個」、「真個是」，表達長輩對兒女名成名就之得意與喜悅。

（7）驚艷讚嘆

《筆生花》第七回，少霞形容胡月仙幻化之德華：

> 真個是，萬種風流花解語，真個是，十分美艷玉生春。（第十二回，頁632）

作者連用兩次「真個是」表達對德華花容月貌之讚嘆。文公見喬裝之德華，認為其儀容俊秀、體態端莊：

> 真個是，映雪瓊梅增靜艷。真個是，臨風玉樹少輕佻。壓倒了，潘安宋玉
> 難同論，壓倒了，張緒王恭莫可驕。（第十八回，頁981）

作者連用兩次「真個是」、「壓倒了」，強調文公對小峰外貌、體態之驚艷與讚賞。

小　結

　　《筆生花》作者邱心如在小說每回開頭、結尾，講述身世背景、寫作歷程與情緒心境，向讀者呈現最私密的自我，塑造出要讓知音們認識的多重形象，如刻苦耐勞的媳婦、孜孜不倦的作家等。這些自我呈現的序文，使讀者得以明瞭作者的寫作動機與心態，拉近了讀者與作者之間的距離，是《筆生花》的寫作特點之一。全書以第三人稱「全知視角」敘事，並以「輪敘法」依事件的時空順序輪流發展情節。全書人物眾多、背景寬廣，採用情節交錯的結構形式敘事。作者巧妙地運用巧合、意外、誤會、伏筆、懸疑、情節重述等筆法安排情節，使情節的高潮迭起、生動曲折。

　　「彈詞小說」《筆生花》的韻文句型豐富多變，有「三、七」、「七、七」、「三、三、七」、「三、七、七」、「七、三、七」、「七、七、七」、「三、七、三、七」、「三、三、三、七」，八種以七言韻文為主的句型，以及由「三、三、四」十字句組成的「攢

十字」句型，是爲《筆生花》的藝術特點。作者善用詩作，除了回目詩外，文中尙有藉人物之口吟詠的詩作，藉以發展情節、塑造人物形象、描寫人物心境，並達到文學的勸世作用。典故的運用，也能引發故事開端、發展情節，並描寫人物心境、塑造人物形象，或藉以嘲諷勸戒世人、展現作者才學。修辭運用方面，作者擅長以「疊字」與「類句」的「類疊」技巧，描寫景色或心理活動，使景物描寫有層次感、立體感，並加強人物的心理描寫，藉以表達人物內心的感傷、相思、悲憤、懊悔、歡娛或讚嘆等情緒。筆者認爲邱心如成功地運用句型變化、詩作、典故及修辭技巧描述情節、背景及刻劃人物，使情節活潑且銜接流暢，使背景生動逼眞、人物形象鮮明，因而使《筆生花》成爲一部佳作。

第六章　結　論

第一節　《筆生花》的研究心得

一、傳統與反傳統兼具的思想

　　《筆生花》作者邱心如在閨中時期接受雙親的禮教教育，深受中國傳統道德思想的影響，強調女教四德觀、女性貞節觀。西漢劉向《列女傳》教育女子成為有儀表的母親、賢明的妻子、仁智的才女、守節的烈女、守義的婦女及有言智的婦女；邱心如受傳統禮教影響甚深，其於《筆生花》塑造的賢德女子，與《列女傳》強調的女性典範不謀而合。書中言行舉止合於四德的賢德女子，深受作者讚揚；不合於四德者，境遇則甚為悽慘，由此可見作者對女教四德的重視。女性貞節觀，也是《筆生花》極力宣揚的禮教觀。明清時期，女性貞節觀興盛，邱心如重視內外之分、男女之別，要求女子與男子保持相當的距離，並強調「禮夫有再娶之義，婦無二適之文。」〔註1〕認為女子在面對貞節與生命的衝突時，應犧牲生命，以成就道德的完整。邱心如的禮教觀至此看似傳統，但她推翻男尊女卑的觀念，則是反傳統的。

　　邱心如雖然強調女子為男子守貞節及傳宗接代的重要性，但跳脫當時重男輕女的思想，提出男女平等觀。她否定「女子無才便是德」的觀點，極力推崇女子才德兼修的可能性，認為女子有治理家事、政事的才能，藉此展現女子的擔當與作為。邱心如將在現實社會中無法實現的理想，寄託於女主人公姜德華身上。姜德華女扮男裝建功立業，為女子揚眉吐氣，然而她若非以男性面貌立足於社會，則無應試、

〔註1〕〔漢〕班昭《女誡》〈專心第五〉，收於《郭郭》一百二十卷續集，卷第七十，清順治丁亥兩浙督學李際期刊本，頁4。

為官、殺敵、輔政的機會，她必須仰賴男性的外貌，始得以彰顯女性的內在才能。德華在喬裝被識破後，恪守禮教，毫無眷戀地回歸家庭，相夫教子。這或許是邱心如在男尊女卑的社會下不得已的安排，也或許是邱心如傳統的儒家思想所趨。由德華喬裝的經歷、內在的掙扎與行為的轉變，可看出邱心如傳統與反傳統兼具的思想特點。

《筆生花》的婚姻觀也呈現傳統與反傳統兩面。書中傳達宿命的姻緣命定思想，肯定父母之命、媒妁之言，並贊同近親聯姻。邱心如雖對惡妾帶給賢妻的折磨多有著墨，並加以批判，但仍鼓吹一妻多妾制，認為女子為傳宗接代替夫納妾，乃賢德之舉，這是作者婚姻觀傳統的一面。另一方面，邱心如反對門第觀念，打破門當戶對的現制，強調個性才情才是擇偶的首要條件，並且在強調婚姻命定的同時，提出對女性婚姻自主權的重視，呈現反傳統的婚姻觀。邱心如出嫁後，受到婚姻的羈絆與病體、家務的煩擾，始終鬱鬱寡歡。她想做一位稱職的妻子、母親，也想完成自己的創作理想，因此在婦職與理想之間掙扎度日。她將自身的困境投射在謝絮才身上，藉其宣洩情感。謝絮才棄絕紅塵一心求道，面對修道與孝道的衝突時，以孝道為重，無奈地遵從父母之命嫁與小峰，然而隨著修道之心日漸堅決，絮才不惜違抗父母，隱居修道。絮才拋棄人倫關係，超脫婦女的世俗羈絆，成全自己的生命理想，反映出作者對女性婚姻自主權的重視。

邱心如的思想是矛盾的，她一方面想恪守婦職，做一位傳統社會的標準女性，一方面想堅持理想完成作品，然而要投注心血寫作，勢必會耽誤婦職。邱心如欲兼顧傳統婦女與才女兩種身分，在兩種形象相衝突時，她藉由謝絮才表達了她所渴望的自主思想│擺脫婦職羈絆，成就生命理想。然而，邱心如一生勞碌於柴米油鹽之間，並未捨棄婦職，也從未放棄理想。她在遵循傳統婦德規範之餘，花費三十餘年，用盡全力實現完成《筆生花》的心願。比起她所創造的謝絮才擺脫婦職，成就理想；姜德華放棄理想，回歸家庭。邱心如在傳統與反傳統的角色衝突中，取得了最佳的平衡點。

二、卓越的寫作技巧與特點

《筆生花》作者邱心如在小說每回開頭、結尾，陳述身世背景、寫作歷程與情緒心境，向讀者呈現私密的自我，塑造出要讓知音們認識的多重形象，並使讀者得以明瞭其寫作動機與心態，是《筆生花》的寫作特點之一。邱心如在忙於婦職之餘偷閒創作《筆生花》，但並未因時間瑣碎而倉卒成稿。她秉持娛樂母親、施展才學、宣洩牢騷、消除愁煩及為女性抱不平的創作動機與心態，支撐病體，把握瑣碎時間

構思全書，花費長達三十餘年的時間完成《筆生花》。

《筆生花》講述明代閨秀聽任父母之命成親，卻因權臣逼婚，為保貞節而改裝逃婚，歷經諸多磨難後，克服困境揚眉吐氣，而後回歸家庭、子孫滿堂的圓滿結局。故事缺乏原創性，大抵仿作傳統才子佳人婚事一波三折的俗套，但卻進一步顛倒男女人物的境遇，衍生出女扮男裝、高中狀元的情節，是為明代才子佳人小說的「反仿」，實有其創造性、獨特性，反映出女性意識的覺醒。邱心如以其細膩心思構思情節，使全書內容更加豐富，且結構嚴謹縝密、完整統一。全書採第三人稱「全知視角」敘事，並以「輪敘法」依事件的時空順序輪流發展情節。作者重視情節的曲折生動，不論德華女扮男裝、佩蘭埋名匿跡、絮才求道成仙或少霞猜疑試探等情節，皆繁雜曲折、變化多端。全書使用情節交錯的結構形式敘事，一個高潮接著一個高潮，一波未平一波又起，可謂峰迴路轉、跌宕起伏。作者靈活地運用巧合、意外、誤會、伏筆、懸疑等手法安排情節，使情節跌宕多姿、扣人心弦，令讀者時而愁，時而怒，時而樂，時而提心吊膽。全書文字清雅典麗，情節安排合理，三十二回情節連接自然且前後照應，在「彈詞小說」中為首屈一指之作。

《筆生花》的女性人物類型眾多且各具特色、意義。邱心如成功地創造出典型人物——姜德華，將自身理想寄託於德華身上，藉其彰顯女性的才華能力，替被壓抑的女性發聲。德華非凡的經歷與成就，反映出女性期盼走出家園、施展長才的心願。她不僅是作者理想的寄託，也吐露出諸多女性們的心聲，使後世提到女扮男裝的「彈詞小說」人物，不僅會想起《再生緣》的孟麗君，也會提到《筆生花》的姜德華。書中出世修道的謝絮才，勇於反抗傳統禮教，堅持實現個人理想，相較於最終向男權社會妥協的姜德華，謝絮才的形象更反映出女性獨立自主的精神。寬厚賢德與守節貞烈的女性人物，與書中的禮教觀相呼應。她們良善、賢德，有高尚的品德節操，反映出傳統婦女的美德，是作者極力刻劃且讚揚的女性人物。書中另有一群多疑、善妒、淫亂、凶悍的女性，作者雖給予這群反面形象女性人物悽涼的境遇，但也對其寄予同情，透顯出她們因婚姻不自主，致使無法獲得情感上的滿足，因而形成病態的心理與變態的行為。人物刻劃技巧方面，作者透過人物命名的緣由、情節、環境、內心獨白、對話、動作等動、靜態兼具的描寫手法，烘托出人物的肖像、情態與性格。《筆生花》人物的對話、行為等皆具準確、精練的特點，使人物性格鮮明且前後統一。性格的發展與改變，也都隨著情節開展，符合邏輯，使讀者對人物特徵烙下深刻的印象。

《筆生花》的韻文句型豐富多變，八種以七言韻文為主的句型，及由十字句組成的「攢十字」句型，是為「彈詞小說」的藝術特點。全書靈活地運用韻文、散文

以描繪狀物，使文筆活潑生動，並善用「譬喻」、「類疊」等修辭技巧鋪陳敘事。作者善用「譬喻」修辭，將客觀的事物生動地描繪出來，把人物的外形、內心世界的抽象情感具體化，不僅寫形而且傳神。「類疊」的運用，則使情節生動流暢，背景具層次感與立體感，並將人物內心的感傷、相思、悲憤、懊悔、歡娛或讚嘆等情緒，活靈活現地表達出來。此外作者藉由典故、回目詩及文中詩詞，發展情節、塑造人物形象、描寫人物心境，或藉以嘲諷勸戒世人、展現自身才學。詩詞的運用，增添了作品的節奏、韻律感，使《筆生花》更富藝術魅力。西諦曾提及「彈詞小說」的文學特色：

> 彈詞之敘述與描寫，較之《好逑傳》、《隋唐演義》諸書，不知高明了多少倍；即較之《紅樓夢》、《金瓶梅》諸書之寫敘瑣事者，亦更以描狀細物瑣情，無微不至見長。以前，有人說過一個笑話，他說：聽人說唱彈詞，敘述一個婦人鞋帶散了，俯下身體去扣上，說了一夜兩夜，這婦人的鞋帶還沒有扣好。這當然是含有些嘲笑之意的，然彈詞敘寫之細膩深切，於此亦可見之。〔註2〕

西諦所說的「彈詞」應兼指「彈詞小說」，而「描狀細物瑣情，無微不至」正道出《筆生花》寫作手法細膩深切的特點。

第二節　《筆生花》在小說史上的價值

　　明清女性「彈詞小說」是中國文學史上，一種以女性為主體的獨特敘事文體，長期與「彈詞」處於雜糅共生的狀態，後來經多位學者論述，始以書場腳本與案頭讀物作為區別。本篇論文將「彈詞」與「彈詞小說」視為不同的文體，將「彈詞小說」定義為：行文時以方便閱讀為主，不考慮實際說唱、演出的需要，使用京音、敘事體寫作，且出於女性之手的長篇文詞。依此定義，「彈詞」屬於曲藝文學，「彈詞小說」則屬於小說，然而小說史卻鮮少論及「彈詞小說」。孟瑤將「彈詞」分為以方言彈唱的「土音彈詞」及以國語書寫的「國音彈詞」，認為「彈詞小說」屬於「國音彈詞」（亦即「京音彈詞」、「京腔彈詞」），並將《筆生花》歸類於此。然而，蔡源莉、吳文刻《中國曲藝史》，則將《筆生花》歸類於「蘇州彈詞」中〔註3〕，顯然是將《筆生花》視為曲藝文學。由此可見，《筆生花》在文學史上的定位仍模糊不定，但本篇論文認為《筆生花》屬於京音、京腔之「彈詞小說」，是明確肯定的。

〔註2〕阿英，《彈詞小說評考》，上海：中華書局有限公司，1937年2月，頁2。
〔註3〕蔡源莉、吳文科，《中國曲藝史》，北京：文化藝術出版社，1998年1月，頁94。

　　明清女性「彈詞小說」有所謂「彈詞三大」，即《再生緣》、《天雨花》、《筆生花》。馬子富、劉麗紅《中國清代文學史》評價《筆生花》：

　　　　故事未脫《再生緣》等作品的窠臼，但故事情節曲折、妙筆生花、語言流
　　　　暢、引人入勝，是道光咸豐年間的一部較有影響的彈詞小說。〔註4〕

《筆生花》結構完整統一、情節扣人心弦，為「彈詞小說」中的鉅作。明清女性「彈詞小說」為獨特的女性文學，是一種"of the woman, by the woman, and for the woman."的作品〔註5〕，亦即女性的文學、出自女性之手，且為女性而作的文學作品，反映出女性的創作堅持與施展長才的理想，標誌著女性文學的一個創作時期與佳績。邱心如秉持「處處為女性張目」〔註6〕的創作心態，以其坎坷的命運與經歷，從自我觀點關照女性的不幸命運，並以同情的筆調、寫實的手法，表現男尊女卑等禮教制度帶給女性的傷害。邱心如鼓吹三從四德、一妻多妾等禮教觀、婚姻觀於今日看來雖屬傳統、保守，但就當時而言，則為所有清代女性們的共同認知，在她們看來，這是正常且理所當然的，是以本文雖將作者此等思想歸類為傳統的一面，但並不以現代觀點否定作者「處處為女性張目」的思想與心態。以《筆生花》的精神全貌而言，邱心如以女性為中心，細膩地刻劃出女性的情感與生活，為女性抱不平，並寄託女性的美好理想，不僅完成自身的創作理念，也為女性文學留下不朽的鉅作，由此可見《筆生花》在「彈詞小說」中具有絕對的價值與存在意義。

第三節　研究展望與限制

　　本篇論文針對清代「彈詞小說」《筆生花》的作者、思想、人物與寫作技巧做一探討，在分析文本前，先確立「彈詞」與「彈詞小說」為不同的文體，給予「彈詞小說」明確的定義，並且說明「彈詞小說」與清代女作家的關係，及作者於前後文自序的自我呈現，對了解作者的寫作動機、心態有重要意義。然而「彈詞小說」續書的現象、母女關係在「彈詞小說」創作中所呈現的世代傳承問題等，則是本篇論文尚未深入論及之處。《筆生花》傳達的主題思想涵蓋兩性、婚姻、果報、神仙等觀點，透顯出作者傳統與反傳統的兩面思想，及儒家、道教、佛教兼容的思想。書中情節曲折複雜、變化多端，除本文論及者外，親子、手足及主僕之間的真摯情意、假男子與妻子的同性情誼、眾女子對假男子所產生的畸形感情、夢兆指引的意義等，

〔註4〕馬子富、劉麗紅，《中國清代文學史》，北京：人民出版社，1994年4月初版，頁203。
〔註5〕趙景深，《彈詞考證》，臺北：臺灣商務印書館，1967年6月，頁1。
〔註6〕鄭振鐸，《中國俗文學史》（下冊），臺北，臺灣商務印書館，1965年6月，頁371。

本篇論文亦未深入論及。

　　《筆生花》是一部以女性為中心的「彈詞小說」，女性人物類型多且鮮明，因此本文將其分為五種類型加以探討，其實書中男性人物的塑造也很成功，如才情兼具的文少霞、文少雯、謝春溶，寡德不孝的姜逢吉、柏存仁、楚廷輝等鮮明的人物形象，也是值得探討的一環。本文以句型、詩作、典故及類疊技巧的使用，作為分析《筆生花》語言特點的論點。《筆生花》的修辭技巧運用豐富，但因「類疊」技巧能突顯「彈詞小說」的句型特色，且作者善用「譬喻」技巧刻劃人物形象，故本文僅以「類疊」與「譬喻」為例析論，其實除此之外，「排比」、「設問」、「誇飾」、「借代」等修辭技巧對於發展情節、塑造人物，也發揮了適當的作用，這些都是尚可繼續探討的方向。

　　最後，本文在撰寫過程中，也遇到一些困難與限制。由於《筆生花》作者邱心如的生平資料，只能藉由她於每回前後文的自序整理歸納，儘管為真實的一手資料，但缺少其他參考文獻，畢竟不夠周全，使得作者的生卒年月及成書年代均無法確認，這是本篇論文在研究上所受到的限制。儘管如此，由此研究中，仍然可以發現此部長篇「彈詞小說」有著不凡的文學價值與意義，並且其他的清代女性「彈詞小說」，也還有許多值得人們去探究的豐富內涵，這也是未來可以繼續努力的研究方向。

附　錄

附錄一　《筆生花》的版本

時　間	版　本	書　名	冊數	卷數	回數	繡像圖	台灣館藏
咸豐七年	初刊本(亡佚)			不分	32		無
光緒中葉	申報館仿「聚珍版」印本	《筆生花》					無
光緒二十年	上海書局石印本	《繪圖筆生花》	16	16		有	無
光緒二十年	申江袖海山房石印本	《筆生花》		16	32		無
一九二一年	上海進步書局石印本	《繡像繪圖筆生花》	10	16	32	有	有
一九三三年	商務印書館鉛印本	《繡像筆生花》	1	4	32	有	無
一九六一年	香港藝美圖書公司排印本	《筆生花》		4	32		無
一九七一年	台北文海出版社有限公司鉛印本	《筆生花》	2	4	32	有	有
一九八〇年	台北廣文書局「上海書局石印本」之鉛印本	《繪圖筆生花》	4	16	32	有	有
一九八〇年	台北河洛圖書出版社鉛印本	《筆生花》	13	不分	32	有	有
一九八一年	台北文化圖書公司鉛印本	《筆生花》	2	不分	32		有
一九八四年	中州古籍出版社「上海書局石印本」之點校本	《筆生花》		8	32		無
一九八七年	台北文化圖書公司鉛印本	《筆生花》	2	不分	32	無	有
一九九一年	台北文化圖書公司鉛印本	《筆生花》	2	不分	32	無	有
二〇〇一年	三民書局點校本	《筆生花》	2	不分	32	無	有

附錄二　《筆生花》版本館藏與出處

《筆生花》版本	版本館藏、出處
咸豐七年，初刊本	亡佚。
光緒中葉，申報館仿「聚珍版」印本	保存石印本、鉛印本。
光緒二十年，上海書局石印本	根據嚴靈峰編輯《書目類編》所錄，「四川省圖書館藏古籍目錄分類總目」有記載。
光緒二十年，申江袖海山房石印本	黃明〈筆生花考證〉有記載。
一九二一年，上海進步書局石印本	國家圖書館善本書庫。
一九三三年，商務印書館鉛印本	根據嚴靈峰編輯《書目類編》所錄，趙萬里《西諦書目》有記載。
一九六一年，香港藝美圖書公司排印本	東京大學東洋文化研究所。
一九七一年，台北文海出版社有限公司鉛印本	台灣大學、中國文化大學、世新大學、東吳大學、清華大學、淡江大學、中正大學、東海大學、靜宜大學、中山大學、成功大學、長榮大學、東華大學、台北市立圖書館。
一九八〇年，台北廣文書局「上海書局石印本」之鉛印本	台灣大學、台北大學、中央警察大學、台灣藝術大學、台灣科技大學、交通大學、東吳大學、政治大學、清華大學、輔仁大學、中正大學、中興大學、暨南國際大學、靜宜大學、中山大學、成功大學、東華大學、花蓮教育大學。
一九八〇年，台北河洛圖書出版社鉛印本	國家圖書館、中央、交通大學、台北大學、東吳大學、清華大學、淡江大學、華梵大學、新竹教育大學、輔仁大學、實踐大學、中山醫學大學、中興大學、東海大學、彰化師範大學、靜宜大學、中山大學、台南大學、成功大學、長榮大學、高雄師範大學、崑山科技大學、花蓮教育大學、花蓮師範學院、育達商業技術學院、高雄市立圖書館。
一九八一年，台北文化圖書公司鉛印本	中國文化大學、陽明大學、中正大學、長榮大學、國家圖書館、舊金山市立圖書館。
一九八四年，中州古籍出版社「上海書局石印本」之點校本	上海財經大學、東京大學東洋文化研究所。
一九八七年，台北文化圖書公司鉛印本	台北大學、海洋大學、台北市立圖書館。
一九九一年，台北文化圖書公司鉛印本	中國文化大學、陽明大學、中正大學、長榮大學、

	國家圖書館、舊金山市立圖書館。
二○○一年，三民書局點校本	中國文化大學、台北教育大學、台北科技大學、台灣大學、交通大學、長庚大學、政治大學、師範大學、眞理大學、淡江大學、輔仁大學、國立體育學院、大葉大學、台中教育大學、逢甲大學、雲林科技大學、成功大學、崑山科技大學、台東大學、東華大學、國家圖書館、中央圖書館台灣分館、育達商業技術學院、亞東技術學院。

附錄三　《筆生花》主要情節表

情節結構	主　　旨	回　　數	主　要　情　節
開　端	訂定姻緣	第一回至第四回	姜德華與文少霞依父母之命訂定姻緣。少霞驚艷於德華之美貌與文才，對其深情不移。
糾　葛	權臣逼婚	第五回至第八回	柏固修因與姜家有嫌隙，故假借皇上招貴人爲由，脅迫德華入宮。德華爲救父親，不得已而應詔入宮。
高　潮	改裝逃婚	第六回至第九回	德華爲守貞節而自縊，所幸爲狐仙所救，故依其指示喬裝成男兒｜姜小峰，以脫離險境。
懸　疑	喬裝惹疑	第十回至第十四回	少霞根據蛛絲馬跡，推測小峰即爲德華裝扮而成，屢次試探之。德華欲成就個人理想，並安慰父母無子之遺憾，故不願重返女身。
衝　突	建功立業	第十五回至第二十回	德華文武兼修、智勇雙全，深受正德皇愛戴，之後更平定奸臣，擁立興獻王即位，位列公卿。
逆　轉	返回女身	第二十回至第二十三回	德華喬裝一事，爲母親揭露後，無奈地改回女裝，並依舊約與少霞結爲連理。
緩　合	苦盡甘來	第二十二回至第二十九回	德華嫁爲人婦後，善盡婦職。奸惡之人苦受惡報，德華等人歷經千辛，終於苦盡甘來。
收　場	圓滿結局	第三十回至第三十二回	文、姜等府之人，因素有善行，故家門興旺。德華、少霞夫婦隱居修身養性，最後回歸仙班。

附錄四　《筆生花》各回情節表

回	題　　目	主要人物	主　　要　　情　　節
一	感神明瑤宮讁秀 徵夢兆綺閣留芳 惱權臣欺心圖害 求吉士執意許婚	莫　氏 楚廷輝 文少雯	姜近仁因前世有過，故今生無後。莫氏因此誠心祈求子嗣，並替近仁納花氏、柳氏為妾，兩妾產下九華、玉華兩女。玉帝念姜家祖先有德，且莫氏虔誠祝禱，故賜德華與之。莫氏得夢兆指引後，果得此女。文家兩子少雯、少霞才貌兼具。藍章代楚家向文佩蘭提親，文家因不願與權奸攀親事，故婉絕。楚廷輝求親不成，故以暗計陷害文少雯。楚夫人憐惜少雯，解救少雯並將春漪許配之，少雯無奈允諾
二	悔聯姻佳人擲玉 遭侮弄才子遺珠 促行期匆忙畢吉 憐病體鄭重登途	楚春漪 文少雯 步靜娥	楚春漪不願下嫁少雯作妾，對母親私訂婚事感到委屈，故將玉佩擲地。文少雯參加科舉，無奈考官貪污，使其名落孫山。文公奉旨至江西上任前，匆忙辦妥文少雯與步靜娥的婚事。文夫人思及路途遙遠，求醫不便，心疼靜娥病體，建議走水路，文公允，靜娥感謝不已。
三	平山堂才抒短錦 宜涼館艷集群花 文少霞求婚淑媛 姜顯仁愛繼嬌娃	文少雯 文少霞 姜德華 姜顯仁	文府同遊揚州平山堂，文家兄弟題詩抒懷。文、姜兩府女眷聚集夏宜館，辦洗塵、做壽宴。兩府五佳人，在靜娥提議下結為金蘭姊妹。文夫人代少霞向兄長提親，議訂婚事。姜顯仁見姜家三妹，欲求嗣一人以作伴。姜近仁酒醉糊塗答應過繼玉華，顯仁大喜。姜家女眷又怒又愁，欲挽回此事，無奈一言既出駟馬難追。
四	肆悖逆醉鬧高堂 涉嫌疑私窺月窟 謝公子冒昧求親 姜侍郎殷勤作伐	姜玉華 姜逢吉 文少雯 姜德華 謝春溶	姜顯仁繼承玉華，姜家女眷依依不捨。玉華進顯仁家拜祖先、參家廟。逢吉在父親迎繼女之日發酒瘋，顯仁夫婦怒。少霞下聘後，未曾見得德華容貌，故於德華書房外偷窺，驚艷其美貌。德華暗惱少霞輕忽，不顧禮法。謝夫人相中德華，命春溶向德華求親。春溶訪姜府，見德華不禁意亂神迷，得知德華已定姻緣，感到十分惋惜。少霞得知春溶心思，因欣賞春溶，故請託母舅作媒，以成就春溶與佩蘭的良緣。
五	警芳心託逢妖魅 驚艷色恰遇豺狼 無意中得婚美婦 驀地裡劫去新娘	姜德華 胡月仙 柏存仁 姜九華	正德皇興建十二樓行宮別苑，下旨選十二個才色兼優的宦家閨秀封為貴人，居此十二樓。燕氏邀德華等女眷遊庭園，賞春景。眾人在玩月亭驚見容貌與德華相同之狐仙胡月仙，狐仙提醒、勸戒德華近日將有災禍及如何逢凶化吉。樊氏等人遊西湖散心，恰巧柏存仁也至西湖遊玩。柏存仁驚艷於九華的美貌，故央求父母託媒結此良緣，得知九華已與吳家有婚約後，竟在九華出嫁當日將其劫走。

六	失冰心依然複合 懷毒意另作侵漁 明大義佳人應詔 重私情才子貽書	姜九華 柏存仁 姜德華 文少霞	九華守節寧死不屈，慘遭柏存仁杖斃，幸賴老天有眼令其還魂，並爲瑞徵接回吳家。柏存仁因得不到九華，便狀告父親，姜家有一美貌的幼女可獻給皇上。柏固修霸道不講理，威脅近仁，德華深明大義，自願入宮以救父。少霞寫一簡帖轉交德華，欲感動並慰留之。德華暗惱少霞做事輕浮。德華拜別家人，眾人哭得肝腸寸斷。
七	薄倖郎草堂合巹 貞烈女旅館投繯 欣遇救移花接木 巧完姻跨鳳乘鸞	文少霞 純娘 姜德華 謝絮才	德華應召入京後，少霞意志消沉，恨其毀棄婚約，故私自離開姜家。少霞於途中巧向遠親文姓老婦借宿。少霞酒醉欠思量，故含糊答應與慕容純娘成親。德華爲保清名而自縊，但爲胡月仙所救，胡月仙指示德華喬裝成男兒並投靠謝家，自己則假扮德華入宮，以救德華脫離險境。德華假扮男兒後，更名爲姜峻璧，字小峰，留宿謝家，並與謝絮才成親。謝絮才只欲修行，不欲沾染紅塵，恰與喬妝的德華情投意合。
八	信荒唐徒增笑柄 嗔造次罰阻歸期 楚皇親冒稱夙約 文小姐識破玄機	成　氏 姜九華 文少霞 楚廷輝 文佩蘭	成氏指責九華行爲失檢點，瑞徵冷笑譏諷成氏，成氏惱羞成怒，故與瑞徵扭打。吳公因寵愛成氏，覺得瑞徵狂妄不該，故不理會。瑞徵被氣如蠻牛之成氏打倒在地，九華以死做威脅向吳公求饒，吳公始制止。文夫人對於少霞不告而婚之事甚怒，命佩蘭寫家信致少霞，秋闈中第方可返家，否則漂泊異鄉不許歸來。楚廷輝探得佩蘭與春溶的婚事後，冒名爲春溶，搶先迎娶佩蘭。文夫人一時失察，糊塗嫁女。佩蘭出嫁後，捐軀落水以守節操。
九	奉神言權充小婢 施巧計戲誘諸郎 南北闈雙雙得意 東西隔各各牽腸	文佩蘭 王家兄弟 姜德華	佩蘭捐軀落水後，因貞烈精神可敬，爲水神相救。神妃命佩蘭埋名匿跡，身充下役三年，日後便能闔家團圓。佩蘭出瑤宮後，爲王守仁家眷所救，託名姜佩蘭，聽從神諭，無奈屈居於王家。王家兄弟欲親近佩蘭，佩蘭惱，故施小計戲弄四人。小峰、少霞與春溶應試皆高中。姜家收得報人通知姜小峰上榜的消息，甚覺訝異，對於小峰的來歷，亦頗多疑惑。姜公反覆觀看小峰的書信，覺其字跡似德華。恰逢考試結束，春溶返家視親，便託春溶代爲觀察。
十	小解元避嫌斂跡 老工部使酒蒙冤 運仙機乘空妙舞 逞素志任性胡言	姜德華 姜近仁 胡月仙 花映玉	小峰自春溶返家後，便處處留心避嫌疑。姜近仁因酒醉而毫無忌憚地高聲斥罵柏固修欺君誤國。柏固修以毀謗朝廷，目無君上之罪名，憤而將姜近仁押解入獄。皇上命胡月仙獻藝，胡月仙運仙機，凌空妙舞。皇上怒其施妖術，欲將之拿下，但見其美貌不禁銷魂，重生喜色。胡月仙稟明皇上已有婚約，懇求皇上恩赦，並撞柱表明心志，皇上感佩其烈性。莫氏、樊太夫人因姜公入獄，雙雙病倒後，花氏歡喜地主持家事，收買奴僕，揮霍家產。

十一	爲嚴親強遵鳳卜 徵吉兆喜躍龍門 重綱常匿藏嬌女 施雨露賜出佳人	姜德華 楚元方 姜近仁 正德皇	小峰至獄中探望父親，見父親儀容消瘦，不覺心如刀割。近仁認出小峰爲德華，兩人恐犯欺君之罪，故隱匿實情。小峰向楚公稟明姜公冤獄。楚公見小峰有才貌，欲將小峰招爲己黨，故允諾相助並託媒將楚春漪許配小峰。小峰以有家室爲由婉拒，但楚公仍強行威脅逼迫，小峰不敢違逆，只得權衡答應婚事。皇上賜假德華胡月仙重歸故里，並賜少霞夫婦完婚。藍氏知楚公爲女安排的婚事後，因已私將春漪許配少雯，故偷偷將春漪送至藍公處。
十二	諧鳳願驚失仙蹤 悟玄機試挑女俠 省慈幃智逐頑徒 扶弱嫂重懲惡妾	胡月仙 文少霞 文夫人 花映玉	少霞與胡月仙成婚的洞房夜，胡月仙化成清風遁去，只留下繡花鞋和兩首詩。少霞看出詩的口氣非德華，猜想此人爲神仙降世，而小峰則爲德華，於是開始思索許多可疑之處，並不斷試探小峰是否真爲德華。文夫人得知娘家被花氏鬧得淒涼蕭條，故返家替母親討一公道。文夫人施計並請水太守論斷此事，事情平定後，樊太夫人將花氏鎖禁冷房。
十三	無能婦誤信奸徒 樂道妻代求麗質 假郎君斷臂生猜 真女婿詢言受責	純　娘 謝絮才 姜德華 文少霞	純娘喪母後，被李夢周冒名少霞，賣給山東老鴇。純娘恨少霞薄情，但仍堅決不賣身，願以死明志。謝絮才買下啞女純娘，做爲小峰的妾室。春溶邀小峰賞春景，小峰因男女授受不親，推託身體不適轉身而走，春溶抓其手臂欲留之，小峰失色發怒。小峰回房後惱貞潔有污，憤而將手臂砍一刀。少霞由小峰斷臂之舉，認定小峰必爲德華，於是向近仁表明疑慮。近仁反笑此乃無稽之談，責備其昔日不告而別，實狂妄無知，並警告其不可胡言亂語。
十四	送行旌少霞悵別 明往跡香士生悲 示真情純娘屈節 知假扮慈母舒眉	文少霞 謝春溶 純　娘 莫　氏	小峰等人由京返鄉，少霞一人獨留京師，甚覺孤單惆悵。小峰巧遇佩蘭的婢女輕紅，輕紅告知眾人佩蘭被騙去殉節的緣由。春溶悲泣，並對佩蘭的貞節充滿敬意。純娘向小峰表明身世背景，小峰憐惜之，向純娘表明自身即爲姜德華。純娘又驚又喜，兩人結爲金蘭姊妹。呂洞賓下凡賜純娘仙丹，純娘服用後果能開口言語。近仁出獄後返家，告知莫氏，小峰乃德華喬裝，莫氏見到女兒開心不已。
十五	訝私胎防傷女操 捐老命端爲兒曹 逞毒謀禍生雁序 徵異夢巧合鸞交	純　娘 姜顯仁 姜逢吉 姜玉華 厚熜王爺	純娘因悲痛而動胎氣，姜公夫婦納悶，擔憂純娘乃輕薄之人，有損小峰名節。小峰無奈只好將純娘的身世據實以告。姜顯仁居官清正，但因子媳不肖，終日抑鬱寡歡而病殁。姜逢吉夫婦覬覦玉華的錢財，故下藥昏迷玉華，將之棄於荒野。蔣太妃得婚姻夢兆，便命厚熜至樹林尋找玉華。厚熜將玉華帶回府內，並捉拿姜逢吉，姜逢吉見大事不妙，便捲款、棄父柩、拋母親而逃。夏氏恨其狼心狗肺，更悲痛丈夫後繼無人。

十六	娶賢妃欣聯美眷 婚妒女悔遇凶魔 老司徒哀詞誌憾 小學士幻夢知戈	姜玉華 文少霞 沃良規 姜德華	玉華與興獻王厚熜成親。文少霞誤信媒人之言，娶醜陋悍婦沃良規爲妾，兩人婚姻不睦。沃公擔憂女兒婚姻，又因早已病入膏肓，而撒手人寰。小峰夢見胡月仙帶其參謁孫夫人。孫夫人授與小峰兵法，並賜小峰芙蓉寶劍，命其用心習練，以於日後輔佐皇上立大業。小峰醒後果見一寶劍，日後便勤讀兵書，勤練武藝，鎗法日漸精熟。
十七	假歡娛純娘誕育 眞晦氣文炳遭迍 義俠人爲郎策劃 風流女款客殷勤	純　娘 文少霞 姜德華 沃良規	純娘產子，姜家喜得孫子，開筵宴客。沃良規懷疑少霞與芹童有曖昧，與其爭執打鬧。正德皇沉迷於酒色，少霞上諫言，使皇帝震怒而入獄。小峰知情便請求楚公相助，楚元方因深愛小峰奇才博學，欲歸其入黨，遂奏請皇上赦免少霞。少霞對小峰的相助不勝感激。沃良規愛慕小峰，與小峰結拜爲姐弟並引誘之。小峰發怒，正色告誡沃良規。
十八	慮鴛分懼禍歸鄉 升龍馭乘機篡國 殉大難母女雙亡 罄孤忠弟兄併力	沃良規 楚元方 楚夫人 楚貴妃 姜德華 文少霞	少霞見沃良規不守婦道，與之拳腳相向。少霞不愼滑倒，頓時臉色蒼白而吐血。沃良規擔憂難逃罪，故逃回家鄉。正德皇駕崩後，楚元方僭位稱帝。楚夫人、楚貴妃，因不滿楚元方悖禮忘義，故殉節自盡。小峰、少霞合力迎興獻王厚熜即帝位。
十九	慕神仙果然悟道 徵快婿喜得乘龍 靖妖氣順天踐祚 頒聖典錫爵酬功	謝絮才 謝春溶 姜德華 厚熜王爺	絮才潛心道術多年，終於在夢中拜胡月仙爲師。胡月仙授其法術，並告知三年後再度其山世。絮才的求仙意志至此更加堅定。王守仁平定柏固修等奸賊，將女兒王鳳嬛許配春溶。楚元方篡位後，終日沉於酒色不問政事。小峰見楚軍心懈，便大舉進攻，將奸臣一網打盡。厚熜登基即位，改元嘉靖。
二十	賢皇后諫封外戚 苦佳人泣別慈幃 慕前盟通宵不寐 呈往跡驀地潛歸	姜玉華 姜九華 文少霞 文佩蘭	玉華成爲皇后，因惱外戚干政爲人批評，故諫言皇上勿大封外戚。皇上以及滿朝文武官員對姜家家風皆感欽佩。文、姜兩家赴京城，出嫁的九華對眾人離去依依不捨。少霞對德華朝思暮想，並始終疑心小峰爲德華。佩蘭得知春溶與鳳嬛的婚事，暗自悲嘆，抵京後，即刻返家視親，表明事情始末，眾人見其安好甚爲驚喜。皇上降旨命佩蘭與鳳嬛無分偏正，同歸春溶。
二十一	吐幽情雙雙遂願 成美眷兩兩和諧 酸醋甕齊齊翻倒 悶葫蘆刻刻相猜	文佩蘭 謝春溶 楚春漪 步靜娥 沃良規 文少霞	小峰爲避免絮才爲修道而時時防範，故告之喬裝實情，絮才又驚又喜。春溶同時迎娶佩蘭、鳳嬛，三人感情契合。少雯迎娶春漪後，與其如膠似漆。春漪善於取悅少雯，而靜娥生性忠厚，故遭少雯冷落。沃良規因將家產揮霍殆盡，故至京城投靠少霞。沃良規抵文宅，少霞避走謝府。沃良規前往謝府尋少霞，並與佩蘭起爭執。少霞得知沃良規大鬧一事，又愧又氣。樊太夫人命小峰代爲調停。小峰知少霞刻刻相猜其爲德華，但仍無意重著女裝。

二十二	逞風情益增醜語 明往跡頓釋疑憂 習清修豈甘再醮 邀盛典依舊封侯	沃良規 文少霞 姜德華 謝絮才	小峰勸戒沃良規切勿取鬧，沃良規雖欲勾引之，但仍聽其勸戒，一時改頭換面，不再無理取鬧。少霞整日為德華心煩亦亂，佩蘭認為莫氏忠厚仁慈，若向其懇求，必有所允，於是與母親一同向莫氏表明心意並曉以大義。莫氏無奈只好將德華喬裝之事據實以告。少霞等人知情大喜，姜公允諾將德華重歸少霞。小峰得知喬裝一事敗露，深感無奈與悲哀。絮才則急忙表明不願改嫁而欲修道的決心，謝公無奈應允絮才修道。皇上對小峰實為女人之事，深感訝異，且非但不怪罪，反而加以稱許，並賜婚少霞。
二十三	參聖母重邀雨澤 勸佳人共返雲軺 續前盟才郎遂願 懷往事淑女寒心	姜德華 謝絮才 文少霞	德華參見皇太后，皇太后對其身為女子卻平定天下、重振明室江山，深感敬佩。謝夫人不贊成絮才修道，絮才使氣不茶不飯。德華勸絮才進食以慰雙親，並邀絮才前往姜家閣樓專心修道，絮才喜而同往。少霞等待三年，終於如願與德華結為連理。德華無奈成婚，並計畫日後調和少霞與純娘、沃良規的感情。
二十四	憐弱質代呈隱跡 責賢妻因聽讒言 薄倖郎重伸繾綣 頑劣女實費周旋	姜德華 純娘 楚春漪 步靜娥 文少霞 文少雯 沃良規	德華調和少霞與純娘的誤會，兩人終於解開心結。楚春漪對少霞與靜娥心懷怨恨，故向少雯污衊少霞與靜娥有私情。靜娥受少雯誣賴，不禁悲痛。德華請求文公夫婦釋放沃良規，沃良規見德華本破口大罵，但經德華溫柔地勸說後，態度逐漸軟化。
二十五	沃良規依然作惡 楚春漪忽爾行凶 孝女兒奮身救父 賢妹子正色箴兄	沃良規 楚春漪 姜德華 文佩蘭	沃良規與少霞合房，因思及舊事而舊性復發打傷少霞。德華勸之須修婦德，勿使九泉下之雙親遺恨。楚春漪聽聞德華染風寒，便趁機替父報仇。德華見春漪險傷及父親，因勸說無效故與之相鬥，不小心傷及春漪。佩蘭正色勸戒少雯，勿貪戀楚春漪的美色而嫌棄靜娥。少雯聽罷佩蘭的金玉良言，始茅塞頓開，改過自新。
二十六	語詼諧情爭夫婦 言委婉善睦君親 強週旋雙收愛寵 真苦惱共嘆佳人	張太后 明世宗 姜德華 文少霞 姜九華	張太后向德華抱怨，世宗不尊明朝正統，只重本生親父母，而不孝敬自己。德華委婉將歷朝禮制告知張太后，張太后感慨，願意任從禮制，不再與皇上爭執。皇上認為其乃中興，不滿諸臣不讓先皇遷入祖廟。德華稟明皇上，即位乃奉太后手詔而行，應謹記太后的恩德。皇上聽罷為之動容，自此兩宮和睦。德華欲少霞納惜惜、憐憐為妾，少霞推卻不成，便勉強納兩人為妾。吳家家道中落，花氏又懸樑自盡，眾人感嘆九華境遇悽涼。

二十七	小郎君調戲義姐 老命婦怒責痴兒 授仙符重生紫玉 慕雅教預付紅絲	沃良規 蘭景如 文佩蘭 謝絮才	沃良規喜愛蘭景如，常不遵禮法與其嘻笑寒喧。景如爲人端正，知沃良規無善意，暗笑其忘廉喪恥，並使計謀讓少霞與沃良規合好。少霞誤以爲兩人私通，與景如鬧得不可開交。景如表明清白後，少霞始釋懷。佩蘭因違背仙家諭旨，難產昏厥，恐有不測。絮才將神篆符交與德華，命其令佩蘭服用，佩蘭始重現生機。佩蘭、鳳鸝各產下一女，謝家雙喜臨門。謝、王、姜三家約定兒女婚約，親上加親。
二十八	乞恩封薄兒愛姪 行毒計害主誣人 得凶音妹憐姐苦 安遠念夫代妻行	文少霞 成氏 姜九華 姜德華	少霞決定將爵位貽贈姪子瑞生，而不願傳給無知的霞郎。德華同意，但純娘惱恨少霞偏心，德華只好強加安慰。吳公生病後，成氏見吳公不明世事，便與刁貴私通，待九華發現此私情後，便與刁貴、刁婆聯手毒死吳公，並嫁禍九華。姜家知情十分悲痛，德華本欲親身返鄉救胞姊，少霞不捨其勞累奔波，故乞假，代替德華歸鄉救九華。
二十九	巧言詞旁敲表叔 喬面目立剖妖姬 明往跡情寬女道 慶重逢喜慰皇姨	文少霞 成　氏 弓　氏 姜九華	少霞請水公務必公正無私，並盡速裁決此案。少霞見此案懸而未決，心生一計請梨園演出地獄情景。成氏、刁貴母子嚇得招供，此案終於眞相大白，三人被處以死刑，九華亦洗刷冤屈。少霞至水仙祠致祭開光時，巧逢弓氏。弓氏告知逢吉被殺害棄屍入江，及自身爲保清白，投江自盡後被救之事，並表明因後悔昔日惡行，故入空門焚香懺悔。瑞徵大婦返姜家，九華與家人重逢，又悲又喜。
三十	亡獅吼陰銷凤孽 荷鴻恩職主群材 送麟來益增歡樂 乘鶴去不免悲哀	沃良規 文少霞 姜德華 謝絮才	沃良規性情惡劣，不守婦道，遭罰夭亡。皇上命少霞任春闈的主考官，欲藉其才能以拔擢人才。少霞主試無私秉正，姜、王、蘭、莫諸公子各憑本事上榜。德華與少霞同得佳夢吉兆，德華果然弄璋。絮才被胡月仙引去成仙，德華因兩人從此分隔，甚感哀痛，眾人亦驚訝不已。
三十一	善周旋權充愛女 奇作合暗易新郎 救端妃肅清上苑 藏愛寵流弊閨房	姜德華 文少雯 蘭寶如 端妃 王寧嬪 明世宗 文夫人 姜九華	絮才成仙後，德華見謝夫人悲痛不已，故認其爲乾娘。少雯欲娶蘭寶如，文公夫婦怒其風流，不允此婚。少霞兄弟手足情深，於是商量計謀以成就此婚事。雲樓表示受少霞之託爲蘭寶如作媒，蘭夫人欣然應允。婚禮上，德華喬裝爲新郎與寶如拜堂。洞房中，德華潛逃，換來少雯入洞房。隔日，寶如知情雖又驚又怒，但事已至此只得認命。此後，靜娥與寶如姊妹情深，少雯待兩人亦同等親愛，三人甚爲和氣。王寧嬪對曹端妃奪其寵愛懷恨在心，故命宮女楊金英謀殺皇上，並嫁禍端妃。姜后得知密報，急忙前去搶救皇上。王寧嬪見事敗，恐遭株連，便與任職駕前侍衛之兩兄弟，趁宮中無主之際起兵謀叛。德華、少霞入宮見此情景，憤而殺敵救駕。掌宮太監稟明實情後，端妃始無罪釋放，嫌犯則於隔

		日押於市曹正法。德華見皇上命在旦夕，故將昔日胡月仙所贈之仙丹，給皇上服用。皇上用罷，瞬間神清氣爽，並重賞兩人。文夫人因常去姜家陪伴母親，故不顧文公反對，納芳芸爲偏房，使文公有人服侍。九華久不孕，於是暗中命紫萱服侍瑞徵。紫萱有孕後，九華遂將其送於柳氏院中寄養。
三十二	靖邊塵國恩隆重得晚嗣家慶綿延暫時歸錦衣耀里全部結彩筆收緣	文少霞姜德華姜近仁	遼人入寇，連下明朝數十餘城。少霞請旨出戰，調兵遣將並親攻遼王。遼王來不及防備故投降，少霞建功甚爲歡喜。德華感嘆父親無子嗣，故虔心代父祈禱。玉帝受德華的誠意感動，於是令燕氏有孕，賜近仁一子。文、姜、謝、莫、王等家，因素有善行，故子孫滿堂、家慶綿延。德華、少霞至長輩們過世後，便隱居修身養性，最後由絮才接引，回歸仙班。

附錄五 《筆生花》人物關係表

說明：實線框，表女性人物。虛線框，表男性人物。實線，表婚姻關係。虛線，表親子關係。

一、文 府

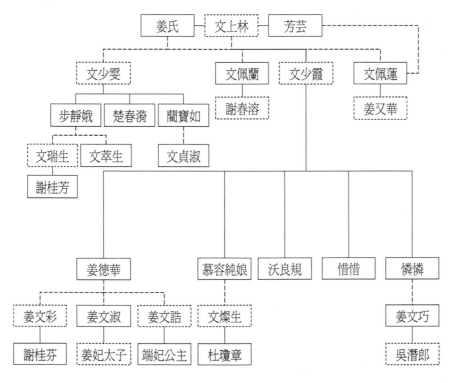

二、姜　府

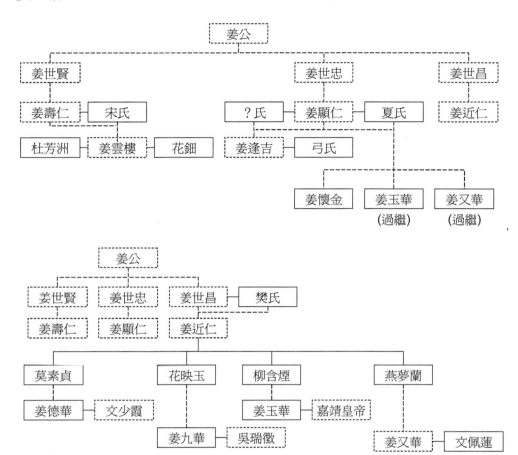

三、謝　府

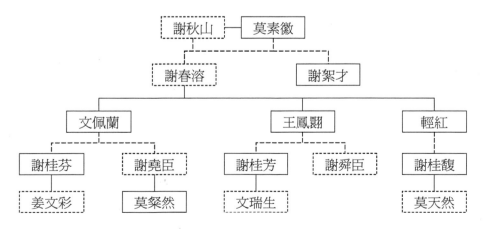

四、吳　府

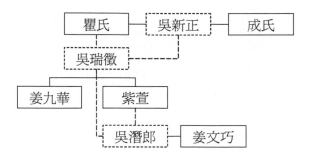

五、莫　府

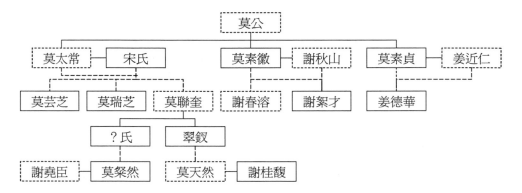

六、楚府、柏府、藍府

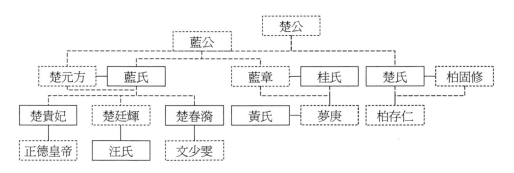

七、藺　府

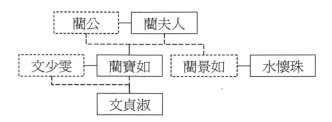

八、沃　府

九、步　府

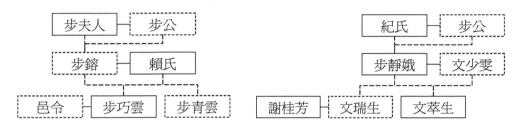

十、杜　府

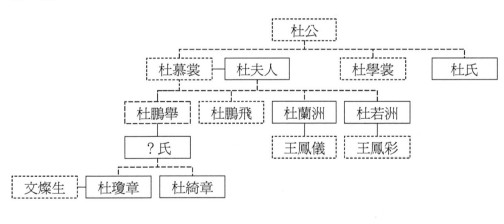

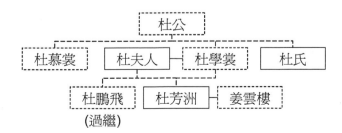

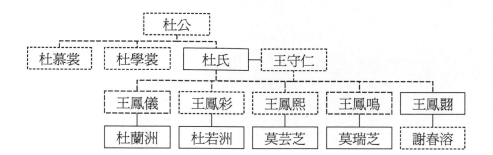

參考書目

按作者姓氏筆劃由少至多排列

一、《筆生花》原典

1. 〔清〕心如女史,《繡像繪圖筆生花》,上海進步書局石印本,上海:進步書局,1921 年。
2. 淮陰〔清〕心如女史,《筆生花》,臺北:文海出版社有限公司,1971 年。
3. 〔清〕邱心如,《繪圖筆生花》臺北:廣文書局,1980 年 3 月。
4. 〔清〕邱心如,《筆生花》,臺北:河洛圖書出版社,1980 年 6 月初版。
5. 〔清〕邱心如,《筆生花》(下),臺北:文化圖書公司,1981 年 5 月 5 日出版。
6. 〔清〕邱心如,《筆生花》,臺北:文化圖書公司,1987 年出版。
7. 〔清〕邱心如,《筆生花》(上),臺北:文化圖書公司,1991 年 5 月 5 日出版。
8. 〔清〕心如女史著,黃明校注,《筆生花》,臺北:三民書局股份有限公司,2001 年 11 月。

二、古籍專書

(一) 經　部

1. 〔宋〕朱熹集註,《詩經集註》,臺北:萬卷樓圖書股份有限公司,2004 年 9 月初版五刷。
2. 〔宋〕朱熹注,《改良周易本義》,臺北:武陵出版有限公司,2002 年 12 月。
3. 〔晉〕杜預注,《春秋經傳集解》,相臺岳氏本。
4. 〔清〕孫希旦,《禮記集解》,文史哲出版社,1965 年。
5. 〔漢〕許慎著,〔漢〕段玉裁注,《說文解字》,臺北:萬卷樓圖書股份有限公司,2000 年 9 月初版二刷。
6. 〔漢〕趙岐注,《孟子趙注》,中華書局據詠懷堂本校刊,臺北:臺灣中華書局,

1966 年 3 月臺一版。

7. 〔漢〕鄭玄注,《周禮鄭注》,中華書局據永懷堂本校刊。

8. 〔漢〕鄭玄注,《周禮》,1992 年據北京圖書館藏南宋刻本影印,北京：中華書局,1992 年。

9. 〔漢〕鄭玄注,《禮記鄭注》,相臺岳氏本,北京中華書局,1992 年。

(二) 史　部

1. 〔魏〕王肅注,《孔子家語》,中華書局據汲古閣本校刊,臺北：臺灣中華書局,1984 年 5 月臺六版。

2. 〔漢〕司馬遷撰,〔宋〕裴駰集解,〔唐〕司馬貞索隱,〔唐〕張守節正義,《史記》,臺北：藝文印書館據清乾隆武英殿本景印。

3. 〔明〕田汝成撰,范鳴謙補刊,《西湖遊覽志餘》(三),據明萬曆十二年刊本影印,臺北：成文出版社有限公司,1983 年 3 月。

4. 〔唐〕李延壽,《南史》,明崇禎間至清順治丙申虞山毛氏汲古閣刊本。

5. 〔唐〕李延壽,《南史》,1936 年上海中華書局聚珍仿宋版印。

6. 范〔劉宋〕曄撰,〔梁〕劉昭補志,章懷太子賢注〔唐〕,《後漢書》,中華書局據武英殿本校刊,臺北：臺灣中華書局,1966 年 3 月臺一版。

7. 〔唐〕唐太宗文皇帝御撰,《晉書》,中華書局據武英殿本校刊,臺北：臺灣中華書局,1966 年 3 月臺一版。

8. 〔漢〕班固撰,〔唐〕顏師古注,《漢書》,中華書局據武英殿本校刊,臺北：臺灣中華書局,1966 年 3 月臺一版。

9. 〔漢〕高誘注,《戰國策》,上海書局據士禮居黃氏覆剡川姚氏本校刊,1936 年上海書局珍仿宋版印。

10. 〔清〕張紫琳,《紅蘭逸乘一卷》,上海：上海書店,1994 年。

11. 〔漢〕劉珍等撰,《東觀漢記》,中華書局據掃葉山房本校刊,臺北：臺灣中華書局,1966 年 3 月臺一版。

12. 〔漢〕劉向撰,錢塘梁端無非校注,《列女傳》,臺北：廣文書局有限公司,1979 年 5 月初版。

13. 〔宋〕歐陽修,《新唐書》,中華書局據武英殿本校刊,臺北：臺灣中華書局,1966 年 3 月臺一版。

14. 〔宋〕薛居正等,《舊五代史》,北京市：中華書局出版,新華書店上海發行所發行,1976 年。

(三) 子　部

1. 〔五代〕王仁裕,《開元天寶遺事》,陽山顏氏文房,臺北縣：藝文印書館印行,1967 年。

2. 〔清〕王先慎集解,《韓非子集解》,光緒丙申年 12 月刊,臺北：藝文印書館,

1983 年 6 月三版。

3. 〔宋〕朱熹、〔宋〕呂祖謙撰，婺源江永集註，關中王鼎校次，《近思錄集注》，中華書局據通行本校刊，臺北：臺灣中華書局，1966 年 3 月臺一版。

4. 〔唐〕朱揆，《釵小志》，臺北：新文豐出版公司，1985 年。

5. 〔明〕吳元泰等，《東遊記》，臺南市：文國書局，1981 年 12 月。

6. 〔宋〕李昉編，《太平廣記》，北京市：中華書局出版，2003 年 6 月。

7. 〔明〕李贄，《焚書》，河洛圖書出版社，1974 年 5 月臺景印初。

8. 〔前蜀〕杜光庭，《墉城集仙錄》，北京圖書館藏明抄本，臺南縣：莊嚴文化事業有限公司，1995 年 9 月初版一刷。

9. 〔唐〕林寶撰，〔清〕孫星衍、〔清〕洪瑩校，《元和姓纂》，清嘉慶年間金陵書局校刊本，《中華漢語工具書書庫》，合肥市：安徽教育出版發行，2002 年。

10. 〔唐〕段成式，《酉陽雜俎》，臺北：商務印書館，1941 年 7 月初版。

11. 〔宋〕洪邁，《容齋三筆》，臺北：新文豐出版公司，1996 年。

12. 〔清〕唐甄，《潛書》，臺北：河洛圖書出版社，1974 年 3 月。

13. 〔明〕徐學謨，《歸有園麈談》，據明萬曆繡水沈氏尚百齋刻寶顏堂秘笈本影印，臺北：藝文印書館，（原書未見出版年月）。

14. 〔漢〕班昭，《女誡》，清順治丁亥兩浙督學李際期刊本。

15. 〔明〕曹臣，《舌華錄九卷》，清華大學圖書館藏明萬曆刻本，臺南縣：莊嚴文化事業有限公司，1995 年 9 月初版。

16. 〔清〕笠翁先生原本，鐵華山人重輯，《繡像合錦回文傳》，合肥市：黃山書社，1991 年初版。

17. 〔清〕陸靜安，《冷廬雜識》，上海：進步書局石印本，1921 年。

18. 〔清〕陶貞懷著，趙景深主編，李平編校，《天雨花》三冊，河南：中州古籍出版社，1984 年 3 月。

19. 〔唐〕馮贄，《雲仙雜記》，臺北縣：藝文印書館印行，1967 年。

20. 〔清〕黃六鴻，小畑行簡訓詁，山根幸夫解題，《福惠全書》，臺北：九思出版有限公司，1978 年 10 月 10 日臺一版。

21. 〔明〕溫以介，《溫氏母訓》，臺北：新文豐出版公司，1985 年。

22. 〔漢〕劉安撰，〔漢〕高誘註，《淮南子箋釋》，清嘉慶甲子姑蘇聚文堂重刊莊逵吉本，臺北縣：中國子學名著集成編印基金會，1978 年。

23. 〔南朝宋〕劉義慶撰，劉孝標注，《世說新語》，臺北：臺灣商務印書館，1935 年 3 月初版。

24. 〔宋〕劉斧，《青瑣高議》，南京圖書館藏清紅藥山房鈔本，臺南縣：莊嚴文化事業有限公司，1995 年 9 月初版。

25. 〔唐〕鄭處誨，《明皇雜錄》，北京：中華書局出版，1997 年 12 月湖北第二次印

刷。

26. 〔宋〕《太上感應篇》，臺中：聖賢雜誌社，2002 年 8 月再版。

（四）集　部

1. 〔唐〕李商隱，《李商隱詩集》，清康熙間海鹽胡氏刊唐音戊籤本過錄清河焯盧文弨校語。

2. 〔唐〕杜甫，《杜工部集》，中華書局據玉鈎草堂本校刊，臺北：臺灣中華書局，1966 年 3 月臺一版。

3. 〔梁〕昭明太子，〔唐〕李善注，《昭明文選》，臺北：文化圖書公司，1995 年 3 月 5 日再版。

4. 〔清〕袁枚，《隨園詩話及補遺》，臺北：長安出版社，1978 年。

5. 〔清〕康熙，《康熙御定全唐詩》（上），北京：國際文化出版社，1994 年 12 月初版。

6. 〔明〕楊慎，《升庵詩話四卷》，明嘉靖間刊本。

7. 〔漢〕劉向編集，王逸章句，《楚辭》，臺北：臺灣商務印書館，1939 年 9 月初版。

8. 〔南朝宋〕鮑照，《鮑參軍集》，中華書局據宋刻本校刊，臺北：臺灣中華書局，1966 年 3 月臺一版。

9. 〔清〕鄭觀應，《盛世危言》，長春：北方婦女兒童出版社，2001 年 1 月。

10. 〔唐〕駱賓王，《初唐四傑文集》，中華書局據通行本校刊，臺北：臺灣中華書局，1966 年 3 月臺一版。

二、近人論著

（一）彈書專書

1. 阿英，《彈詞小說評考》，上海：中華書局有限公司，1937 年 2 月。

2. 陳寅恪，《論再生緣》，香港：友聯出版社，1959 年 6 月。

3. 趙景深選註，《彈詞選》，上海：商務印書館，1947 年。

4. 趙景深，《彈詞考證》，臺北：臺灣商務印書館，1967 年 6 月。

5. 鮑震培，《清代女作家「彈詞」論稿》，天津：天津社會科學院，2002 年。

6. 譚正璧、譚尋編著，《彈詞敘錄》，上海：上海古籍出版社，1981 年 7 月。

（二）婦女研究

1. 王力堅，《清代才媛文學之文化考察》，臺北：文津出版社有限公司，2006 年 6 月初版。

2. 李又寧、張玉法編，《中國婦女史論文集第二輯》，臺北：臺灣商務印書館股份有限公司，1988 年 5 月再版。

3. 胡文楷,《歷代婦女著作考》,上海:上海古籍出版社,1985 年 7 月。

4. 胡曉眞,《才女徹夜未眠——近代中國女性敘事文學的興起》,臺北:麥田出版,2003 年 10 月。

5. 章義和、陳春雷,《貞節史》,上海:上海文藝出版社,1999 年 11 月初版。

6. 鮑家麟主編,《中國婦女史論集》,臺北:稻香出版社,1988 年 4 月再版。

7. 鮑家麟主編,《中國婦女史論集續集》,臺北:稻香出版社,1991 年 4 月初版。

8. 鮑家麟主編,《中國婦女與文學論集第二集》,臺北:稻香出版社,1991 年 6 月初版。

9. 鮑家麟主編,《中國婦女史論集第三集》,臺北:稻香出版社,1993 年 4 月初版。

10. 鮑家麟主編,《中國婦女史論集第四集》,臺北:稻香出版社,1995 年 10 月初版。

11. 鮑家麟主編,《中國婦女史論集第五集》,臺北:稻香出版社,2001 年 7 月初版。

12. 鮑家麟主編,《中國婦女史論集第六集》,臺北:稻香出版社,2004 年 2 月初版。

13. 鮑家麟主編,《中國婦女史論集第七集》,臺北:稻香出版社,2006 年 1 月初版。

14. 譚正璧,《中國女性的文學生活》,臺北:華嚴出版社,1996 年 5 月。

（三）文學史、思想史

1. 孟瑤,《中國小說史》第四冊,臺北:傳記文學出版社,1980 年 10 月。

2. 范煙橋,《中國小說史》,臺北:長安出版社,1982 年 2 月二版。

3. 馬子富、劉麗紅,《中國清代文學史》,北京:人民出版社,1994 年 4 月初版。

4. 蔡尚思,《中國禮教思想史》,香港:中華書局(香港)有限公司,1991 年 8 月。

5. 蔡源莉、吳文科,《中國曲藝史》,北京:文化藝術出版社,1998 年 1 月。

6. 鄭振鐸,《中國俗文學史》(下冊),臺北,臺灣商務印書館,1965 年 6 月。

7. 譚正璧,《中國文學進化史》,上海:光明書局,1931 年 2 月。

8. 譚正璧,《中國女性文學史》,天津:百花文藝出版社,2001 年 4 月第二版

（四）小說理論

1. 方祖燊,《小說結構》,臺北:東大圖書股份有限公司,1995 年 10 月。

2. 王平,《中國古代小說敘事研究》,河北:河北人民出版社,2003 年 11 月。

3. 冉欲達,《文學描寫技巧》,北京:中國青年出版社,1988 年 10 月一版。

4. 任世雍,《小說理論及技巧》,臺南:龍門圖書股份有限公司,1982 年 7 月初版。

5. 李喬,《小說入門》,臺北:大安出版社,2002 年 9 月第一版第三刷。

6. 周啓志、羊列容、謝昕合,《中國通俗小說理論綱要》,臺北:文津出版公司,1992 年 3 月。

7. 高瑞卿主編,《文學寫作概要》,高雄:麗文文化事業股份有限公司,1995 年 9 月初版。

8.　張稔穰，《中國古代小說藝術教程》，山東：山東教育出版社，1998 年 10 月。

9.　陳碧月，《小說創作的方法與技巧》，臺北：秀威資訊科技股份有限公司，2003 年 5 月再版。

10.　陸志平、吳功正，《小說美學》，臺北：五南圖書出版有限公司，1993 年 11 月初版。

11.　傅騰霄，《小說技巧》，臺北：洪葉文化事業有限公司，1996 年 4 月初版。

12.　賈文昭、徐召勛，《中國古典小說藝術欣賞》，臺北：里仁書局，1984 年 8 月。

13.　劉世劍，《小說概說》，高雄：麗文文化事業股份有限公司，1994 年 11 月初版。

14.　謝昭新，《老舍小說藝術心理研究》，北京：10 月文藝出版社，1994 年 3 月。

15.　羅盤，《小說創作論》，臺北：東大圖書有限公司，1980 年 2 月初版。

（五）宗教、禮俗

1.　《太平經》，臺北：藝文印書館，1962 年 6 月。

2.　于民雄，《道教文化概說》，貴州：貴州人民出版社，1991 年 7 月初版。

3.　中國社會科學院世界宗教所道教研究室，《道教文化面面觀》，山東：齊魯書社，1992 年 2 月初版二刷。

4.　文史知識編輯部編，《道教與傳統文化》，北京：中華書局，1992 年 8 月初版。

5.　阮昌銳，《中國婚姻習俗之研究》，臺灣省立博物館出版部，1989 年 5 月。

6.　黃子平主編，《中國小說與宗教》，香港：中華書局有限公司，1998 年 8 月初版。

7.　楊家駱主編，《太平經合校》，臺北：鼎文書局，1979 年 7 月初版。

8.　葛兆光，《道教與中國文化》，臺北：臺灣東華書局股份有限公司，1989 年 12 月初版。

9.　蕭登福，《道教與民俗》，臺北：文津出版社，2002 年 12 月初版。

10.　顧寶田等注譯，《新譯儀禮讀本》，三民書局股份有限公司，2002 年 11 月。

（六）近代文集

1.　王秋桂編，《李家瑞先生通俗文學論文集》，臺北：臺灣學生書局，1982 年 4 月。

2.　老舍，《老舍文集》第十五卷，北京：人民文學出版社，1995 年 10 月第三版。

3.　老舍，《老舍文集》第十六卷，北京：人民文學出版社，1995 年 10 月第三版。

4.　胡適，《胡適作品集》十四，〈三百年中的女作家〉，臺北：遠流出版社，1986 年。

5.　魯迅文集全編編委會編，《魯迅文集全編》，北京：國際文化出版社，1995 年 12 月初版。

（七）其　他

1.　中華漢語工具書書庫編輯委員會，《中華漢語工具書書庫》，合肥市：安徽教育

出版發行，2002 年。

2. 王聲惠，《中華姓氏大典》，河北：河北人民出版社，2002 年 6 月初版。

3. 孫家富、張廣明等編，《文學詞典》，湖北：人民出版社，1984 年 8 月。

4. 張玉法、張瑞德主編，《中國現代自傳叢書》第一輯，臺北：龍文出版社股份有限公司，1989 年 6 月 15 日初版。

5. 郭登峰，《歷代自敘傳文鈔》，臺北：文星書店，1965 年 1 月 10 日初版。

6. 陳明遠、汪宗虎編，《中國姓氏辭典》，北京：北京出版社，1995 年 11 月初版。

7. 舒新城等編，《辭海》，上海：中華書局永寧印刷廠，1948 年 10 月再版。

8. 黃慶萱，《修辭學》，臺北：三民書局出版，1992 年 9 月增訂六版。

9. 嚴靈峰編輯，《書目類編》，臺北：成文出版社，1978 年。

三、學位論文

1. 邱靖宜，《邱心如及其筆生花研究》，國立中山大學中國文學系（夜間專班）碩士在職專班碩士論文，指導教授：龔顯宗，2006 年 1 月。

2. 張俊，《再生緣三論》，重慶師範大學碩士學位論文，指導教授：謝真元，2003 年 4 月 20 日，頁 3。

3. 楊曉菁，《再生緣研究》，國立高雄師範大學國文學系碩士論文，指導教授：龔顯宗，1997 年 6 月。

4. 葉懿慧，《侯芝及其彈詞小說研究》，國立嘉義大學中國文學研究所碩士論文，指導教授：朱鳳玉，2004 年 6 月。

5. 廖卓成，《自傳文研究》，國立臺灣大學中國文學研究所博士論文，指導教授：楊承祖、齊益壽，1992 年 6 月。

四、期刊論文

1. 文迎霞、陳東有，〈彈詞中的女扮男裝故事與受眾欣賞期待〉，《江西社會科學》第三期，2004 年，頁 64～70。

2. 文迎霞，〈心的飛翔——彈詞中的女扮男裝故事與女作家寫作心態〉，《南昌高專學報》第四期，2004 年，頁 36～39。

3. 王亞琴，〈沒有圓滿結局的圓滿——彈詞《再生緣》結尾探析〉，《渝州大學學報》第一八卷第一期，2001 年 2 月，頁 63～66。

4. 王進安，〈長篇彈詞「筆生花」陰聲韻研究〉，《福建師範大學學報》第二期，2003 年，頁 91～95。

5. 王萌，〈論明清時期女性創作群體逃避婚姻的心態〉，《河南教育學院學報》第二十三卷第四期，2004 年，頁 92～94。

6. 王進安，〈長篇彈詞「筆生花」的用韻特點研究〉，《東方人文學誌》第三期，2004 年 3 月，頁 149～157。

7. 田蔚,〈從門當户對到才子佳人——試論中晚唐新型愛情觀的生成〉,《寶雞文理學院學報》第一期,1996年,頁50～56。

8. 吳存存,〈何謂三從四德中的婦容〉,《百科知識》第十二期,1997年,頁29～30。

9. 宋致新,〈中西女性文學中瘋女人形象之比較〉,《江西社會科學》第九期,2002年,頁70～72。

10. 李淑梅,〈從列女傳到烈女傳——看婦女地位的變遷〉,《中華女子學院學報》第三期,1996年,頁50～51。

11. 李亞光,〈試探重男輕女風氣之源〉,《錦洲師範學院學報》第二十二卷第一期,2000年1月,頁47～48。

12. 李菁,〈明代人情小說中的果報思想〉,《杭州教育學院學報》第二期,2002年3月,頁18～20。

13. 杜方琴,〈明清貞節的特點及其原因〉,《山西師大學報》第二十四卷第四期,1997年10月,頁41～46。

14. 佟迅,〈中國古代婦女社會地位及女扮男裝文學題材的演變〉,《華北電力大學學報》第三期,2005年7月,頁92～99。

15. 孟蒙,〈清代彈詞文學論略〉,《齊魯學刊》第一期,2002年,頁115～119。

16. 林燕玲,〈米鹽瑣屑與錦繡芸窗之間——彈詞「筆生花」自敘中呈現的創作動機與矛盾〉,《人文社會學報》第二期,2003年12月,頁125～140。

17. 金榮華,〈論《智救王國》和《梁祝雙狀元》在女權運動史上的意義〉,《民間文化論壇》,2006年,頁29～32。

18. 信靈,〈道教的承負觀之我見〉,《中國道教》第四期,2004年,頁40～42。

19. 段江麗,〈善書與明清小說中的果報觀〉,《明清小說研究》第一期,2002年,頁48～60。

20. 胡曉真,〈才女徹夜未眠——清代婦女「彈詞小說」中的自我呈現〉,《近代中國婦女史研究》第三期,1995年8月,頁51～76。

21. 胡曉真,〈閱讀反應與「彈詞小說」的創作——清代女性敘事文學傳統建立之一隅〉,《中國文哲研究集刊》第八期,1996年3月,頁305～364。

22. 胡曉真,〈晚清前期女性「彈詞小說」試探——非政治文本的政治解讀〉,《中國文哲研究集刊》第一一期,1997年9月,頁89～135。

23. 胡曉真,〈由彈詞編訂家侯芝談清代中期「彈詞小說」的創作形式與意識型態轉化〉,《中國文哲研究集刊》第一二期,1998年3月,頁41～90。

24. 胡曉真,〈秩序追求與末世恐懼——由「彈詞小說」《四雲亭》看晚清上海婦女的時代意識〉,《近代中國婦女史研究》第八期,2000年6月,頁89～128。

25. 胡曉真,〈祕密花園,論清代女性「彈詞小說」中的幽閉空間與心靈活動〉,《漢學中心叢刊》論著類第十種,2003年9月,頁279～314。

26. 張燕萍，〈明清女性彈詞文學管見〉，《信陽師範學院學報》第十八卷第四期，1998年 10 月，頁 69～73。

27. 張樹亭，〈彈詞文學興盛之原因〉，《濟寧師範專科學校學報》第二十四卷第一期，2003 年 2 月，頁 86～90。

28. 張玉雁，〈試論中外戲劇文學中的「女扮男裝」現象〉，《當代戲劇》第五期，2005 年，（無頁碼）。

29. 盛志梅，〈清代女性彈詞中女扮男裝現象論析〉，《南開學報》第三期，2004 年，頁 21～28。

30. 盛志梅，〈彈詞源流變考述〉，《求是學刊》第三十一卷第一期，2004 年 1 月，頁 97～101。

31. 許周鶼，〈論明清彈詞文化與吳地婦女〉，《蘇州大學學報》第二期，1996 年，頁 98～104。

32. 許麗芳，〈試論《再生緣》之書寫特徵與相關意涵〉，《中山人文學報》第五期，1997 年 1 月，頁 137～158。

33. 許麗芳，〈性別與書寫之錯置與超越──以「女才子書」與「再生緣」之作者自序爲中心之分析〉，《國文學誌》第五期，2001 年 12 月，頁 209～246。

34. 許麗芳，〈女性於書寫中之自我定位與詮釋──以陳端生之「再生緣」爲例〉，《大陸雜誌》一〇四卷七期，2002 年 4 月，頁 1～7。

35. 陳勝勇，〈理學貞節觀、寡婦再嫁與民間社會──明代南方地區寡婦再嫁現象之考察〉，《史林》第二期，2001 年，頁 22～43。

36. 陳焜，〈試論《太平經》中之承負說〉，《宗教學研究》第四期，2002 年，頁 19～23。

37. 陳節，〈從女扮男裝故事看傳統性別意識對作家的影響〉，《福建師範大學學報》第四期，2004 年，頁 65～68。

38. 陳筱芳，〈佛教果報觀與傳統報應觀的融合〉，《雲南社會科學》第一期，2004 年，頁 91～95。

39. 陳筱芳，〈佛教果報觀與傳統報應觀的融合〉，《雲南社會科學》第一期，2004 年，頁 91。

40. 陳筱芳，〈中國傳統報應觀與佛教果報觀的差異及文化根源〉，《社會科學研究》，2004 年 3 月，頁 67～69。

41. 舒紅霞，〈宋代理學貞節觀及其影響〉，《西北大學學報》第三十卷第一期，2002 年 2 月，頁 47～52。

42. 賀林、李德龍，〈英雄與英雌〉，《中國科技信息》第十六期，2005 年 8 月，頁 232。

43. 趙延花，〈女性追求平等的先聲──論「彈詞」《再生緣》中主人公孟麗君的思想價值〉，《內蒙古大學學報》，第三十六卷第四期，2004 年 7 月，頁 89～101。

44. 劉昭瑞，〈承負說緣起論〉，《世界宗教研究》第四期，1995 年，頁 100～107。

45. 劉天堂，〈明清女性彈詞中的女性意識〉，《蘇州鐵路師範學院學報》第十八卷第三期，2001 年 9 月，頁 66～69。

46. 盧振杰，〈論中國文學中女扮男裝母題的嬗變〉，《重慶教育學院學報》第十八卷第一期，2005 年 1 月，頁 16～18。

47. 閻廣芬，〈簡論古代女子的倫理道德觀〉，《中華女子學院學報》第四期，1998年，頁 44～46。

48. 鮑震培，〈真實與想象──中國古代易裝文化的嬗變與文學表現〉，《南開學報》第二期，2001 年，頁 68～80。

49. 鮑震培，〈晚清以來的彈詞研究──兼論清代女作家彈詞的文體定位〉，《天津社會科學》第二期，2002 年，頁 138～143。

50. 鮑震培，〈中國女性文學敘事傳統的建立──清代女作家彈詞小說創作回眸〉，《天津大學學報》第四卷第四期，2002 年 12 月，頁 304～308。

51. 鮑震培，〈從「彈詞小說」看清代女作家的寫作心態〉，《天津社會科學》第三期，2003 年，頁 88～93。

52. 鮑震培，〈清代女中丈夫風尚與彈詞小說女豪杰形象〉，《山西師大學報》第一期，2003 年 1 月，頁 93～96。

53. 鮑震培，〈閨中無靜女──晚清女作家彈詞與振興女權〉，《華東師範大學學報》第三十六卷第四期，2004 年 7 月，頁 41～48。

54. 聶絳雯，〈古代婚姻制度中的媒妁之言〉，《漯河職業技術學院學報》第五卷第二期，2006 年 4 月，頁 122～123。

55. 魏哲銘、倪殿德，〈西周時的婚制──父母之命、媒妁之言〉，《華夏文化》第二期，2002 年，頁 13～17。

56. 譚學純，〈芳草美人和女扮男裝──性別的文化轉移〉，《修辭學習》第四期，1994年，頁 38。